Gehen musste ich selbst

Elfriede Nappa

Gehen musste ich selbst

AUCH AUS STEINEN, DIE EINEM IN DEN WEG GELEGT WERDEN, KANN MAN SCHÖNES BAUEN

1. Auflage, Januar 2025

Copyright © Elfriede Nappa 2025

Cover-Aquarell: Elfriede Nappa

Satz und Gestaltung: Thomas Pradel, Bad Homburg

Verlag: BoD · Books on Demand GmbH, In de Tarpen 42,
22848 Norderstedt, bod@bod.de

Druck: Libri Plureos GmbH, Friedensallee 273,
22763 Hamburg

ISBN: 978-3-7583-4268-4

In Haiterbach im Zwerenberg, als Kleinkind mit meiner Mutter

Mein 1. Buch:

Und meine Mutter schwieg

Erschienen 2016, bei BoD
ISBN 978-3-7412-7060-4
Die Lebensgeschichte meiner Vorfahren,
der mütterlichen Seite

* * * * *

Mein 2. Buch:

Das Geheimnis meiner Großmutter

Erschienen 2021, auch bei BoD
ISBN 978-3-7534-6139-7
Die Lebensgeschichte meiner Vorfahren,
der väterlichen Seite

Die jetzige Zeit, das Jahr 2017

Meine Ein-Zimmer-Wohnung in Gomaringen war für meine Seniorenjahre wohl doch nicht so gut geeignet, denn die Außenwände hatten nur eine Stärke von 26 cm. An heißen Tagen heizte sich die Temperatur im Wohn-/Schlafraum sehr auf. Und im Winter brauchte es eine längere Zeit, um die Wohnung warm zu bekommen.

Die Suche nach einer anderen Wohnmöglichkeit, eventuell wieder durch eine Zwangsversteigerung, das stellte sich für mich als nicht mehr realisierbar heraus. Der Zulauf zu diesen Terminen hatte sehr zugenommen. Die von den Interessenten gebotenen Summen überstiegen oft die errechneten Wertgrenzen.

Einer meiner Söhne befand sich in einer sehr verfahrenen Situation. Aus der Not heraus half ich ihm. Meine Planungen und die Vorsorge für mein Alter musste ich wieder überdenken und neu regeln. Darum entschloss ich mich, die Wohnung in Gomaringen wieder zu verkaufen.

Im April 2009 hatte ich die Wohnung ersteigert. Damals war ich die alleinige Interessentin. Meine schöne, neuwertige Küche aus Freudenstadt hatte ich hier noch einbauen lassen. Auch einige andere Renovierungen, die ich teilweise selbst ausgeführt hatte. Mit jeweils einer Anzeige im Wochenblatt Tübingen und Reutlingen meldeten sich bei mir viele Interessenten.

Die Verkaufssumme setzte ich auf 120 000 Euro an und konnte das auch erzielen.

Wegen Eigenbedarf kündigte ich mit einer Kündigungsfrist von einem Jahr dem langjährigen Mieter meiner Zweizimmer-

Wohnung in Eutingen-Weitingen. Zwei Jahre zuvor hatte ich ihn bereits gefragt, ob er diese Wohnung eventuell kaufen möchte. Damals hatte er dies verneint. Später sagte mir einer seiner Brüder: »Mein Bruder hätte die Wohnung kaufen sollen!« Für mich wäre das auch besser gewesen, im Seniorenalter zentraler zu wohnen als in diesem kleinen Dorf.

In den letzten Monaten in 2017 war ich viel unterwegs. Dabei informierte ich mich über Bodenbeläge, Küchen und vielem mehr, denn ich wollte mich richtig entscheiden.

2018 und wieder ein Wohnungsumzug

Im März erfolgte die Wohnungsübergabe in Eutingen-Weitingen. Nun konnte ich alles vermessen und planen. Bei der Türe zu dem kleinen Bad mit Toilette war der Anschlag falsch ausgeführt. Vom Esstisch der Wohnküche konnte man bei geöffneter Türe direkt den Toilettensitz sehen. Deshalb ließ ich diese Türe erneuern und gleichzeitig verbreitern. Die Planungen der Küche erwiesen sich etwas schwierig und mussten in einer L-Form ausgeführt werden. Ich wollte einen Apothekerschrank, eine Geschirrspülmaschine und Schränke mit Stauraum. Die Front der Küche wählte ich in einer unempfindlichen, hellgrauen, Betonoptik. Nach drei Monaten waren die Renovierungen abgeschlossen. Während meiner Fahrten von Gomaringen nach Weitingen beförderte ich vieles. Die Kellerregale mit ihrem Inhalt standen bereits vor meinem Umzug.

Am 12. Juli 2018 war es dann soweit. Eine Umzugsfirma aus Reutlingen, sie kam bereits früh am Morgen bei mir in Gomaringen an. Ein Mann entfernte am Balkon an einer Seite das Außengeländer, so konnten sie fast mein gesamtes Umzugsgut über den Balkon aus der Wohnung abtransportieren. Sehr heiß war es an diesem Tag. In der Nähe befand sich ein Imbiss-Stand. So konnten wir uns in der Mittagszeit noch stärken. Endlich, gegen 14 Uhr, kamen wir mit meinem Hab und Gut in Weitingen an. Mit einem Transportband wurden die Möbel und Kartons ohne besondere Kraftanstrengung in das erste Stockwerk befördert.

Angekommen! Endlich war alles hier. Ich atmete auf. Die über zwanzig Umzugskartons räumte ich nach und nach noch ein. Mein ältester Enkel kam zur Hilfe und baute die elektrischen Geräte zusammen. Seine Eltern hatten in dieser Zeit ihren wohlverdienten Campingurlaub angetreten.

In Gomaringen musste ich die Wohnung noch putzen und die restlichen Dinge in mein Auto verstauen. Mein jüngerer Sohn und seine Frau waren mir dabei behilflich. Mit einem weinenden Auge verließ ich diese sehr nahe bei Tübingen und Reutlingen gelegene Wohnung. Mein Wunsch war es gewesen, in dieser Gegend zu leben. Nun war ich im Gäu. Dort, wo ich nie hin wollte.

Im Herbst 2017 hatte ich mir selbst versprochen: Wenn ich den Verkauf der Wohnung und den Umzug gut bewältigt brachte und mein Sohn seine Dinge auch abgewickelt hatte, dann würde ich nochmals auf den Jakobsweg gehen.

Jakobsweg von Porto nach Compostela

Nun setzte ich im Herbst 2018 dieses mir selbst gegebene Versprechen in die Tat um.

Am Mittwoch, den 10. Oktober, flog ich von Stuttgart nach Porto in Portugal. Wenige Tage zuvor hatte ich meinen rechten Fuß noch umgeknickt. Der Flug war gebucht und auch das Hotel. In dem für eine Nacht gebuchten Hotel Bluesock in Porto gelang es mir vor Ort noch, für zwei weitere Nächte in dem 12-Betten-Zimmer nachzubuchen. Am Samstag begann dann mein Pilgerweg erst einmal mit der alten Tram von Porto bis an den Atlantik.

Die historische Eletrico in Porto

Blick von Vila de Gaia auf das malerische Dächergewirr von Porto

Für die Strecke von ungefähr 280 Kilometern durch Portugal und über den Minho nach Spanien und weiter bis nach Santiago de Compostela war ich fast einen Monat unterwegs. Am 6. November, bei einsetzender Dämmerung, war ich wieder am Eutinger Bahnhof zurück.

Nun versuchte ich, in der neuen Umgebung, in Eutingen-Weitingen, auch innerlich anzukommen.

Fast alles war hier nun umständlicher für mich. Zu den Bridge-Turnieren musste ich von Eyach mit der Bahn nach Tübingen und nach dem Umstieg weiter bis Reutlingen fahren. Dort konnte ich ein Mittagessen zu mir nehmen. Mit dem Stadtbus dann zum Lokal »Karlshöhe.« Als ich dort endlich ankam waren bereits einige Stunden vergangen! »Wo wohnen sie denn jetzt?«, wurde ich von den Mitspielern gefragt. Ich antwortete: »In Eutingen-Weitingen!« »Oh, wo ist denn das?« Lächelnd sagte ich: »Das ist auch noch in Deutschland, über dem Neckartal bei Horb.

Jeden Monat konnte ich in der Rehaklinik Sonnenhof in Lützenhardt, Lesungen abhalten und von meinen Büchern verkaufen. Langsam gewöhnte ich mich an das neue Zuhause.

2020

Eine ganz andere, unbekannte Zeit begann nun völlig unvorbereitet für uns alle. Dabei muss ich an einen Satz denken: *»Die Freiheit des Einen geht bis zur Freiheitsgrenze des Anderen!«*

Vermutlich wurden über Jahrzehnte hinweg viele Dinge geplant. Die Menschheit vermehrte sich rasant. Wie könnten die Menschen auf der ganzen Welt unter die Macht der Elite gebracht werden? Gehorsam und lenkbar sollte die große Masse sein.

Dafür eignete sich wohl am besten *die Angst!*

Ein Virus, den es wohl schon seit langem gab, der aber schlecht auf die Menschen übertragbar war. Vermutlich wurde er so verändert, dass es für die Menschen ansteckender wurde. Für bereits vorerkrankte Menschen auch tödlich enden konnte. Das würde die Menschheit in Angst und Schrecken versetzen. Sie würde alles machen, nur um am Leben zu bleiben. Eine Masse ist leicht lenkbar. Dazu musste sie nur in Angst und Panik versetzt werden.

Dieser Virus hatte seinen Ursprung in China, in Wuhan. Dort befand sich ein Chemielabor, das wohl dafür gut ausgerüstet war. In unmittelbarer Nähe war ein großer Markt. Dort wurde mit allerlei Getier gehandelt und dieses wurde auf großen Holzblöcken zerkleinert, so wie es auf Märkten üblich ist, ohne die erforderlichen hygienischen Maßnahmen in diesem fernen Land.

Irgendwo war dann in Wuhan im Herbst 2019 ein Virus aufgetaucht. Einfach unerwartet, aus dem Nichts heraus. Im November wurde er hier in Deutschland allgemein bekannt. Man rätselte, woher dieser Virus wohl käme! Von welchen Tieren? Von Fledermäusen oder von Schalentieren? War er direkt auf den Menschen übergesprungen oder hatte er einen Zwischenwirt gehabt? In dem großen Labor, gab es dort eine Unachtsamkeit? War es ein Unfall oder war alles geplant?

Es wurde gesprochen, dass unsere Kanzlerin Frau Merkel mit Bill Gates im September 2019 in »Wuhan« gewesen waren! Warum waren sie wohl dort? Alles Spekulationen?

Bill Gates war für die Entwicklungen und Einsätze von Impfungen in Afrika und Indien bekannt. Schlimmes wurde diesen Impfstoffen nachgesagt. Viele Menschen waren nach diesen Behandlungen schwer erkrankt. Teilweise waren sie danach gelähmt. Auch viele Frauen wurden nach den Impfungen unfruchtbar. In Indien war Bill Gates der große Geldgeber. Nach den Impfungen mit seinen so hilfreichen Impfstoffen war er dort unerwünscht.

Nun, China war ja weit von uns entfernt. Da wir global vernetzt sind, ist eine Entfernung wohl wenig schützend.

Es wurde versucht, einen Einreisestopp zu erwirken. Viele Deutsche und ihre Angehörigen, die in China arbeiteten, wollten schnell in die Heimat zurück. Unter großen Vorsichtsmaßnahmen durften sie nach Deutschland einreisen. Sie kamen hier in dafür reservierte Hotels, in Quarantäne. Eine Woche, zwei Wochen? Wie lange war das unbekannte Virus denn übertragbar? Viele offene Fragen und Ratlosigkeit. Irgendwie gelang es den Einreisenden dann doch, das Virus nach Europa einzuschleppen. Die Übertragungszeit dauerte wohl um die sieben Tage. Somit waren die Kontaktpersonen nicht mehr nachverfolgbar.

Es war im Januar 2020, als in den österreichischen Skigebieten viel geboten war. Bald wurde dort auch etwas bemerkt! Man wollte es aber in dieser Saison unter den Tisch kehren, denn es waren Feriengäste in Massen da. Ein großer finanzieller Schaden wäre es gewesen, die Hotels und die Gastronomie zu schließen. Undenkbar! Der dortige Bürgermeister wurde umgehend informiert. Einfach zu schweigen, das war wohl das Beste. Was würde es denn ansonsten für eine Lawine auslösen? Die Urlauber würden abreisen und überall Schadensansprüche entstehen. Man blieb ruhig. Kellnerinnen, die bereits Symptome zeigten, mussten weiterhin arbeiten und Stillschweigen bewahren. Sie waren ein bisschen verschnupft. Das war nicht so schlimm.

In den Fernsehprogrammen wurden schreckliche Bilder gezeigt. Man sah viele Särge, die auf Militärfahrzeugen transportiert wurden. Die Todeszahlen kletterten täglich höher. Für uns war es nicht erkennbar, an welchem Ort sich diese Militärfahrzeuge befanden. In Bergamo, oder waren es Särge von den Schiffsbrüchigen in Süditalien? Alles löste in uns einen großen Schrecken aus.

Bewusst wurde der schlimme, unbekannte Virus noch dramatisiert. Wie erstarrt wurden die Nachrichten verfolgt und wir alle hatten Angst, große Angst. Anfang März 2020 fürchteten wir uns immer mehr. Ein Freund sagte zu mir: »Wir wissen nicht, ob wir das überleben werden.«

Das war für mich wie ein Schlag ins Gesicht. War das denn tatsächlich so schlimm?

Irgendwie anders fühlte ich mich doch, als ich am Sonntag, den 15. März, bei Evi und Uwe in Wart in ihrem schönen Garten war, um dort mein erstes Buch vorzustellen.

Bereits eine Woche später gab es mehrere Einschränkungen. Abstand halten zu dem Nächsten. Dann mussten wir Mund- und Nasenschutz tragen. Zuerst nähten wir diesen noch selbst.

Die Schulen und Kindergärten wurden geschlossen.

Hiobsbotschaften täglich bei den Nachrichten im Fernsehen, und stündlich im Radio. »Hände waschen«, mindestens eine Minute lang, und alles desinfizieren. Im Auto das Lenkrad, die Griffe, einfach alles. Hände reichen und Umarmungen, das war jetzt verboten.

In Italien standen die Menschen abends, umgeben von vielen brennenden Kerzen, auf ihren Balkonen und musizierten.

Die armen, alten und kranken Menschen in den Einrichtungen wurden auf ihren Zimmern isoliert. Kontakt in den Speiseräumen: nein. In ihren Zimmern mussten sie nun alleine essen. Die Angehörigen durften wegen Ansteckungsgefahr, nicht zu Besuch kommen. Sehr bedrückend war das alles. In den Krankenanstalten war das Pflegepersonal sehr überfordert.

Einsam geboren und einsam gestorben, das war jetzt überall gegeben. Plötzlich hatten wir ein ganz anderes Leben. Diese Ungewissheit war sehr zermürbend und man fühlte sich ohnmächtig!

Die Pflegekräfte wurden von den Straßen aus beklatscht. Sie waren die Helden, denn sie riskierten ihr eigenes Leben für die Alten und Kranken. Auch die Politik beklatschte diese tapferen Menschen und sie versprachen ihnen einen Sonderbonus. Ja, versprechen konnte man ja vieles. Ob es dann tatsächlich auch eingehalten würde, das stand auf einem anderen Blatt!

Überall fehlte es an Schutzkleidung! Völlig unvorbereitet hatte es uns alle getroffen. Für Deutschland war eine große Lieferung mit Schutzmasken aus China unterwegs. Sie kamen nicht an. Sie wurden nach Amerika umgeleitet. Da war Präsident Donald Trump wohl schneller, gewiefter? Denn auch in Amerika, vor allem in New York, breitete sich dieses Virus rasant aus.

Eine Obduktion der Toten war untersagt, denn diese könnten vielleicht doch noch ansteckend sein. In Italien war man da mutiger und obduzierte einige, der an Corona Verstorbenen.

Bei uns in Deutschland durften nur die allernächsten Angehörigen zu den Beisetzungen. Ohne ein Singen auf den Friedhöfen und ohne ein anschließendes Zusammensitzen.

Hochzeiten wurden abgesagt wer wollte denn jetzt ohne Gäste noch heiraten? Auch die Konfirmationen im Frühjahr, das könnte sicher im Herbst nachgeholt werden.

Nur die Bestattungen, diese konnte man schwerlich, aufschieben.

Keine Besuche kein Schwätzchen auf der Straße, nichts wie weg in die geschützten Wohnungen. Dann sofort Hände waschen und alles desinfizieren.

Der Einzelhandel wurde geschlossen. In den Supermärkten, beim Bäcker und Metzger konnte noch eingekauft werden. Jeder war jetzt für den Anderen, eine große Gefahr. Ein normales Leben, das war jetzt plötzlich alles vorbei.

Ich konnte nicht mehr zu meinen geliebten Bridge Turnieren nach Reutlingen und Freudenstadt. Bereits vor dem 15. April hatte ich das Abonnement von meiner Verkehrsverbundkarte »Naldo«, gekündigt. Wenn es sich im Herbst wieder normalisieren würde, dann könnte ich die Fahrkarte wieder neu beantragen. Lange, konnte es mit diesem Lockdown, doch nicht gehen?

Von Zuhause wurde gearbeitet. Alle befanden sich in der Wohnung, die Kinder mussten dort auch noch unterrichtet werden. Die häusliche Gewalt nahm zu, und die Frauenhäuser bekamen nun von hilflosen Frauen und traumatisierten Kinder regen Zulauf. Zurückgezogen, ohne die geliebten Schulfreunde, Schule und die Sportveranstaltungen. Sehr hart traf es vor allem die Kinder, niemand hatte Zeit für ihre Not. Denn die Erwachsenen waren mit sich selbst überfordert.

Die Verkäuferinnen des Einzelhandels saßen daheim ohne zu wissen ob sie für diese Wochen, ihre Lohnzahlungen erhalten würden oder nicht? Auch in der Gastronomie herrschte Ratlosigkeit bei den Betreibern und ihren Angestellten, wie würde es weiter gehen? Die Pacht musste bezahlt werden und die Lebensmittelvorräte drohten zu verderben. Gärtnereien und Blumenläden, ihre Schnittblumen kamen auf den Müll. Eine lähmende Ungewissheit kam noch mit dazu.

Wo kam denn das unbekannte Virus her? Und wie gefährlich war es denn? Fragen, ohne Antwort.

Nun hoffte man auf den Sommer, dass das Leben im Freien, dem Virus den Garaus machen würde. Ländergrenzen wurden geschlossen. Arbeitspendler mussten sich an den Grenzen ausweisen, um zum Beispiel, von Deutschland nach Frankreich hin und her zu kommen.

Die Schweizer an der deutschen Grenze die es gewohnt waren in die Supermärkte nach Deutschland zu fahren. Das war nun nicht mehr möglich. Sie mussten ihre dringend gebrauchten Lebensmittel, nun im eigenen Land teuer kaufen. Zuvor konnten sie die Kassenbons aus Deutschland in der Schweiz vorlegen, um die Mehrwertsteuer wieder zurück erstattet zu bekommen. Je nach Familiengröße, machte das monatlich schon einige hundert Franken aus die nun an Ausgaben zusätzlich anfielen.

Des Nachts waren bereits die Träume davon betroffen. Wenn man morgens erwachte, dachte man, dass man einfach nur schlecht geschlafen hätte. Nein es war Wirklichkeit alles war wahr.

Langsam wurde es nun Herbst und es gab immer noch Corona. Angeblich, wurde das Virus durch die Urlauber vermehrt von hier nach dort übertragen.

Bedrückend war es irgendwie und man wurde nun melancholisch. Die Natur hatte sich in diesen Monaten verändert. Auffallend, man hörte wieder die Vögel zwitschern. Strahlend blau war der Himmel. Manches war jetzt wieder so wie in meiner Kindheit.

Viele Menschen arbeiteten nun von ihrem Zuhause. Kinder durften zwischendurch auch einmal wieder in die Schule, mit Schutzmasken und in verkleinerten Gruppen. In einer Schulbank durfte jeweils immer nur ein Kind sitzen. Dann kein Treffen mit den Freunden, Abstand von allen.

Vor allem die Kinder und Jugendlichen litten sehr an dieser veränderten Welt. Und immer wieder neue Anordnungen. Die Länder durften, jeweils nach ihren Erkrankungszahlen, die neuen Änderungen einführen. Dann war ab Mittwoch dieses, ab Samstag wieder etwas ganz anderes.

Alles entwickelte sich immer mehr zu strengeren Maßnahmen. Weihnachten sollte wohl abgeschafft werden. An den Festtagen durfte eine Familie nur zwei Gäste aus einem anderen Haushalt bei sich haben. Nächtliche Ausgangssperren von abends 20 Uhr bis um 6 Uhr in der Frühe, diese mussten strikt eingehalten werden. Polizeikontrollen waren bei Nacht unterwegs.

Händewaschen noch öfters und länger. Ein Impfstoff war angeblich im Kommen. Nur das wäre die einzige Möglichkeit, diese Pandemie zu bekämpfen und zu überwinden.

Weihnachten erlebten, überlebten, viele waren einsam und alleine. Die Ausgangssperre wurde über die Feiertage etwas verkürzt. Ich denke, dass es bis Mitternacht war, und danach durfte man außerhalb der eigenen Wohnung nicht angetroffen werden. Höchstens, man hatte eine in den Wehen liegende Frau im Auto. Das wäre dann eine Ausnahmegenehmigung gewesen.

Zuerst hieß es, der »Lockdown« wäre bis Anfang Dezember, damit vor Weihnachten alles wieder geöffnet werden könnte. Der Termin wurde bis Mitte Dezember verlängert, um dann nochmals weiter hinaus geschoben zu werden. Weihnachten ging vorüber, die Geschäfte waren immer noch geschlossen. Die nächste Ankündigung war die Schließung bis Mitte Januar. Es war bereits Ende Februar, als die Geschäfte endlich wieder geöffnet wurden.

Wir normale Menschen fühlten uns von der Politik an der Nase herum geführt.

Das war alles nur auszuhalten, weil man immer wieder neue Hoffnungen hatte und haben wollte.

Im Jahr 2020 hatten wir in Deutschland eine Untersterblichkeit, das, obwohl eigentlich so viele tausend Menschen an dieser Pandemie verstorben wären? Unfassbar!

Gezählt wurde sehr genau. Wenn ein Autofahrer mit 180 Stundenkilometer auf einen Baum auffuhr und daran verstarb, war er an Corona verstorben. Man brauchte Zahlen, um die Bevölkerung weiterhin in Angst und Schrecken zu versetzen, um sie lenkbar zu machen.

Auch in den Kliniken, dort erhielten sie für jeden Corona-Toten noch eine zusätzliche Summe. Nichts leichter als das! Ein Patient, der an einem Herzinfarkt in der Klinik verstarb, dieser war dann eben an Corona verstorben. Es war doch egal, tot ist tot. Bei einem tödlichen Berufsunfall mussten die Hinterbliebenen einen Rechtsstreit durchführen, da die Todesursache ebenfalls auf »Corona« lautete. Es ging aber bei diesem Betriebsunfall um die Entschädigung durch die Berufsgenossenschaft, deshalb war ein Gerichtsstreit unumgänglich. Diese hohen, erhöhten Todeszahlen erschreckten viele Menschen, die Angst steigerte sich.

Am 27. Dezember 2020 war es dann endlich soweit. Der, nur für zwölf Monate als Notzulassung, bereitstehende Impfstoff, ihn gab es nun. Endlich, für sehr viele heiß ersehnt.

Erst einmal AstraZenica und Biontech/Pfizer.

Dieses wertvollen »GUT« sollte zuerst an die Bedürftigsten geimpft werden. Das waren die Alten und Kranken, die Menschen, die in Einrichtungen lebten.

Es war in der letzten Kalenderwoche im Jahre 2020, als in den Einrichtungen mit den Impfungen begonnen wurde. In dieser, der letzten Woche des Kalenderjahres, erhöhte sich die Sterblichkeit in den Einrichtungen um 80% gegenüber des Vorjahres.

Manche betagte Menschen, die zuvor wohlauf waren, sie waren eine Stunde, einen Tag, zwei Tage nach diesen Impfungen einfach vom Stuhl gekippt. Ohne Vorwarnung, einfach still und leise. Unerwartet und ohne Schmerzen. Dafür gibt es doch das Wort aus dem griechischen »Euthanasie«, der schöne Tod.

Die Politiker und ihre Helfershelfer sprachen, dass man vor allem diese Gruppe retten wollte.

Aber die, die dann plötzlich verstorben waren, sie hatten wohl Vorerkrankungen und sie wären wohl trotzdem gestorben, vielleicht nur einige Tage später. Es wurden immer die passenden Wörter gefunden. Man könnte auch sagen: »Jeder, der geboren wurde, war auch dazu bestimmt, einmal zu versterben!« Was sollte nun daran so falsch sein? Man musste die Dinge, einfach von dem richtigen Blickwinkel aus betrachten. Da wir in Europa immer älter werden und die Rentenkassen sehr geschrumpft sind, was kann uns da noch Besseres passieren?

Alles Schlechte hat auch seine Kehrseite, die gut ist. Für mich ist ein alter Mensch ein Mensch, der dieses Land mit aufgebaut hatte, und nun noch seine letzten Tage in Frieden leben möchte.

Schnell wurden überall Impfzentren eingerichtet. Die Familien fuhren ihre noch im Zuhause lebenden, betagten Angehörigen übereifrig in dieselben. Kaum Aufklärung, aber unterschreiben mussten die Menschen selbst, oder ihre gesetzlichen Vertreter. »Unterschreibe da, ja da, mit deinem vollen Namen!« So wurden die Alten von ihren Kindern aufgefordert. Hauptsache geimpft. Wenn sie dann drei Tage später an Corona erkrankten, dann hatten sie wohl das Virus bereits in sich getragen. Man konnte das ja nicht wissen. Wenn sie zwei Wochen später einen Herzinfarkt hatten, das war mit bereits 92 Jahren doch verständlich.

So viele fieberten ihren Impfterminen entgegen. Sie wären noch nicht an der Reihe, sagten so manche. Denn die Ältesten wurden zuvor geimpft.

Endlich durften die 50-Jährigen geimpft werden, das war wohl im Mai/Juni 2021.

Die Regierung, vor allem Herr Braun, sagte: »Wenn ihr euch alle zweimal impfen lasst, dann können wir wieder alles öffnen, dann habt ihr eure Freiheiten wieder und alles ist wie zuvor.«

Was ist denn schon dabei, nur zweimal einen Pik in den Oberarm?

Werbungen wurde gezeigt. Eine altbekannte Schauspielerin, Uschi, sie zeigte im TV ihre Impfung. »Endlich kann ich meine Enkel wieder in den Arm nehmen«, sagte sie strahlend.

Uschi bekam die Spritze gut sichtbar in den rechten Oberarm gespritzt. Dann sah man es sehr genau, dass das Schutzpflaster auf ihrem linken Arm prangte. Hatte sie für dieses geplante Vorzeigen wohl eine große Geldsumme bekommen? Hatte sie das nötig?

Vertrauen, trauen, wem konnte man in dieser Zeit noch trauen und vertrauen?

Nicht einmal dem eigenen Arzt, denn dieser war auch erst einmal mit dem Ganzen überfordert.

Was war das denn für ein Wunderimpfstoff? Etwas ganz anderes als die bisherigen Impfstoffe.

Einen Gen-veränderten Impfstoff sollten wir erhalten. Bill Gates hatte gesagt, dass dann jeder Geimpfte seine eigene Impfmaschine in sich tragen würde. Und dieser Stoff würde dann ständig Antikörper gegen das neue Virus produzieren. So etwas Geniales!

Im April 2021 sagte die WHO (Weltgesundheitsbehörde), dass dieser Impfstoff zu 95% vor Covid 19 schützen würde.

Ganz toll hörte sich das an. Und es war wichtig, um die so zu sagende »Herden-Immunität« zu erreichen. Wenn 60% bis 70% der Bevölkerung geimpft sind, wären wir gerettet.

Viele stellten sich nun zum Impfen an. Sie wollten sich solidarisch verhalten. Denn man musste ja seine Mitmenschen schützen, das gehörte sich so in einem demokratischen Land.

Es wurde sehr geheim gehalten, dass die Sterblichkeit mit den Impfungen steil anstieg.

Und viele der Geimpften wurden krank.

Spitzensportler und Trainer fielen bei ihren Sportausübungen einfach um und waren tot.

Zu der Europa-Fußballmeisterschaft war es angeordnet, dass die Sportler ohne Impfungen bleiben mussten. Nun, ein Fußballspieler, ein Däne, Eric ..., hatte sich wohl einmal impfen lassen. Beim großen Spiel für die Europameisterschaft brach er zusammen. Mit sofortigem Sanitätseinsatz, einem Defibrillator, gelang es, den Sportler, der bereits einen Herzstillstand hatte, zu reanimieren.

Bereits im Juni 2021 nannte die WHO jetzt berichtigt, dass der Schutz 70% betragen würde. Diese Berichtigung war notwendig, da es viele Impfdurchbrüche gab. Das bedeutete, dass viele Geimpfte trotzdem an Covid 19 erkrankten.

Die große Masse unserer Bevölkerung glaubte den Nachrichten immer noch.

Bereits im April 2020 wurde ich hellhörig. Denn es war mir bekannt, dass unser Finanzsystem am Ende war. Denn bereits im Jahre 2008 wurde es mit viel Frischgeld nochmals für eine unbestimmte Zeit hochgepäppelt und weiter so verfahren. Es würde aber, je länger es hingehalten wurde, umso heftiger kommen. Vielleicht sogar wie 1923 mit einer Hyperinflation.

Aber wie genau, konnte man nicht voraussagen.

Da ich sehr intuitiv bin, kam mir der Gedanke, ob das Virus wohl hergestellt oder verändert wurde, um von einem bevorstehenden Crash abzulenken. Immer mehr verdichtete sich bei mir diese Vorstellung und Ahnungen. Deshalb brauchte ich mir im neuen Jahr zu dem Impfangebot keine Gedanken zu machen. Denn es steckte wohl ein gut ausgeklügelter Plan dahinter.

Zu Bekannten und Freunden sagte ich: »Lasst euch mir dem neuen Gen-Impfstoff nicht impfen.«

Die Antworten waren: »Man muss das tun, wir müssen die Anderen schützen.«

Eine neue Nachricht von der WHO im August 2021, der Impfstoff würde zu 50% schützen.

Standhilfe gaben mir auch Freunde, die so wie ich dachten, es waren aber 2021 nur wenige.

Im Sommer durfte ich in Reutlingen einmal mit einer guten Spielerin Bridge spielen.

Es war schön und ich spielte ruhig und besonnen. Vor dem Spiel musste ich einen Corona-Test vorlegen, um zu beweisen, dass ich gesund bin. Früher brauchte man eine Krankmeldung wenn man krank war, jetzt brauchte ich eine Gesund-Meldung, um anzuzeigen, dass man nicht krank war. Ein Verschieben der Sichtweisen!

»Warum lassen sie sich nicht impfen, sie wollen doch keine Kinder mehr?«, sagte mir die Kassenwartin. Die meisten der Bridge-Spieler waren aus dem gebärfähigen Alter heraus und geimpft. Beim Bridge-Club in Freudenstadt ging es mir ähnlich. Nur impfen: »Lassen sie sich doch impfen.« Man sah mich an, wie wenn ich einfach zu dumm wäre, um das zu verstehen.

Im Herbst kündigte ich meine Mitgliedschaft bei beiden Clubs zum 31.12.2021. Es waren unnötige Ausgaben, da ich nicht spielen durfte. Der Kassierer vom Freudenstädter Bridge-Club gab mir am Telefon noch zu verstehen, dass ich wohl den Winter nicht überleben würde. Heftig!

Die WHO im September 2021, der Impfstoff schütze nicht, aber er reduziere die Ausbreitungen.

Im September waren Wahlen. Nach 16 Jahren von Angela Merkel als CDU-Bundeskanzlerin fühlte sich Deutschland fertig an. Diese kluge Frau, mit einem Physikstudium, sie hatte so manches geschafft. »Wir schaffen das«, war ihr berühmter Satz gewesen. Nun hatten wir zwei Kandidaten und eine Kandidatin von den Grünen. Die Wahl im September zeigte keine Mehrheit. Darum bekamen wir eine Ampel-Koalition, Rot-Grün-Gelb. Den SPD-Kandidaten als Kanzler. Ich denke, dass wir alle über das Ergebnis sprachlos waren, gespannt warteten wir der kommenden Dinge.

Im Oktober kam wieder eine heftige Corona-Welle auf. »DELTA« wurde diese genannt und viele der Geimpften wurden trotz ihres Schutzes krank. Das waren dann die »Impfdurchbrüche«! Im Juli hatten sie die zweite Impfung, dann im November eine heftige Infektion bekommen. Sicher waren daran die Ungeimpften schuld, denn diese hatten das Virus wohl an die Geschützten übertragen. Als Ungeimpfter war man sehr vielem

Hass ausgesetzt. Nichts Böses hatte man getan, sondern war nur standhaft geblieben und jetzt war man der Sündenbock.

Die WHO im Oktober 2021, der Impfstoff reduziere nicht die Ausbreitung, schütze aber vor schweren Verläufen.

Uns wurde vermittelt, dass diese Impfstoffe nun doch nicht solange schützen würden wie zuvor gedacht. Wer vor sechs Monaten die zweite Spritze erhalten hatte, würde nun eine dritte brauchen, um als geimpft zu gelten. Das war dann die »Booster-Impfung«. Alle die zweimal Gespritzten mussten wieder antreten, denn die neue Variante war bereits in Südafrika aufgetreten.

Es war von einer Impfpflicht die Rede, im Bundestag musste darüber noch beschlossen werden. Bis jetzt waren erst 67% der Deutschen zweimal geimpft. Das war viel zu wenig, das stand fest. Plötzlich war von 90% die Rede. In Gibraltar bestand eine Impfquote von 100% und es wurde von vielen Impfdurchbrüchen gesprochen. Was lief denn dabei falsch? Es war ersichtlich, je mehr geimpft wurde, umso mehr Menschen erkrankten. In einem kleinen Land in Afrika, irgendwo, waren nur 2% der Bevölkerung geimpft. Und in diesem Land war die Pandemie längst vorbei.

Maskenpflicht in den Supermärkten war weiterhin Pflicht. In die anderen Einzelhandelsgeschäfte durften nur noch die Geimpften und die Genesenen, das war dann 2G. Dann kam 2G+, da brauchten diese noch zusätzlich einen Test, der nur für 24 Stunden gültig war.

Im November durften die Ungespritzten nicht mehr zur Arbeit. Täglich mussten sie sich testen lassen. Die Genesenen waren für sechs Monate vom Testen frei. Die zweimal Geimpften, die nach sechs Monaten wieder zu Ungeimpften wurden, diese Menschen ließen sich fast zwangsweise »Boostern«, dritter Schuss.

Die WHO im November 2021, der Impfstoff verhindere nicht die schweren Verläufe, reduziert aber die Einweisungen auf die Intensivstationen.

Die WHO im Dezember 2021, es reduziert nicht die Einweisungen auf Intensivstationen, der Krankheitsverlauf wäre aber weniger tödlich.

Im Dezember wurde von der Regierung eine »Einrichtungbezogene Impflicht« per Gesetz beschlossen. Das hieß, alle im Gesundheits-Pflegebereich Arbeitenden mussten am 16. März 2022 vollständig geimpft sein, ansonsten drohe ihnen die sofortige Kündigung, ohne Lohnfortzahlung. Sie hatten ja die Möglichkeit, dieses abzuwenden.

Von den Ärzten aus Afrika sickerte durch, dass diese neue Variante hochansteckend sei, aber mit weniger heftigen Verläufen. Europa versuchte, die Ärzte in Afrika mundtot zu machen. Denn es war vorgesehen, dass hier weiterhin geimpft werden sollte.

Denn bei den Pharmaunternehmen waren von der Regierung bereits sehr viele Fläschchen des guten Saftes bestellt. Wohl sollte es für alle Menschen, die hier lebten, für eine gesamte achtmalige Immunisierung reichen. Obwohl bereits bekannt war, dass die neue Variante diese Impfung umgehen würde. Es stellte sich schnell heraus, dass hauptsächlich die Gen-geschützten erkrankten. Ihr Körper war mit den Spike-Produktionen sehr in Anspruch genommen und dadurch war das eigene Immunsystem geschwächt.

Immer noch gingen die Menschen einen Schritt zurück, wenn ich mich dazu bekannte, nicht geimpft zu sein. Ich sagte dann: »Sie sind doch geschützt, warum haben sie vor mir Angst?«

Der Bundespräsident und der Bundeskanzler hatten zu einer massiven Spaltung der Menschen beigetragen, es wurde bewusst so herbeigeführt.

Inzwischen durften wohl junge Menschen keinen Führerschein beantragen, wenn sie nicht immunisiert waren. Auf die Angstmache erfolgte nun das Druck ausüben.

Immer mehr Wut entwickelte sich bei den Geimpften und sie fühlten sich von der Politik belogen. Irgendwo musste diese Energie hin, sie wurden ständig aufgestachelt, dass die Ungeimpften an dem allem Schuld seien. Damit wollte die Politik vermutlich von ihrer eigenen Ziellosigkeit und Unfähigkeit ablenken.

Die Notzulassung der Impfstoffe wurde für ein weiteres Jahr, bis zum 31.12. 2022, verlängert.

Deutschland hatte wohl weltweit die strengsten Corona-Regeln. Im Januar machte ich öfters mal wieder Ausflüge mit dem Rad. Montags lief ich einmal mit den Spaziergängern in Nagold mit. Wir waren um die 2000 Menschen, die gegen diese Maßnahmen auf die Straße gingen.

Corona-Geimpfte sagten zu mir, dass sie nicht mehr in die Geschäfte zum Einkaufen wollten, denn sie müssten sich immer mit ihrem Impfpass ausweisen. Sie würden sich nur noch die Dinge des täglichen Bedarfes besorgen. Das konnte und durfte ich doch auch!

»Aber eine dritte Spritze kommt mir nun nicht mehr rein«, hörte ich viele Menschen sagen. Denn es war ihnen bekannt, dass nach derselben viele sehr krank und kraftlos im Bett gelegen hatten. Früher hatten wir in der Winterzeit auch Grippe gehabt, oft sehr heftig und mit Bronchitis oder gar Lungenentzündung. Und das war jetzt vorbei, seit zwei Jahren gab es keine Grippe mehr.

Die berufsbezogene Impfpflicht wurde immer mehr zum Alptraum. Langjährige Pflegekräfte aus dem Intensiv-Pflegebereich verließen ihren Job. Ein Impfen komme für sie nicht in Frage. Denn sie hatten hinter die Kulissen gesehen. Ärzte, sogar solche, die in ihrer Praxis die gewünschten Impfungen durchführten. Für sie und ihre Familie komme so etwas nicht in den Körper!

Die WHO im Februar 2022, nur die Impfung hilft, schützt, und das braucht man auch, um für den Herbst gewappnet zu sein.

Bereits Kinder ab vier Jahren wurden jetzt noch gespritzt. Obwohl es bekannt war, dass Kinder diese Krankheit sehr gut überstehen würden. Manchmal wurde diese nicht einmal bemerkt.

Anfang Februar wurde vom Verfassungsgericht bei einem Eilverfahren verkündet, dass die Pflegekräfte und alle, die in Einrichtungen arbeiteten, eine vollständige Impfung ab dem 16. März 2022 vorzuweisen hätten, dass dieses Rechtens wäre. Wozu brauchen wir denn dazu ein Verfassungsgericht? Ach ja, sie waren bei unserer Regierungschefin in Berlin zu einem Abendessen gewesen. Oben war der Zusammenhalt gut gegeben. Und das Volk geriet in eine große Spaltung. Gewollt! Der Ministerpräsident von Bayern verkündete, dass er diese Pflicht noch auf eine unbestimmte Zeit verschieben wollte, denn er befürchtete einen Kollaps in den Pflegebereichen. Der Gesundheitsminister reagierte darauf sehr aufgebracht. Denn die Impfstoffe mussten verbraucht werden, da sie so viel der Steuergelder gekostet hatten.

Nur in dem einen Jahr hatte sich das Vermögen der Pharmaindustrie verdoppelt. Verständlich!

Der Mittelschicht in Deutschland, ihnen drohte das Aus. In Berlin war für so manche in der Regierung das Wort »Insolvenz« und seine Bedeutung unbekannt. Immer mehr werden wir es zu spüren bekommen. Lieferengpässe in der Industrie und in der Baubranche zeichneten sich ab.

Einige Lebensmittel und Pflegeprodukte hortete ich in meiner Wohnung und im Keller auch Wasserkisten. Bei Superbenzin waren die Preise pro Liter bereits auf 1,70 Euro angestiegen.

In der Ukraine und Russland spitzte sich die kritische Lage immer mehr zu. Kommt da womöglich der vorausgesagte 3. Weltkrieg? Unsere neue Politik in Berlin, das war etwas noch nie dagewesenes. Die neue Außenministerin konnte kaum die Sätze von ihren Zetteln ablesen. Dabei kamen immer wieder neugeformte Wörter zustande. Ja, wir haben »Fressefreiheit«, das sollte wohl Pressefreiheit sein. Und »lasst uns Europa gemeinsam verenden«. Unser Grundgesetz wurde sehr missachtet. Es bestand nur noch auf dem Papier. Wann kommt denn endlich der Knall des Finanzsystems, denn dieser stand nun schon lange bevor. Weiterhin wurde Geld gedruckt. Die Menschen waren bedrückt, und vor allem die Kinder wurden verhaltensgestört. Man war einfach zu isoliert, dann noch diese Spaltungen in »Geimpft« und in »Ungeimpft«.

Der Bundespräsident legte immer wieder Kränze als ein Gedenken an die vielen Holocaust-Opfer nieder. Bemerkte er denn nicht, dass in diesem Moment in diesem Land wieder neues Leid geschaffen wurde? Für die vielen Opfer, wer würde da wohl einmal später Kränze niederlegen?

In einer Videobotschaft konnte ich die Nachricht lesen, dass der Hochbetagte »Luc Montagnier« verstorben sei. Bereits im April 2020 hatte dieser angeblich gesagt, dass dieses Virus von Wuhan absichtlich verändert und dann freigelassen wurde. In diesem Virus wurden »Malaria-Parasiten« sowie das hochansteckende »HIV-Virus« gefunden. Wurde darum dieses Virus so ansteckend?

Die Herde war immer noch so groß, die dieser Verschwörungstheorie der Politik Glauben schenkten. Die eigentlich armen Politiker wurden wohl von einer Elite wie Marionetten gesteuert. Das Ziel war wohl eine Unterwerfung der Bevölkerung, eine Verarmung derselben und die Reduzierung der Menschheit. Standhaft zu bleiben, war für mich und für die zwei Millionen Deutsche, die wir einer Spaltung und einer Ausgrenzung ausgesetzt waren, sehr schwer.

In der Nacht zum Donnerstag, den 24. Februar 2022, begann in der Ukraine ein Krieg. Wladimir Putin, Russlands Präsident, hatte seine Soldaten in die Ukraine einmarschieren lassen. Verzweifelt kämpfen die Ukrainer vor allem in ihrer Großstadt »Kiew«. Ihr Präsident, der ursprünglich ein Komiker und Schauspieler war, motivierte sein Land. Deutschland zeigte sich bereit, dem Land Waffen zu liefern. Viele russische Soldaten glaubten, dass sie zu einen Manöver nach Belarus aufbrechen würden. An den Auto Nummern Schildern erkannten sie, dass sie sich in der Ukraine befanden, dass es zu einem Krieg gekommen war. Die Russischen Lastwagen Kolonen steckten fest, die Soldaten verließen die Fahrzeuge, es fehlte an Sprit und vielem mehr.

Bis zum 7. März waren mehr als 1,5 Millionen Bewohner der Ukraine nach Polen und von dort auch in andere westliche Länder geflüchtet. Frauen und Kinder, die nur das Nötigste dabei hatten. Die Frauen weinten, ihre Männer waren zum Kampf für ihr Vaterland zurück geblieben.

In der Ukraine, herrschte weiterhin Krieg, es war eigentlich nur eine Militärische Aktion gewesen, so wurde es in Russland genannt. Auf beiden Seiten waren tausende Menschen bereits gefallen und viele verwundet. Städte in der Ukraine waren verwüste und die Häuser jetzt Ruinen.

Die Allgemeine Impfpflicht konnte nicht durchgesetzt werden. Im Pflegebereich arbeiteten weiterhin Menschen ohne diese Impfungen, ihnen zu kündigen war nicht durchführbar, da ansonsten im Pflegebereich alles zusammen brechen würde. Nun bin ich über 70 Jahre, habe mich da allem enthalten und meinem Immunsystem vertraut. Mit Vitamin B3 mit K2 Tropfen, sowie Spaziergängen bin ich gesund geblieben. Jetzt im Sommer konnte ich die neue Freiheit genießen. Endlich konnte ich wieder in eine Therme gehen, ein Konzert besuchen, oder in einem Cafe sitzen. Schnell wollte ich alles ausnützen, denn was wird nun wieder neues kommen?

Auf allen Gebieten stiegen die Preise. Vor allem in der Baubranche. Vieles gab es nicht mehr. Die Handwerker waren sehr gefragt und sie kamen ihren Aufträgen nicht nach. Dass ich meine Wohnung 2018 vor meinem Einzug renovieren ließ, das hatte ich sehr gut entschieden.

Aber jetzt die wöchentlichen Einkäufe, die Preise stiegen ständig. Im November 2022 lag die Inflation für die Gebrauchsgüter wohl über 10%. Vor allem Brot und Butter, Weck- und Paniermehl, war plötzlich um 70% teurer. Sonnenblumenöl gab es nicht mehr und bei den anderen Speiseölen waren die Preise sehr angestiegen. Sonderangebote mussten beachtet werden.

Es wurde angesagt, dass wir wohl im nächsten Winter die Wohnungen weniger beheizen könnten. Gaslieferungen würden knapp werden und vielleicht würden wir bald im Dunkeln sitzen.

Bis zum 18. Dezember, war es sehr kalt, in den Nächten bis um die -20° Celsius. Es wurde dann milder und auf den gefrorenen Böden herrschte schnell eine glatte Eisfläche. Die in den Jahren zuvor abgebauten Krankenbetten führten nun zu großen Engpässen. Im Klinikum Freiburg, wurden viele Menschen mit Knochenbrüchen eingeliefert. Sehr schlimm sah es in den Kinder-Intensivstationen aus, denn viele Kinder litten unter Atemwegserkrankungen. Durch diese falsche Corona-Politik mussten sie in den Schulen über den gesamten Zeitraum Masken tragen.

Inzwischen, lüfteten sich die Schleier und die Lügen wurden entlarvt. Diese angebliche Impfung die schützen sollte, war keine Impfung im üblichen Sinne. Es handelte sich um einen mRNA Gen-Impfstoff, der die Menschen krank machte. Eine Nebenwirkungen des Impfstoffes war, die Infektion an Corona. Die Menschen die sich aus Angst schützen wollten, sie erkrankten nun.

Seit April 2021 seit dem großflächigen Beginn dieser Maßnahmen herrschte eine um über 25% höhere Sterberate, als in den Jahren zuvor. Auch verstarben viele junge Menschen und Kinder. Plötzlich entstand ein Turbo-Krebs. Ein Reutlinger Institut belegte viele Dinge, die in einen Impfstoff nicht hinein gehörten. Zum Beispiel Graphen! Das Video wurde wieder schnell aus den Medien gelöscht. Das sollten doch die gutgläubigen Menschen nicht sehen und nicht wissen.

Im Januar 2023 wir haben noch Strom und Heizung. Meine Wohnung hat tagsüber 21° Celsius. In der Ukraine herrschte jetzt im Winter noch immer Krieg. Die Flüchtlingsströme von Syrien und Afghanistan, kommen weiterhin zu uns nach Deutschland und die Notunterkünfte sind übervoll.

Nun hatte in Brüssel, in der EU, Frau »Ursula« zugestimmt, dass in Europa ab dem 24. Januar 2023 verschiedene Insekten als pulverisierte Zugaben in der Lebensmittelindustrie verarbeitet werden dürfen. Gelbe Mehlwürmer, Käfer, Heuschrecken. Es gab bereits seit 2019 Insekten-Züchtung Betriebe, für diese proteinreichen Zugaben. Die Mehlwürmer knabberten an Öl-verschmierten Styropor-Platten. Und das kommt jetzt alles in unseren Lebensmittelkreislauf! Müsliriegel und Getreidemehle, durften bis zu 60%, mit diesen Insektenmehlen gestreckt werden. Vegetarier bekommen nun diese Tiere über Pizzas, Kuchen und vielem anderen.

Gerne, würde ich unterwegs irgendwo zum Essen gehen. Im Moment verschlägt es mir bei dem Gedanken an dieses Insektenmehl ganz den Appetit. Wie änderte sich alles? Vor über 70 Jahren, war ich im armen Deutschland geboren und wir haben viel erreicht. Jetzt geht es im Sauseschritt talwärts. Gibt es denn dort unten noch einen Boden der uns Halt gibt?

Nur zweimal impfen dann wäre man geschützt. Inzwischen sind viele Menschen bereits viermal geimpft. Da die Impfstoffe unterschiedlich vermengt wurden, bedurfte es wohl der vielen Nachimpfungen, um irgendwann die erforderliche Mischung in den Körper zu bekommen.

Im Januar 2023 wurde es hinter vorgehaltener Hand erwähnt, dass in Australien auf den Intensivstationen nur geimpfte Patienten liegen würden. Bei uns in Deutschland waren sehr viele Menschen an Infekten erkrankt. Vor allem Kinder belegen die Krankenstationen.

Das Leben war doch früher in den ärmlichen Verhältnissen viel besser und lebenswerter gewesen. Nun erfolgte weiter ein Erwachen derer, die so folgsam der Obrigkeit geglaubt hatten. Ich als Ungeimpfte musste mich mit meinem Wissen sehr zurück halten.

Unser lieber Gesundheitsminister, kam jetzt sehr in Bedrängnis. Seine Sätze von früher wurden wiedergegeben. Diese Impfung hätte keine Nebenwirkungen und wir müssten uns auf den Herbst vorbereiten. Jetzt gab er endlich zu, dass durch diese Impfung sich viele und heftige Nebenwirkungen zeigten. Der Staat müsse für die Entschädigungen aufkommen, denn die Pharmaindustrie, wurde ja aus den Haftungen genommen. Die Menschen mussten vor den Behandlungen von den Ärzten aufgeklärt werden. Das erfolgte in vielen Fällen nicht. Dieses Geld für den Stich hatte viele Ärzte trotz ihres Hippokratischen Schwurs gelockt, einfach zu spritzen. Auch um ihre Zulassung nicht zu verlieren befolgten es viele Ärzte, entgegen ihres Gewissens.

Das ärztliche Gelöbnis:
Als Mitglied der ärztlichen Profession gelobe ich feierlich, mein Leben in den Dienst der Menschlichkeit zu stellen. Die Gesundheit und das Wohlergehen meiner Patientin oder meines Patienten werden mein oberstes Anliegen sein. Ich werde die Autonomie und die Würde meiner Patientin oder meines Patienten respektiere. Ich werde den höchsten Respekt vor menschlichem Leben wahren. Ich werde meinen Beruf nach bestem Wissen und Gewissen, mit Würde und im Einklang mit guter medizinischer Praxis ausüben. Ich werde selbst unter Bedrohung, mein medizinisches Wissen nicht zur Verletzung von Menschenrechten und bürgerlichen Freiheiten anwenden. Ich gelobe dies feierlich, aus freien Stücken und bei meiner Ehre.

Viele Ärzte hatten gegen ihr Gelöbnis verstoßen. Die Angst, oder die Gier hatten gesiegt.

Da ich 2022 einen Arztwechsel vorgenommen hatte, ließ ich mich zu einer Auffrischungsimpfung gegen Zecken überreden. Dabei bemerkte ich, dass mich diese Impfung sehr schwächte. Impfungen sind immer eine Belastung, für den Körper. Und nun eine ganz andere Art, diese neue Art von Impfungen, das war wohl ein großer Eingriff in die DNA in unser so weises Gesundheitssystem. Die Auswirkungen können wir wohl erst in einigen Jahren richtig erfassen.

Im Dezember 2022 war in Deutschland, die Übersterblichkeit auf dem Höchststand angekommen. Viele Menschen wurden sehr, sehr krank. Auch gaben es einige zu, dass ihre Krankheit von der C-Impfung herrühren würde, zuvor waren sie gesund gewesen. Sie hatten der Regierung geglaubt, denn sie wollten doch nur alles richtig machen.

Inzwischen haben wir nun das Jahr 2024. Die Bauern demonstrieren und fahren mit ihren schweren Traktoren bis nach Berlin. Auch in Brüssel und Paris gab es diese Aufstände. Ratlos schauen wir was unsere Politik alles »zu Nichte« macht. Viele Insolvenzen der Firmen und Geschäfte. In der Gastronomie wurden ab dem 1. Januar 2024 wieder die 19 % Mehrwertsteuer angesetzt. Wer kann sich einen Besuch, ein Essen in einem Lokal, nun noch leisten?

Die Regierung ist mit Spendengelder, überall in die Welt, sehr großzügig. Hier sind die Straßen und Brücken marode. Rentner sammeln Pfandflaschen, und gehen in die Vesper Kirchen, um dort zu Essen. In Berlin bei der Regierung sitzen viele ohne Berufsausbildung und Erfahrung. Es wird experimentiert, so wie früher im Kindergarten mit den Bauklötzchen. Immer mehr ist erkennbar, dass viele einen Krieg möchten, und das vorantreiben. Ein geheimes Telefongespräch von deutschen Generälen, wurde von Russland abgehört und das bestätigte dieses Vorhaben.

Wir haben nun September 2024. Es wurde nun gerichtlich bestätigt, dass die berufsbezogene Impfpflicht *»verfassungswidrig ist«!* Jetzt fehlen diese oft langjährigen Pflegekräfte in den Kliniken. Die Politiker, sie wussten es alle, welche Auswirkungen diese Spritzen haben werden, und sie haben uns angelogen. In den RKI-Protokollen wurden viele Stellen geschwärzt.

Und über mir am Himmel, sehe ich die vielen Chemtrails, diese versprühten Bestandteile sind sehr schädlich und machen uns alle krank.

Die Carola-Brücke in Dresden ist teilweise eingestürzt. Gut, dass in diesem Moment keine Fahrzeuge darüber fuhren. Unsere Regierung ist sehr spendabel um Kriege um uns herum zu finanzieren und überall Gelder zu versprechen. Inzwischen stürzt bei uns alles mögliche ein, Firmen gehen ins Ausland, oder melden Insolvenz an. Fast täglich werden Menschen mit Messern von irren, illegal eingereisten Asylanten, niedergestochen. Geschieht das alles nach einem Plan?

In Amerika wurde nun Donald Trump als zukünftiger Präsident gewählt. Am selben Tag ist bei unserer Regierung die Ampel nun endlich zusammengebrochen. Es fehlt ihnen jetzt die Mehrheit. Und unser Kanzler ist fest davon überzeugt, 2025 wiedergewählt zu werden, obwohl er so unbeliebt und zaudernd ist. Vielleicht verschließt er nun noch sein zweites Auge?

Am 8. Dezember 2024 wurde in Syrien der Diktator »Assad« gestürzt. Mit seiner Ehefrau und den drei Kindern befindet er sich in Moskau. Eine kluge und schöne Frau, warum geht sie nicht?

Die blinde Hellseherin Baba Wanga, aus Bulgarien sagte zu ihren Lebzeiten (1911–1996): »Noch ist Syrien nicht gefallen!« Das gehörte zu ihrer Vorhersage zu der Frage nach einem großen Krieg. Auch sagte sie, dass zuvor noch ein Mächtiger ermordet würde. Syrien ist nun im Dezember 2024 gefallen! Demnach ist es jetzt wohl 2 Minuten vor 12.

* * * * *

Nun erzähle ich aus meinem Leben ab dem Zeitpunkt meiner Geburt.

Meine Offenheit, die Ehrlichkeit, das unvoreingenommen Zugehen auf meine Mitmenschen, das habe ich wohl von meinen Ahnen geerbt.

Das Schweigen meiner Vorfahren, das Erzählen über deren Schicksale, das heilte mich von Nervenschmerzen im Rückenbereich, die ich mehr als dreißig Jahre ausgehalten hatte.

»Schreib wieder«, wurde mir immer wieder von Freunden ge-
sagt, die meine beiden Bücher gelesen hatten. Darum setzte ich
mich hin, um als Fortsetzung zu erzählen, was aus diesem Ruck-
sack-Mädchen geworden ist! Sie hatte nur zwei Möglichkeiten.

An allem kaputt zu gehen und andere über sich bestimmen zu
lassen, oder stark zu werden und selbstbestimmt zu leben.

Wenn Sie das Buch gelesen haben, dann wissen Sie, wie ich
mich damals entschieden habe!

Der Winter 1946/47, zählte zu den kältesten Wintern dieses Jahrhunderts. Nach zwei Monaten Dauerfrost lag der Schnee noch
bis Mitte März. Die Nahrung war nach dem 2. Weltkrieg, knapp.
Es gab mehrere hunderttausend »Kälte- und Hungertote«.

März 1947

Frida hatte große Angst vor der Niederkunft.

Sie suchte die Haiterbacher Hebamme auf, die Lamparter Marie. Diese versuchte sie zu trösten, dass bei ihrer Verwandtschaft im Januar auch ein Kind geboren wurde, diese Mutter sei noch etwas älter gewesen als sie. Es stellte sich heraus, dass es sich dabei um das 5. Kind handelte, das diese Verwandte entbunden hatte. Für Frida war das ganz und gar kein Trost. Auf die Welt bringen musste es jede Frau alleine, egal ob es das erste oder das fünfte Kind war.

Ihre Schwester Barbara kam am Freitag, den 14. März, nach Haiterbach. Sie konnte bei ihrer Bekannten bei Frau Stöffler in der Salzstetter Straße schlafen. Gerade rechtzeitig schien sie hier angekommen zu sein, oder verursachte sie so viel Aufregung, dass bei Frida am Sonntagmorgen in aller Frühe die Wehen einsetzten. Barbara kochte für Wilhelm und sich. Frida wollte erst gar nichts essen, sie nahm dann doch eine Suppe zu sich. Die bestimmende Art von Barbara regte Wilhelm auf. Er blieb aber ruhig.

Um 13 Uhr sagte er: »Es ist mir egal, was ihr meint. Ich hole jetzt die Marie, die kennt sich mit dem Kinderkriegen aus. Sie muss jetzt her.«

Eine dreiviertel Stunde später war er mit Marie, der Hebamme wieder da. Diese sagte: »Heizt gut ein, damit es warm ist und wir genügend heißes Wasser haben.« Sie untersuchte Frida, und sagte, es kann noch ein Weilchen dauern. Vielleicht wird es ein Sonntagskind, wenn es in den nächsten Stunden hier ankommt. Wir werden es sehen.«

»Meine Schwester Lina, ist es gewöhnt, dass ich manchmal erst spät oder bei Nacht zurückkomme. Wir sind zwei ledige Frauen, und jede hat ihren Beruf. Ich bin Hebamme. Sie ist Schneiderin.

Wir leben gut zusammen, haben unser Auskommen auch ohne einen Mann.«

»Ja, die Männer sind im Krieg geblieben. Nun ja, ich bin ja bereits 50 Jahre alt, über das Alter hinweg, wo ich einem Mann gefallen könnte oder auch mir einer gefallen würde. Ich bringe dafür die Kinder zur Welt, sehe die Schmerzen der werdenden Mütter und manchmal die Enttäuschung der Männer, wenn der erhoffte Erbe nicht angekommen ist. Wieder ein Mädchen, nur ein Mädchen, das habe ich so oft gehört.«

Sie sollen doch ihre Kinder im Katalog bestellen, diese unzufriedenen Männer.

Da bin ich dann heilfroh, keinen zu haben, wenn ich das so mitbekomme.

»Nun Frida, ich denke es geht vorwärts. Einen guten Kaffee hat mir deine Barbara eben eingeschenkt und der lockere Hefezopf, der schmeckt mir gut.«

Sie saßen um den Tisch herum, Frida ging von der Kammertüre bis zur Stubentüre, krümmte sich immer wieder und stöhnte. Wilhelm sprang auf, ging zu ihr hin und massierte ihren Rücken. Sie wollte sich nun hinlegen. Die Hebamme Marie war ihr behilflich. Tücher, Handtücher, alles lag bereit: »Nein den Doktor Wengert brauche man nicht. Das schaffen wir schon alleine«, meinte Marie.

Nun ging es los. Frida stöhnte! Es war sehr schlimm für sie. Alle standen um sie herum. Barbara beschäftigte sich zwischenzeitlich in der Küche. Als sie wieder hereinkam hatte Frida schon Presswehen. Wilhelm weinte und murmelte: »Das wusste ich nicht, dass das so schlimm mit dem Kinderkriegen ist. Oh, meine arme Frida!«

Es war dann endlich soweit. Am 16. März um 15,30 Uhr, kam das kleine Mädchen, im Zeichen der Fische, Aszendent Jungfrau. Ein Sonnenkind, auf diese Welt, im fast unbekannten, jetzt sicher bei vielen bekannten Haiterbach an.

Sie war da und schrie und schrie, wie damals ihre Mutter Frida am 24. Juni 1910.

Nun, wie sollte das kleine Mädchen denn heißen?

Frida sagte, als sie sich etwas erholt hatte, sie hätte gerne eine Ursula Barbara.

Wilhelm, der seine Frida sehr liebte, wollte eine Fridel, zu Ehren seiner Frau.

Nun war guter Rat teuer. Aus Ursula, Barbara + Fridel, wurde dann eine Elfriede, »die von Elfen beschützte!« Und im Gegensatz zu ihrer Mutter Frida war nun bei Elfriede ein Vater da, der Kremenal Schettle! Ein bekanntes, Haiterbacher Original!

Diese Zeilen entsprechen den jeweiligen Textenden meiner ersten beiden Bücher.

Mein Vater in den 1940er Jahren

Es geht weiter, der Beginn ist fast wie in einem Märchen!

1947

Es war einmal ... eine kleine Familie, die 36-jährige Frida und ihr Mann Wilhelm. Dieser war bereits 41 Jahre, aber noch sehr wendig und beweglich. Und dann hatten diese im Familienleben noch sehr unsicheren Menschen plötzlich ein Kind, eine Elfriede. Und das war ich.

Kurz vor Frühlingsbeginn war ich hier angekommen, in der sehr einfachen, kleinen Erdgeschoss-Wohnung in Haiterbach. Im Gässle 7.

In der gleichen Stube, vielleicht sogar im gleichen Bett, in dem meine Großmutter Magdalena bereits im September 1944 verstorben war. Damals hatte das Haus noch die Nummer 55.

Fridas Schwester Barbara, von Beruf Kinderkrankenschwester, blieb noch ein paar Tage bei der jungen Familie. Ihre Ausbildung hatte sie im Ulmer Krankenhaus abgeschlossen. Dort hatte sie eine kurze Liebschaft mit einem verwitweten Arzt. Als dieses Verhältnis in die Brüche ging, leider, trat sie dem Stuttgarter Evangelischen Diakonissen-Orden als Gottes Dienerin bei.

Nun hatte ihre kleine Schwester Frida einen Mann und ein Kind. Das musste sie erst einmal verarbeiten. Diese kleine Schwester war von Gestalt größer als sie. Aber damals, als diese geboren wurde, war Barbara bereits kurz vor ihrer Einschulung. Nun wickelte Barbara das Baby und fühlte ein komisches Gefühl hochsteigen. War das Eifersucht? War sie auf dieses kleine Kind eifersüchtig? So viele Neugeborene hatte sie in Ulm gebadet, gewickelt und ihnen die Flasche gegeben. Es waren fremde Kinder gewesen. Sie sah ihre Schwester immer noch irgendwie als ihr Eigentum an. Nun hatte Frida ein Kind und einen Ehemann. Und sie, Barbara, fühlte sich nun in eine Ecke gedrängt.

Bereits seit vielen Jahren war sie für Frida eine sehr wichtige Bezugsperson gewesen. Und jetzt, zu wem gehörte sie denn jetzt? Zu niemandem! Es tat ihr sehr weh, denn inzwischen befand sie sich bereits in ihrem 44. Lebensjahr.

Ohne Vorwarnung, so schnell war es gegangen. Frida wollte in der Gegend hier bleiben und in einem Haushalt eine neue Stelle annehmen. Der Krieg war zu Ende und Frida konnte gut kochen. Und dann ging alles sehr schnell. Ganz unerwartet lebte Frida nun bei diesem fröhlichen Wilhelm, in dieser mickrigen Wohnung. Konnte man das denn überhaupt Wohnung nennen?

In Berlin, in dem Herrschaftshaushalt im Grunewald. Für Frida waren die Jahre dort von 1939 bis 1945 sicher auch schwer gewesen. Nachts oft Bombenalarm! Tagsüber, ein stundenlanges Anstehen mit den Lebensmittelmarken, für nur ein paar Kartoffeln.

Nun war Frida verheiratet und sie die Schwester Barbara, konnte jetzt da gar nichts, rein gar nichts daran ändern. Der Ehemann Wilhelm, dieser würde ihr sicher den Marsch blasen. Nach einer Woche reiste Barbara wieder ab. Darüber war sicher vor allem Wilhelm sehr froh. Er war bereits einmal etwas lauter zu ihr geworden, weil sie ihn bevormunden wollte.

Allen war nun geholfen! Das Leben wurde nun wieder normaler.

Wilhelm durfte von der Nachbarin, Klara, das Kinderbett holen. In diesem bereits ihre Buben, Karl, Hans und Walter gelegen hatten. Die kleine Elfriede wurde nun in das neben dem Ofen aufgestellte Kinderbett gelegt, und sie schrie erst einmal kräftig. Klara fragte, ob sie das Kind herausnehmen dürfte. So sehr hatte sie sich auch ein »Mädle« gewünscht. Nun, da ihr Mann im Krieg geblieben war, hatte sich dieser Wunsch wohl ein für alle Male erledigt.

Vom Obertorplatz kam Else, die Frau von Erwin zu Besuch. Sie brachte einen niederen Korbkinderwagen mit, in dem bereits ihre beiden Kinder gelegen hatten. Den Kinderwagen hatte sie innen sehr schön mit einem rosafarbenen Stoff ausgearbeitet.

Der Wilhelm war ja immer so gefällig und putzte im Herbst ihre Mostfässer. Jetzt konnten sie sich revanchieren. Frida freute sich sehr, dass sie nun ihr kleines Kind in diesem schönen Wagen ausfahren konnte.

Ja, raus musste Frida mit ihrem Baby, denn diese auf der Nordseite gelegene kleine Wohnung hatte jetzt im zeitigen Frühjahr keine Sonne. Zusätzlich hatte es bis Mitte März geschneit. Auf der Hoffläche zum Gässle, lag der Schnee noch als großer Berg, hart und grau aussehend. Rausgehen wollte Frida mit dem Kind, aber was würden denn die Leute sagen, wenn sie an einem normalen Werktag spazieren gehen würde? Hatte Wilhelms neue Frau sonst nichts zu tun?

Die Haiterbacher sind als fleißiges Volk bekannt. Als letzte Ortschaft des Kreises Calw und ohne eine Bahnstation mussten sie immer weite Wege bewältigen. Dazu brauchten sie Fleiß und Ausdauer, jetzt nach dem 2. Weltkrieg, besonders. Es fehlte den Menschen an allem.

Frida hatte noch einige Wollreste. Darum setzte sie sich hin und strickte für ihr Kind ein Kleidchen. Von schadhaften Wollsocken da schnitt sie das Fußteil und von der Beinlänge ab, um dieses Teil wieder zu verwenden. Sparen musste man überall.

Wilhelm freute sich so sehr an dem Kind! Er hob die Kleine immer wieder hoch und trug sie herum.

Es wurde wärmer, es wurde Sommer, und alles war jetzt nach dem Krieg »Mangelware.«

Frida ging an den Nachmittagen mit ihrem vier Monate alten Baby auf dem Arm die Salzstetter Straße entlang. Manches mal nahm sie auch den Kinderwagen, wenn sie zum Einkaufen zum Metzger Karle ging. Dieser hatte seinen Laden gegenüber des Gasthauses »Ochsen.« Dann auch zu dem Gemischtwarengeschäft Furch. Dort gab es Waschpulver, Fette und Öle. Ihre Schwester Barbara war mit dieser Familie Furch befreundet, denn die Hausmutter war einmal als Patientin bei ihr im Krankenhaus in Freudenstadt gelegen. Und diese Familie besaß ein

Telefon. Die Töchter Rikele und Anna konnten die Nachrichten an Frida weitergeben.

Daneben an der Hauptstraße befand sich das Ladengeschäft von Alex Rebold und seiner Ehefrau. Sie führten Stoffe, Knöpfe, Spielwaren und noch vielerlei anderes. Mit diesem Alex verstand sich vor allem Wilhelm sehr gut. Sie waren sich wohl so in manchen Dingen etwas ähnlich.

Die Haiterbacher schauten neugierig in den Kinderwagen. Dort strahlten ihnen helle, blaue Augen entgegen. »Sie sieht dem Wilhelm aber sehr ähnlich«, sagten die Leute. Dabei dachten sich wohl so manche, ob das Kind auch einmal so lebhaft wie ihr Vater Wilhelm werden würde?

Das Getreide war gereift. Für die Bauern und die Erntehelfer stand nun viel Arbeit an. Erst wurde das stehende Getreide abgemäht. Danach legten die Frauen ihre Garben-Seile in der Länge auf dem Boden aus. Die nächste Frau, oder ein Mann legten die Halme in die andere Richtung darüber. Die Ähren kamen immer auf die gleiche Seite. Als genügend Getreidehalme aufeinander gestapelt waren, wurde das Garben-Seil darüber geschlungen und mit dem Holzstück befestigt. So konnte ein starker Mann darauf kniend, kräftig am Seil ziehend, das Bündel zusammen binden. Bei dieser schwülen Augusthitze war die Getreideernte eine sehr mühevolle und staubige Arbeit. Alle mussten mithelfen. Die Getreidehalme wurden unten etwas ausgebreitet, und die Garben konnten hingestellt werden. Die Ähren waren nun oben und konnten noch etwas Sonne und Wärme abbekommen. Ab und zu war auch eine Pause notwendig. Unter einem Baum, in dessen Schatten, setzten sich die Menschen reihum. Most, der mit sehr viel Wasser verdünnt war, wurde getrunken. Ein in einem Baumwolltuch eingeschlagener Brotlaib, wurde herumgereicht. Dazu gab es Schweinespeck. Man brauchte wieder Energie. Einige Frühäpfel waren auch im Korb. Die Großmütter waren daheim geblieben und versorgten die kleinen Kinder. Nebenbei kochten sie in einem großen Topf aus dem frischem Gemüse ihres Hausgartens eine

Suppe. Das war am Abend die Hauptmahlzeit. Dazu wurde Brot gereicht.

Als das Feld abgeerntet war, wurden diese Garben sehr vorsichtig auf den großen Leiterwagen geladen. Vor den Wagen waren zwei Kühe gespannt. Das Gefährt fuhr in die trockene Scheune. Die Kühe hatten nun ihren Dienst getan und durften in ihren Stall.

In Haiterbach gab es einige Dreschmaschinen-Besitzer. In der Horber Straße stand eine von dem Besitzer des Steinbruches. Wohl stand auch im Hof der Oberen-Mühle eine Maschine und im Tal beim Säger-Schorsch. Letztere war noch aus dem Bestand der Schöttles, als diese noch im Besitz ihres großen Anwesens in der Alte-Nagolder Straße waren.

Die gebundenen Garben wurden nach oben in die Dreschmaschine gehoben. Von einer Helferin wurde das Garben-Seil entfernt und das Bündel nach und nach in die Maschine eingeführt. Das war dann das Dreschen. Die Ähren wurden von den Halmen getrennt und die Getreidekörner wurden heraus geschüttelt. An der vorderen Seite der Dreschmaschine kam das fest zusammengepresste Stroh heraus. Im hinteren Teil wurden die leeren Getreidesäcke in ein Gestell eingehängt und befestigt. Die Getreidekörner aus einem Rohr kommend rieselten in den Sack. Schnell musste gearbeitet werden. Wenn der Getreidesack gefüllt war, wurde das Rohr mit einem Hebel verschlossen und ein leerer Sack wurde eingehängt. Es konnte nun weiter gehen. Eine harte, staubige, kratzende Arbeit, lange, bis oft in die Nacht hinein.

Frida und Wilhelm, die beide sehr fleißig waren, wollten auch wieder ein besseres Leben führen. Nun, nachdem die Getreidefelder abgeerntet waren, bestand die Möglichkeit zum »Ährenlesen«.

Mit Kinderwagen, Kind, Trinkwasser und »dem Schoppen«, für das kleine Kind ging sie los. Dieser Schoppen, war eine mit Haferflocken aufgekochte Milch, zur Nahrung für die Babys, wenn die Mütter bereits abgestillt hatten. Frida, die 36-Jährige, als junge Mutter noch sehr unerfahren, wollte sicher alles richtig machen. Sie packte nun einen, zwei oder drei Jutesäcke dazu. Nun schob sie diesen vollbeladenen Kinderwagen im August 1947 die ansteigende Horber Straße bis auf die Schietinger Höhe. Es war Hochsommer und sehr heiß.

Den Kinderwagen stellte sie unter einen großen Lindenbaum in den Schatten. Nach dieser Wegstrecke, dem durchgeschüttelt werden im Kinderwagen, schlief ich.

Mit noch einigen anderen Frauen machte sich meine Mutter an die Arbeit. Sie durften auf dem abgeernteten Getreideacker nun die verbliebenen Ähren auflesen. Verbunden war das mühevolle Tun mit einem vielem Bücken. Als sie endlich einen Jutesack gefüllt hatte, nahm sie den nächsten. Ich als Baby erwachte irgendwann und schrie dann wohl erbärmlich. Denn es war mir wohl zu heiß, die Windel nass, und ich hatte sicher auch Hunger. Meine Mutter musste ihre Arbeit unterbrechen und sich um mich kümmern. Dabei nahm sie mich aus dem Wagen, legte mich trocken und gab mir diesen »Schoppen«. Ich trank, trotz der Hitze, wohl sehr gierig.

Mein Vater Wilhelm kam am Abend mit einem Leiterwagen auf die Höhe. Dort holte er diese mit Ähren gefüllten Jutesäcke ab. Er transportierte sie gleich zur Oberen-Mühle. Dafür würde der Müller ihm schönes, weißes Mehl geben.

Nun daheim, in dem an der Nordseite gelegenen Haus, in dieser Wohnung oder dem Platz davor, wäre es sicher für Mutter und Kind erträglicher gewesen. Aber die Leute, was hätten sie wohl gesagt! »Der Wilhelm hat nun eine neue Frau und diese ist so faul, sie sitzt mit dem Kind vor dem Haus herum, obwohl sie doch fast nichts zum Essen haben.«

Am Abend erbrach ich die zugenommene Nahrung wieder. Immer wieder musste die Windel gewechselt werden und ich weinte. Mein Vater war sehr verzweifelt. Er fragte nicht lange, sondern ging zum Doktor und holte diesen. Der Arzt schüttelte den Kopf, als er sich das alles ansah. Was war denn zuvor geschehen? Eigentlich nichts schlimmes. Meine Mutter war nur zum Ährenlesen mit dem Kinderwagen und mir auf der Schietinger Höhe gewesen. Etwas zaghaft erzählte das meine Mutter. Der Doktor sagte: «Bei dieser Hitze geht man mit so einem kleinen Kind erst am Abend hinaus. Und die Milch? Diese ist natürlich sauer geworden.»

Meine Mutter war nun sicher sehr geknickt. Ich sollte in die Kinderklinik nach Tübingen eingeliefert werden, denn Brechdurchfall, mit solchen Dingen ist nicht zu spaßen, meinte der Doktor. Meine Mutter war nun sehr verzweifelt. Sie wollte mich daheim behalten und alles tun, was zu tun wäre. Der Doktor ordnete als Ernährung Magermilch an. Mein Vater ging zur Milchzentrale um dort Magermilch zu holen. Irgendwie erreichten sie Barbara im Krankenhaus. Diese kam und versorgte mich mit Magermilch und dem ständigen Windeln wechseln. Sehr ratlos waren nun die jungen Eltern. Das hatten sie so nicht gewollt.

Ich war zäh! Vielleicht hatte ich das von meinem Vater Wilhelm geerbt, denn nach einigen Tagen beruhigte sich mein Magen-Darmtrakt wieder. Meine Mutter war nun sicher gebremst. Sie blieb nun bei Hitze mit mir vor dem Haus im Schatten. Die Leute sollten nun sagen was sie wollten.

Die Zeit ging dahin. Wilhelm nahm nun sein Mädle mit zu Eugen Grenzendorf, dem Friseur am Marktplatz. Dieser schnitt nicht nur den Männern die Haare, sondern er fotografierte auch bei Hochzeiten und besonderen Angelegenheiten. Mein Vater setzte mich mit ungefähr 6 Monaten in den kleinen Friseurstuhl. Dort wurden eigentlich den Kindern immer die Haare geschnitten, aber man konnte diese Sitzgelegenheit auch zum Fotografieren nützen.

Nun, der quirlige Wilhelm und Frida die Traumatisierte. Nach dem 2. Weltkrieg fanden diese zwei aus Not zusammen. Es wäre wohl für beide besser gewesen, wenn sie diese Ehe nicht eingegangen wären. Und dann noch ein Kind, das wohl ungeplant, aber nun einfach hier auf dieser Welt angekommen war. Ein Sonntagskind, ein Sonnenkind und vielleicht hatte das Kind eine besondere Aufgabe für ihr Erdendasein mitbekommen?

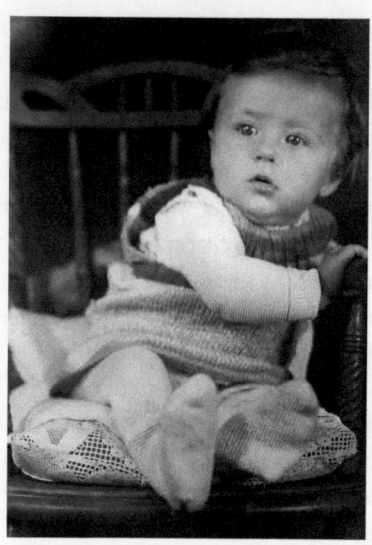

Das erste Foto von mir

Den Brechdurchfall im August hatte ich nun durchgestanden, überstanden. Mein Leben lang blieb ich mit Magen-Darm-Befindlichkeiten sehr sensibel.

Auch war ich in meiner Kindheit sehr vielen Dingen ungeschützt ausgesetzt. Mein Nervenkostüm reagierte auf Belastungen und Umstellungen sehr empfindlich. Aber entscheiden musste sie ich mich wohl bereits sehr früh, wie ich mit diesem Leben umzugehen hatte. Stark werden, oder an den vielen Belastungen zerbrechen! In meinem Innersten gelang es mir, an das Gute zu glauben und am Horizont die Sonne aufgehen zu sehen.

Am 16. März im Zeichen der Fische geboren, das zeigte eine gewisse Feinfühligkeit. Dann den Aszendenten in der Jungfrau. Das spricht für eine vorausdenkende, kluge, ordnende Persönlichkeit. Der Vater bestimmt mit der Zeugung das Sonnenzeichen, das war in den Fischen und zeigt Sensibilität und Empathie. Die Mutter bestimmt mit dem Zeitpunkt der Geburt das Mondzeichen, es war im Steinbock. Die in diesem Mondzeichen geborenen, kommen mit kargen Zuständen besser zurecht als viele andere. Sie sind aber auch Willensstark.

Mein Vater war am 2. Januar 1906 in sehr ärmlichen Verhältnissen geboren und auch so aufgewachsen. Er zeigte sich zeitlebens sehr humorvoll und mit einer unglaublichen Schlagfertigkeit. Sprichwörtlich verschlug es vielen Menschen bei seinen Sprüchen erst einmal die Sprache. Ihr Ärger verflog aber sehr schnell wieder. So war er halt, der Wilhelm.

Ich hatte trotz allem viel Glück. Denn ich spürte, dass mein Vater mich gewollt und geliebt hatte.

In der Haushälfte, die als Erbgemeinschaft von Martin Schöttle Erben, eingetragen war. Das beinhaltete, dass dieses Erbteil, den drei noch lebenden Geschwistern, Anna, Wilhelm und Mariele, jeweils zu gleichen Teilen gehörte. Die Mutter Maria Magdalena, sie hatte nur ein Niesbrauchsrecht. Im September 1944 war sie an Altersschwäche verstorben. Es war Krieg und vermutlich hatte sie Diabetes, das würde ihren damaligen, fast unstillbaren Durst erklären.

Der Familie des oberen Hausanteils gehörte im Keller der vordere Bereich. Deswegen kam es immer wieder zu Übergriffen. Nun hatte der Ehemann der oberen Wohnung mit seiner ältesten Tochter diesen vorderen Teil des Kellers sehr voll gestellt. Diese ungute Sache anzusprechen, wäre wohl ratsam gewesen. Stattdessen staute sich die hilflose Wut in meinem Vater immer mehr an. Dann, am 2. November 1947, hatte dieser Mann unweit der beiden Eingangstüren, Wasser in den Ablaufschacht ausgeschüttet. Mein Vater ging auf ihn zu und versuchte die Sache zu klären. Es misslang. Der Mann bekam vor ihm Angst und flüchtete die Holzaußentreppe hoch. Dort kam ihm seine Frau noch zu Hilfe. Beide Eheleute bekamen von dem Messer, das mein Vater mit sich führte, Stiche ab. Bei der Frau waren es sieben Stiche und sie war Mutter von fünf Kindern.

Meine Mutter rannte sicher mit mir auf dem Arm aus der unteren Wohnung heraus. Im Alter von nicht einmal acht Monaten sah ich das wohl alles, ohne irgendetwas davon zu verstehen. Aber mein Unterbewusstsein speicherte diese Handlungen ab und auch die Schreie. Jahre später als erwachsene Frau, konnte ich dieses Vorkommnis undeutlich sehen. Dass etwas mit viel Aufregung verbundenes, vor sich ging und eine Frau mit einem Baby auf dem Arm ins Haus rannte. Wilhelm, der andere Mann und seine Frau, die Mutter mit dem Kind auf dem Arm, sie schrien alle. Das Unterbewusstsein vergisst nichts, gar nichts, ein Leben lang.

An dem Abend liefen die Leute zusammen, die Polizei kam und Wilhelm wurde in die Arrest-Zelle in dem Rathaus eingesperrt.

Meine Mutter setzte sich in ihrer Stube hin und weinte. Irgendwann in der Nacht kam mein Vater unerwartet heim. Ja der Wilhelm, kein Gewöhnlicher, war aus der Arrest-Zelle ausgebrochen.

Am nächsten Morgen bemerkten die Polizisten die leere Zelle. Wo war denn der Häftling?

Wilhelm wusste es, dass sie ihn holen würden. Frida und er hatten bereits einen Koffer mit Bekleidung zusammen gepackt. Er kam nun nach Tübingen in das dortige Gefängnis. Untersuchungen folgten, und er wurde dem Haftrichter vorgeführt.

1948

Im Affekt, war es geschehen. Indem die andere Familie den vorderen Kelleranteil so voll belagerte, dass mein Vater nur noch einen sehr schmalen Durchgang zu seinem Kelleranteil hatte. Es war Herbst und er musste seine Mostfässer herausholen, um diese draußen auszuwaschen, die Ringe anziehen und die Fässer noch aus schwefeln. Das alles hatte ihn so in Rage versetzt. Es hätte wohl einen besseren Weg gegeben, wenn er diese Sache ruhig angesprochen hätte. Die angestaute Wut, steigerte sich und führte zu den heftigen Reaktionen.

Der Richter konnte die Zusammenhänge erkennen. Nach §51, der Schuldunfähigkeit, wurde mein Vater am 8. Juni 1948 zu einem Jahr Freiheitsstrafe verurteilt. Die Zeit der Untersuchungshaft wurde ihm angerechnet.

Für meine Mutter war das alles sicher sehr schwer. Kein Mann, der Geld verdiente und ein Baby.

Alle waren in dieser Zeit arm, sie nun noch ganz besonders.

Vermutlich bekam meine Mutter von den Freunden meines Vaters Lebensmittel, von ihrem Bruder in Unterwaldach wohl auch Kartoffeln. Wie es damals genau ablief, das entzieht sich meiner Kenntnis. Es war sowieso eine sehr schwere Zeit. Man hatte noch die Reichsmark. Aber kaufen konnte man sich dafür nichts, denn die Läden waren damals wie leergefegt.

Im März wurde ich ein Jahr alt und machte meine ersten Schritte, ohne meinen Vater.

Die Reichsmark wurde abgeschafft. Die Währungsreform war am 20. Juni 1948.

Am 21. Juni 1948 konnte jeder Bürger in Westdeutschland 40 Reichsmark, in 40 Deutsche Mark, genannt DM, umtauschen.

Was war nun passiert? Es war unerklärbar, denn in den Läden gab es plötzlich wieder vieles zu kaufen. Puppen, Spielzeug, Stoffe, Wolle, Geschirr und Kochtöpfe. Vermutlich hatten die Geschäftsinhaber diese Dinge irgendwo in einem Hinter-Kämmerchen, versteckt gehalten. Denn in Erwartung einer neuen Währung hielten sie ihre Waren zurück. Was sollten sie denn mit diesem alten Geld noch anfangen, wozu noch diese wertlosen Scheine annehmen?

Als Wilhelm wieder zurück war wurde es für Frida auch wieder leichter. Er war sehr fleißig und wollte, dass es seiner Familie gut geht. So, wie er früher für seine Mutter gesorgt hatte, sorgte er nun für seine Familie.

Als er ein paar DM erübrigen konnte, kaufte er bei seinem Freund, Alex Rehbold, in dessen Gemischtwarengeschäft zuerst eine kleine Schildkrötpuppe für sein Mädle. Es ließ ihm dann keine Ruhe, und er holte sich bei Alex auch noch die 56 cm große Schildkrötpuppe »Inge«. Diese Puppen kamen nun noch zu meiner Lumpen-Stoffpuppe.

Das Kinderbettchen stand am niederen Fenster und es diente gleichzeitig als Laufstall. Mein Vater brachte mir von einer Bäckerei eine Schnecken-Nudel mit. Diese gab er mir in mein Händchen, als ich in meinem Bettchen stand. Sehr enttäuscht war er, als die Schnecken-Nudel plötzlich auf dem Fußboden lag. Warum hatte ich diese Köstlichkeit hinaus geworfen, oder einfach aus dem Händchen gleiten lassen? Mein Vater sagte später oft zu mir, ich hätte die Schnecken-Nudel auf den Fußboden fallen lassen. So eine Köstlichkeit! Das war für einen Mann, der so viel Hunger in seiner Kindheit erleiden musste, einfach unbegreiflich.

Mit der Familie im oberen Hausteil vertrugen sich meine Eltern wieder. Und diese respektierten nun das Recht eines Zuganges zum hinteren Kellerteil für uns.

In der Stube war ein Bett in dem meine Mutter schlief. Mein Vater musste zu seinem Bett über eine hohe Stufe in die sehr niedrige Kammer. Unter dieser Kammer befand sich der Keller.

Ein großer Kleiderschrank und zwei Holztruhen standen auf

der Westseite des Dachbodens. Meine Mutter musste immer an der Haustüre bei Liese klopfen, damit sie zum Dachboden kommen konnte. Tagsüber war diese Holzeingangstüre sowieso offen. Nur am Abend verschlossen die Menschen damals ihre Haustüren. Wer wollte denn etwas von den Anderen?

Vorübergehend war diese kleine Wohnung noch ausreichend. Wenn die Zeiten besser würden, dann müsste eine Änderung geschehen. Wilhelm arbeitete auf dem Bau. Und im Herbst verdiente er sich als Küfer noch ein Taschengeld dazu. Von den Bauern bekam er auch noch so manches an Lebensmittel.

Elfriede mit ihrem Schaukelpferd im Täle

1949

Im Jahr 1949 ging meine Mutter öfters zu Nanele. Im Gässle 3. (Vermutlich war ihr Familienname Schweizer.) Sie wusch für diese Frau die Wäsche im großen städtischen Waschhaus, das sich neben dem Bachlauf der Wette befand. Auch putzte sie im Haus. Mein Vater war hilfsbereit und half noch bei vielem Notwendigen. Sicher war es für diese alte Frau sehr hilfreich, dass meine Eltern für sie da waren. An das Wohn-Schlafzimmer kann ich mich noch ein wenig erinnern, und daran, dass ich mich einmal neben dem Sofa in die Hocke begab und danach ein Rinnsal auf dem Boden sichtbar war. Vermutlich hatte das Häuschen auch ein leichtes Gefälle. Vielleicht genierte ich mich, etwas zu sagen. Mein Tun wurde dann schnell entdeckt.

Als Nanele verstarb, kauften meine Eltern das kleine Haus. Ein altes Schränkchen nahmen sie gleich als Küchenschränkchen in unsere Wohnung mit. Als dann die Familie des oberen Hausanteils plante, ein eigenes Haus zu bauen, entschlossen sich meine Eltern, diese obere Haushälfte zu kaufen. Meine Mutter bekam von ihren Ersparnissen aus ihren Dienstjahren, noch eine größere Summe, in die neue Währung umgerechnet.

Sie verkauften das kleine Häuschen wieder. Hermann Furch, ein Haiterbacher, erwarb es und wohnte dort, bis er verstarb. Danach war Erich Nagel mit seiner Ehefrau der neue und letzte Besitzer. Das Häuschen, vorne die Nordseite und hinten in den Berg gebaut, wurde von der Stadt Haiterbach gekauft und abgerissen. Der freie Platz ergab den Parkplatz für die neue Pilzstube. Diese wurde in den 1970er Jahren in der ehemaligen Backstube vom »kleinen Beck« eröffnet.

Das Nanele Haus im Gässle 3, beim Abbruch

Die 1950er Jahre

Nach meiner Geburt, wurden im Gässle noch weitere Kinder geboren. Sie wuchsen genauso in dieser sehr kargen Zeit auf. Damals bekamen die Kinder Bekleidung und Essen und nur wenig Zuwendungen. Sie waren halt da. Die meisten Kinder hatten ein eigenes Bett. Nur in kinderreichen Familien mussten oft zwei Kinder ein Bett miteinander teilen. Die Eltern waren damit beschäftigt, dass ein bisschen Wohlstand in die Häuser einziehen konnte. Viele Familien hatten eine Nebenerwerbs Landwirtschaft. Darum wurde an den Abenden auf den Feldern und in den Ställen gearbeitet. In den Häusern befand sich im Erdgeschoss der Kuh- und Schweinestall, daneben die Waschküche mit einem Waschkessel und ein Holz/Kohlelager. Daneben war noch eine Scheune für die Landwirtschaftsgeräte und den Leiterwagen. Vor dem Haus befand sich die große Miste mit den Fäkalien der Tiere. Diese war mit einer Mauer und einer Bretter Befestigung, eingegrenzt.

Über eine Treppe gelangte man in die Wohnung. Diese bestand aus einer großen Wohnküche mit einer Eckbank und einem großen, stabilen Tisch, ein Holz-Kohleherd mit einem Wasserschiff. Die Herdplatte hatte Ringe, damit man jeweils nach der Größe des Topfes, die Öffnung anpassen konnte. Der Topfboden war direkt über der Feuerstelle. Zum Weiterkochen wurde der Topf dann seitwärts abgestellt. Neben der Feuerstelle befand sich der Backofen. Er hatte keine Temperaturanzeige. Für das Holz nachlegen dazu war Gefühl und Erfahrung notwendig, damit der Kuchen gut und schön gebacken wurde. Das Elternschlafzimmer und eine gute Stube und eine Kammer in der die Kinder schliefen.

Als 4-Jährige wünschte ich mir so sehr ein Geschwisterchen.

In der etwas höher gelegenen Kammer war das Fenster sehr tief angebracht und für mich gut zugänglich. Auf diesem Außenbrett konnte ich immer Würfelzucker ablegen. Manchmal lag dieses Zuckerstück über viele Wochen dort. Immer wieder schaute ich danach. Vergeblich wartete ich eine sehr lange Zeit auf den Storch, denn dieser würde das Zuckerstückchen holen und als Gegenleistung ein Baby, ein ganz neues, kleines Kind, in die Stube bringen. Manches Mal lutschte ich in großer Verzweiflung das immer kleiner und porös gewordene Zuckerstück selbst.

Zu meiner Mutter sagte ich: »Am Sonntag muss ein kleines Kind im Bett liegen!« Viele Sonntage gingen vorüber, ohne dass etwas geschah. Es war 1951, als meine Mutter ganz unerwartet eines Morgens zu mir sagte: »Oben, bei der Liese, hat heute Nacht der Storch einen kleinen Buben gebracht!« Ich weinte und war darüber sehr traurig und verzweifelt. Das konnte nicht sein: »Das ist unser Kind, denn ich habe doch den Zucker auf das Fensterbrett gelegt! Jetzt ist der Storch in das falsche Fenster geflogen. Das Kind gehört doch uns.«

Ungerecht empfand ich es als 4-Jährige, dass der Storch zu der oberen Familie geflogen war.

Meine Mutter kochte für die Wöchnerin eine Kraftbrühe aus Rindfleisch mit Nudeln. Und ich durfte in die Wohnung mitkommen. Da lag diese Mutter der vielen Kinder im Bett, bis an das Kinn mit einem dicken Federbett zugedeckt. Sehr genau schaute ich an den Bereich der Füße, da der Storch doch der Frau in den Fuß gebissen hatte. Deswegen, musste sie so zugedeckt liegen.

Auf dem Boden, in einem geflochtenen Wäschekorb, lag das kleine Kind. Mit einer Hand hielt ich mich an der Schürze meiner Mutter fest, denn ich brauchte irgendwie Halt. Dann sah ich sehr böse zu dem Kind hin. Das war doch mein Brüderchen, und meine Mutter machte da keine Anstalten das zu erwähnen. Sie redete ganz ruhig mit der Wöchnerin. Sehr ungerecht behandelt fühlte ich mich, und schluckte meine Tränen hinunter.

Endlich, brachte der Storch ein kleines Kind in das Haus, und jetzt lag es hier. Ich hatte doch so sehr auf ein Geschwisterchen gewartet.

Immer wieder durfte ich zu dieser Familie zum Spielen. Nach kurzer Zeit wollte ich wieder gehen. »Warum willst du denn schon wieder heim«, wurde ich gefragt. »Ich muss wieder denken«, so hatte ich das damals gesagt. Wohl schon in meiner Kindheit brauchte ich viel Zeit für mich zum Denken. Diese große Familie das war für mich sicher ungewohnt und anstrengend.

Von dem gegenüber liegenden Haus im Gässle kam öfters der Sohn von Anna und Eugen zu mir. Er hieß Gustav Georg und er ging bereits in die Schule und konnte mit seinem Bleistift schreiben und zeichnen. Das war schön, denn er zeichnete mir immer auf einem Blatt Papier eine Hexe. Und ich wünschte mir, dass diese Hexe hinter sich einen Leiterwagen herziehen würde und in diesem saß ein kleines Mädchen. Das war dann ich. Es war schön, in dem kleinen Wagen sitzend, als Zugpferd davor die krumme Hexe, mit einem umgebundenen Kopftuch.

Als die Familie des oberen Wohnanteils ausgezogen waren konnten meine Eltern diese Wohnung renovieren lassen. Das wurde für mich interessant als die Handwerker ins Haus kamen.

Der Gipser von der Horber Straße fing im Wohnzimmer damit an, mit einer Rolle ein Muster in grüner Farbe auf die Wände zu malen. Meine Mutter kam dazu: »Nein, so etwas möchte ich nicht, ich möchte eine richtige Tapete haben«, sagte sie etwas aufgebracht. Irgendwo kamen dann Tapeten her und der Gipser klebte diese an die Wand. Damals musste man an den Tapeten zuvor noch den Rand abschneiden. Sehr spannend war es, den Veränderungen der Wohnung zuzusehen.

Endlich kam der Tag des Umzuges. Aber mithelfen wollte ich nun nicht mehr.

Jetzt hatten wir auch den gesamten Dachboden für uns. Wenn es wärmer wurde, dann konnte ich dort oben schön spielen. Alte Krüge und Töpfe, Matratzen und Tücher, einfach alles war dort.

Wenige Häuser neben unserem auf der anderen Seite im Gässle hatte ich einen gleichartigen Freund gefunden. Er wohnte mit seinen Eltern bei seiner Ahne und seinem Ähne. Es fand sich dort ein Holz-Lager-Raum im Erdgeschoss und wir durften in diesem spielen.

Meine Eltern gingen an den Sonntagen gerne im nahen Wald, dem Zwerenberg, spazieren. Wohl war da auch einmal mein Spielfreund Hans und seine Mutter Emilie mit dabei. Hans hatte seinen Matrosenanzug an. Das fotografierte mein Vater wohl liebend gerne. War er doch im 2. Weltkrieg Matrose gewesen und dabei bis nach Trontheim, in Norwegen gekommen.

Die zwei Spielfreunde Hans als Matrose und ich,
im Haiterbacher Zwerenberg

Nach dem Umzug hatte mein Vater wieder ein Verlangen nach einem Motorrad. In der ehemaligen Küche im Erdgeschoss konnte er dieses nun einstellen.

Als er im Herbst mit seinem Motorrad nach Oberschwandorf zum Most-Fässer putzen fuhr, hatte er seinen großen Rucksack auf dem Rücken, an diesem der lange Stiel der Fußbürste heraus ragte. Auf der Höhe der Werkstatt von Gottlieb Lehre stand ein Polizist. Dieser versuchte, aus irgendwelchen Gründen auch immer, Wilhelm anzuhalten. Ein Arbeiter der Firma Lehre stand zur selben Zeit neben der Schmiede. Dieser amüsierte sich sehr über diesen Vorfall. Der Polizist rief zu Wilhelm auf dem Motorrad: »Halt« und schwenkte sein rundes »Halt-Schild«. Wilhelm machte keine Anstalten, anzuhalten. Schließlich hatte er einen Termin, und diesen musste er einhalten. »I muss noach Schwoadorf zom Fassputza«, rief der mit gewendetem Kopf vorbeifahrende Wilhelm dem Polizisten zu.

Die Übersetzung: Ich muss nach Oberschwandorf um dort Mostfässer zu putzen.

Wenn man im Gässle entlang ging, waren auf der linken Seite nach den Wohnhäusern einige alte, in den Berg hinein gebaute Keller. Darüber befanden sich kleine Holzschuppen, damit die Keller vor eindringendem Regen, geschützt waren. In diesen Schuppen war oft nur wenig Holz und einige Büschel mit getrocknetem Reisig. An den Seiten lagen lange Holzbretter aufgeschichtet. Damit konnten wir Kinder mit dem Unterlegen von runden Holzklötzen, Sitzbänke bauen. Manchmal war diese viele Mühe umsonst und die Bänke kippten wieder um. Ich hatte dann oft brauchbare Ideen. Mit meinen Spielfreuden schlichen wir heimlich und leise in mein Elternhaus, in die jetzt leerstehende untere Wohnung hinein. Dort hatte mein Vater seine Hobelbank stehen und einiges an Werkzeug gelagert. Wir Kinder machten uns dann über diese Schätze her und holten aus den Kisten, Hammer und Nägel heraus.

Damit wurden diese Bretter-Möbel haltbarer. Das Nägel einschlagen, gestaltete sich allerdings etwas schwierig. So viele der

Stifte bogen sich in die falsche Richtung einfach um, und sie waren dann krumm eingeschlagen. Darum war der Verbrauch an Nägeln enorm. Wir hatten dabei aber großes Glück, denn mein Vater hatte diese Abnahme seines Nägel Vorrates wohl nicht bemerkt.

Mit meiner Schildkrötpuppe

Es wurde Winter, und ich hatte einen langen Rodel-Schlitten. Er war etwas zu groß und zu schwer für eine 5-Jährige. Aber alle gingen in der Winterzeit bei gefallenem Schnee zum Rodeln.

Meine Eltern waren bereits über 40 Jahre alt. Es war ihnen wohl recht, wenn ihr Mädchen sich schnell selbstständig entwickelte und alleine zurechtkam.

Meinen Schlitten zog ich mühsam an den Hühnerställen vorbei, die Breitne hoch, bis zu den großen Hecken, bevor der Weg noch steiler wurde. Nun fuhr ich langsam wieder hinunter. Ganz unten mündete der Weg in die Horber Straße ein. Dort musste ich ja sowieso wegen des Verkehrs anhalten. Wenn es auch Anfang der 50er Jahre nur wenige Autos gab und nur sehr selten eines vorbei fuhr. Gegenüber der Straße war die große Mauer von Bacher Frieder`s Düngehaufen.

Aber an diesem Tag war alles anders. Ganz unerwartet, bog jetzt rückwärts fahrend, ein kleiner Lastwagen in die Breitne ein. Dieser wollte wohl zum Verkaufsladen, des Gärtners Jakob Helber. Ich war erst fünf Jahre alt und versuchte nun mit beiden Füßen verzweifelt den Rodel-Schlitten abzubremsen und zu stoppen. Der Schnee war festgefroren. Zum Schlittenfahren war das ideal. Das Anhalten an der steilsten Stelle klappte durch diese Vereisung nun einfach nicht.

Ich erkannte die Gefahr und rollte mich nach rechts von dem Rodel-Schlitten herunter. Auf dem festgefahrenen, harten Boden tat der Aufprall sehr weh. Dem Schlitten schaute ich noch hinterher und sah, dass dieser unter dem kleinen Lastwagen hindurch fuhr und über die Verkehrsstraße, ohne Verkehr. Im Gässle, im Hof von Zeiler's, kam der Schlitten dann zum Stehen.

Nach diesem Schreck war ich das Schlittenfahren leid. Mit der schmerzenden Hüfte humpelte ich heimwärts. Mein Vater frage mich an diesem Abend, was ich tagsüber gemacht hätte. Ich erzählte ihm von diesem schmerzenden Vorfall. Mein Vater freute sich sehr über den noch guten Ausgang der Schlittenfahrt und nahm mich in die Arme. »Das hast du gut gemacht. Bist meine Gscheide.« Das war ein großes Lob. Nicht auszudenken, wenn ich auf dem Schlitten sitzengeblieben wäre?

Sehr oft fuhren wir Kinder vom »Bus«, oben bei dem Schafhaus, mit den Schlitten die Haupt Straße über mehrere Kilometer bis zu dem Kino den »Kuckucks Lichtspielen«, hinunter. Manchmal wurden auch mehrere Schlitten zusammengebunden. Vorne saß dann ein größerer Junge. Dieser hatte an seinen

Füßen Schlittschuhe befestigt. Er lenkte dann das breite, oder lange Gefährt, sicher die Hauptstraße entlang. Oft kam der Ortspolizist dann plötzlich irgendwo zwischen den Häusern hervor, genau dann, wenn es am Schönsten war. Er schimpfte laut und zeigte mit seinen Armen, dass wir mit dem Fahren aufhören müssten. Auf der Straße Schlitten zu fahren, das war verboten. Das wussten wir natürlich auch. Er schickte uns alle weg. Wir sollten auf den Wiesen fahren. Kaum war er dann außer Sichtweite warteten wir noch ein wenig, bis die Luft rein erschien. Danach konnte das Straßen-Schlittenfahren wieder ungehindert weiter betrieben werden. Es war eine schöne Zeit gewesen.

Albrecht, der Sohn von dem Schulrektor, kam eines Tages mit seinem Schlitten im Gässle entlang. Er wollte ins Täle, um dort Schlitten zu fahren. Er blieb bei mir im Hof stehen, denn dort hatte ich ein großes Schneehaus gebaut. Ich wollte nicht ins Täle mitkommen, denn mein Haus war noch nicht bezugsfertig. Die Fenster fehlten noch. Albrecht sagte: »Du fährst immer bei Reif bereits mit deinem Schlitten. Jetzt hat es Schnee und du fährst jetzt nicht, sondern baust ein Schneehaus!« Er hatte ja recht, aber so ein Schneehaus mit Fensteröffnungen und einer Türe, niedrig gehalten, war einfach etwas tolles! Man konnte auch drinnen sitzen, meistens so lange bis man krank war und Fieber hatte. Dann hatte alles erst einmal ein Ende.

Meine Mutter übernahm nun die Zuständigkeit für das aus Tuffstein gebaute obere, städtische Waschhaus, das sich neben der ehemaligen Mittelschule befand. Sie führte dazu ein Terminbuch für die Waschtage der einzelnen Frauen. Meistens wurde alle 4 bis 6 Wochen gewaschen. Da es eine sehr große Aktion war, und die Frauen sich mit der großen Menge an Wäsche überfordert fühlten, buchten sie meine Mutter oft als Gehilfin gleich mit.

Das Waschen der Wäsche dauerte über viele Stunden. Ich durfte am Fenster an einem Holztisch die verschmutzten Teile mit einer Bürste und Schmierseife bearbeiten. An meinem Körper war die Kleidung danach genauso nass wie die eingeseiften Wäschestücke.

In dieser Waschküche gab es eine Ablaufrinne die in einen kleinen Wasserschacht mündete. Manchmal reinigte ich diese Rinne und den Schacht. Gefunden hatte ich dabei viele rostige Nägel, alte Knöpfe und ein und zwei Pfennig Stücke. Einmal ein großer Erfolg: Ein 50 Pfennig Stück glänzte mir entgegen. Das war damals viel Geld, denn 1 Brötchen kostete 5 Pfennig.

Obwohl dort vieles interessanter war als daheim, wurde es mir oft einfach zu viel. Darum zog ich meine Mutter an ihrer Schürze und wollte gehen. Sicher war das »Muttersein« für sie, die so viele Jahre im Dienste von Fabrikanten und Herrschaften gearbeitet hatte, eine große Umstellung.

Auf dem Heimweg kauften wir noch beim »kleinen Beck« ein. Elise, die Frau vom Hannes am Schömberg, stand an der Wette bei einem Schwätzchen mit einer anderen Frau. Sie sah, dass meine Mutter einen Kopfsalat gekauft hatte. Sprachlos starrte sie auf diesen Salatkopf und verstand das nicht. Dann nahm sie allen Mut zusammen und sagte: »Frida kaufst du jetzt schon Salat? Das kann man doch nicht machen, man muss doch warten bis man den Salat im Garten hat.« Meine Mutter war zuerst einmal sprachlos. »Ja, ich kaufe Salat. Das bin ich so gewöhnt. Wir haben keinen Garten und auf was soll ich da denn warten?« Sie drehte sich um und ging mit mir im Schlepptau um die Hausecke und weiter im Gässle entlang. Sie murmelte vor sich hin: »Sechs Jahre habe ich in Berlin den Krieg erlebt. Nachts bin ich in den Luftschutzbunker gerannt. Dann haben meine Herrschaften noch durch eine Bombe ihr Haus verloren. Was wollen denn nun diese Haiterbacher Weiber von mir. Sie wissen nicht was ich durchgemacht habe, und darum kaufe ich auch Salat. Zweimal isch mir s Geld verreckt.«

Die Übersetzung: Zweimal wurde mir das Geld entwertet, es war dann weg.

Meine Mutter wurde in dem um die 50 Einwohner zählenden Dörfchen Unterwaldach geboren. Nach sieben Schuljahren in Oberwaldach wurde sie 1924 in der evangelischen Kirche in Cresbach konfirmiert. So schüchtern wie sie war, kam sie erst einmal zu ihrer Ahne Barbara nach Herzogweiler. Mit dieser verstand sie sich gut. Sie versorgte diese auch in ihrem unerwarteten, letzten Lebensjahr. Der Sohn Johannes und seine Frau Rosine sie waren mit der Landwirtschaft und den beiden Kindern voll beschäftigt. Darum war es gut, dass Frida mit im Hause war.

Ahne Barbara, Frida, Rosine und Johannes Gutekunst,
mit ihren Söhnen Paul und Johannes

Nach dem Tod ihrer Großmutter nahm meine Mutter eine Stelle bei der Möbelschreinerei Lutz in Pfalzgrafenweiler an. Dort in der Nähe wohnte auch ihr jüngster Stiefbruder mit seiner Familie.

Ihre nächste Haushaltsstelle war bei Ehrhardts, der Familie des Sägewerks, in Oberschwandorf. Während dieser Zeit im Jahr 1933 verstarb ihre Mutter Christine. Meine Mutter war jetzt 23.

Im September 1937 wechselte sie in dem Haushalt von Dipl. Ing. Erhard Rommel in Stuttgart-Kaltental. Wenn Gäste im Haus waren, dann durfte der kleine Sohn Manfred, der spätere Oberbürgermeister von Stuttgart, bei ihr in der Küche sitzen und dort Essen.

Ab dem 1.3.1938 arbeitete sie bei dem Regierungbeamten R. Plebst in Stuttgart in der Olgastraße 103. Als diese reiche Familie Plepst Anfang 1939 nach Berlin umzog sagten sie zu meiner Mutter: »Kommen Sie doch, wegen des Umzuges, noch für sechs Wochen mit uns nach Berlin.« Meine Mutter willigte ein. Bei einem Umzug, konnte sie ja nicht nein sagen.

Ganz unerwartet kam der 2. Weltkrieg, und aus diesen geplanten sechs Wochen wurden sechs Jahre. Schlimme Kriegsjahre in Berlin-Grunewald, in der Humboldstraße 29. Das Haus wurde durch eine Bombe zerstört. Daraufhin wanderte die Familie Plebst nach Amerika aus.

Meine Mutter arbeitete ab Juni 1944 noch in dem Haushalt von Dr. Hans Schippel in Berlin-Dahlem. Erst nach dem Kriegsende konnte sie wieder in ihre Heimat, in ihr Elternhaus zurück.

Nach diesen Jahren war auch hier alles anders geworden. Wenn meine Mutter in Haiterbach ihre kleine, bescheidene Wohnung verließ band sie sich ihre schöne, hellblaue Baumwoll-Schürze um. Diese war mit weißen Biesen eingefasst. Das Schürzenleibchen und die beiden kleinen Taschen waren mit kleinen Margeriten bestickt. Auch wenn sie sehr bescheiden lebte, meine Mutter versuchte ihr bisheriges Niveau beizubehalten.

Nach der Rückkehr aus Berlin bemühte sich meine Mutter um eine Haushaltsstelle hier in Süddeutschland. Da ihre geliebte Schwester Barbara als Kinder-Krankenschwester im Ulmer Krankenhaus arbeitete, gelang es ihr, dort ebenfalls eine Arbeitsstelle, bei einem Witwer mit einem kleinen Sohn zu bekommen. Wohl hoffte sie vergeblich, das Herz des Witwers zu erreichen. So viele Jahre wollte sie ihre Herkunft einem Mann gegenüber verschweigen. Sie, die geboren wurde, nachdem ihre

Mutter bereits seit 16 Monaten, verwitwet war. Ein Drama war das damals, 1910, gewesen, für meine Mutter als Kind und auch noch als Jugendliche. Die Mutter und die übrigen Familienangehörigen hatten den Familiennamen, »Frey«. Sie hieß »Gutekunst«. Das war der Mädchennamen ihrer Mutter, die aus dem »Löwen« in Schietingen stammte.

Nun, nach dem Krieg, bereute sie es, dass sie immer noch im ledigen Stand war. Zu niemandem gehörte sie. Ohne Heimat fühlte sie sich nun. In Ulm verließ sie Hals über Kopf ihre Haushaltsstelle. Denn, als sie wenige Tage davor von einem Besuch bei ihrem Bruder in Unterwaldach zurückgereist kam, öffnete ihr in Ulm eine fremde Frau. Und ganz schlimm war es für sie, fast erstarrt war sie damals beim Anblick dieser Frau, denn diese trug ihr Kleid. Dasselbe, welches sie sich in Berlin aus einem blau geblümten Bettbezug von Hand genäht hatte.

Dann, beim Gespräch mit dem Hausherrn, bekam sie gesagt, dass diese Frau seine zukünftige Gattin wäre. Das mit dem Kleid fand er aber auch deplatziert.

Bei einem weiteren Versuch, hier in der Gegend Arbeit zu finden, stellte sich meine Mutter in Tuttlingen ebenfalls bei einem Witwer vor. Nach ihrer Heimfahrt stand meine Mutter vor dem Bahnhofsgebäude in Horb vielleicht etwas verloren wirkend da. Zu dieser Zeit befand sich der Haiterbacher, Wilhelm Schöttle mit seinem Pferdegespann auch dort. Das Schicksal nahm seinen Lauf.

In meinem Buch: »Und meine Mutter schwieg« ist es etwas ausführlicher beschrieben.

* * * * *

1953

Im März 1953 wurde ich sechs Jahre alt. Die Einschulungen fanden damals bereits nach Ostern statt. Einige Frauen sprachen meine Mutter an: »Dein Mädle ist schon so groß. Kommt sie jetzt in die Schule?« Meine Mutter antwortete dann immer: »Sie wird jetzt im März erst sechs und ist oft krank. Ich möchte sie lieber noch ein Jahr springen lassen.« Ein hin und her. Ich musste daheim das Zählen üben. Dass konnte ich dann mühelos bis zu der Zahl »Einhundert.« Auch das Aufsagen meines Geburtsdatums hatte mein Vater mit mir geübt, bis ich es fehlerfrei sagen konnte: »Sechzehntermärzneunzehnhundertsiebenundvierzig.« Ein schwieriges Wort!

Nur, weil ich bereits so groß war, wurde ich nach Ostern 1953 eingeschult. Meine Mutter hatte nun nachgegeben, weil die anderen Frauen sie immer mit meiner Größe beeinflussten. Sie selbst war auch größer als die meisten der anderen Frauen.

In der Klasse war ich dann die Jüngste. Mein Spielfreund Hans, der erst im Mai Geburtstag hatte, er würde erst im nächsten Jahr eingeschult werden.

Im Klassenzimmer konnten dann jeweils zwei Mädchen und zwei Buben sich in einer Bank zusammen setzen. So schüchtern wie ich war, blieb ich stehen und drängte mich nicht vor. Zum Schluss war ich diejenige, die bei den Mädchen übrig blieb. Bei den Buben war es Wilhelm. Beide waren wir ruhig und friedliebend. Der Lehrer, Herr Schuler, setzte uns zwei Kinder nun zusammen. Das machte mir damals sehr große Probleme. Als Mädchen musste ich nun neben einem fremden Buben in der Schulbank sitzen. Der Rektor, Herr Eberhardt, kam in das Klassenzimmer, um sich die neuen Erstklässler anzusehen. Das war für mich sehr peinlich, weil ich nun neben einem Buben saß.

Ich rutschte an die Außenkante der Bank bis nichts mehr ging und drehte meinen Kopf noch zur anderen Seite. Was würde denn der Rektor denken, wenn er sah, dass ein Mädchen neben einem Buben saß? Herr Eberhardt hatte wohl darauf nicht geachtet.

Wilhelm konnte sehr gut rechnen. Wenn ich beim Zusammenzählen unsicher war, dann schaute ich heimlich auf die Schiefertafel zu Wilhelm hinüber und schrieb davon ab. Nach kurzer Zeit wurde ich beim Rechnen auch sicherer. Schnell hatte ich gelernt, wie das mit den Zahlen vor sich ging. Meine zehn Finger, konnte ich so oft ich wollte auch noch zur Hilfe nehmen.

Ein paar Wochen später bekam Wilhelm einen anderen Platz zugewiesen. Jetzt kam Lisbeth an meine Seite. Diese war zuerst beim Rechnen auch sehr unsicher. Verstohlen sah sie nun zu meiner Schiefertafel herüber. Nach wenigen Wochen strahlte Lisbeth, und sie sagte in der Klasse, dass sie jetzt, seit sie neben Elfriede sitzen würde, viel besser rechnen könne. Das war wohl eine gegenseitige Sache der positiven Ansteckung.

Herr Schuler, ein Haiterbacher, heiratete eine Frau aus unserem Ort. Wir, seine Erstklässler, durften zu der Hochzeit kommen. Nach dem Trau-Gottesdienst, konnten wir Kinder, ihm und seiner Frau die Hand geben und ihnen Glück wünschen. Er stammte aus dem »Löwen«, die Hochzeitsfeier fand dort im großen Saal statt. Wir Erstklässler saßen an einem gesonderten Tisch.

An einem Nachmittag war ich bei meinem Spielfreund Hans in der großen Stube seiner Großeltern, im Gässle. Dort, vor dem Radio mit den Drehknöpfen und der Stoffbespannung auf großen Holzstühlen sitzend, lauschten wir andächtig dem Kinderfunk. Hans sprach dazwischen. Seine Verwandten in Köln sie hätten ein Radio. In diesem könnte man das Kasperle sehen. Ich überlegte kurz und sagte, dass es so etwas nicht geben könne. Denn das Kasperle würde nicht in das Radio hinein passen. Dabei war nun in meinen Gedanken der Kinderfunk unterbrochen worden. Ich sah nun das Kasperle mit klatschenden Händen auf der Vorderseite des Radios, von einer Seite zur anderen mit einem tritratrallala gehen. Nein, so etwas konnte es doch nicht geben!

Irgendwann war ich mit meinem Vater im Gasthaus »Zur Linde«. Es war schön, und ich bekam ein süßes Getränk, wohl ein Sinalco. Dort sah ich einen großen, dunklen Kasten auf einem hohen Tisch stehen. Die Stammgäste saßen vor ihrem Bier und schauten sehr gebannt auf diesen Kasten. Sie redeten aufgeregt miteinander. Die Stimmung war irgendwie erwartungsvoll.

»Sido mache ihn an«, sagten die Männer zu der beleibten Linden-Wirtin.

»D Otto machts!«, sagte Sido dann freundlich lächelnd.

Otto humpelte aus der Küche heraus und grinste, sich mächtig fühlend, in die Runde.

Er drückte an diesem Ungetüm auf einen Knopf. Man sah ein Flimmern auf der Glasscheibe des Kastens, so wie wenn es schneien würde. Kurz darauf wurde das Bild klarer. Eine junge Frau war zu sehen, ihr Kopf und der Hals bis zum Brustansatz. Sie sprach etwas. Die Männer saßen ganz ruhig und schauten wie gebannt auf diese Frau, die immer noch sprach.

Bis einer der Männer dann sagte: »A Weibsbild, a Saubere!«

Von diesem Tag an wusste ich, wie es sich mit dem Kasperle im Radio verhielt. Eine ganz neue Erfahrung war das für mich, in dieser, noch sehr armen Zeit.

Zum Spielen fehlte es uns Kindern an allem Möglichen. Nun, Not machte ja erfinderisch. Spielfreund Hans hatte da eine Idee, die er mit mir gleich in die Tat umsetzte. Ich machte da ohne zu wissen, was mich das an Anstrengung kosten würde, geduldig mit. Oben auf dem Bus, hinter dem Schafhaus in Richtung Zwerenberg, dort befand sich der große, städtische Müllplatz.

Mit dem alten Leiterwägelchen von Ahne und Ähne, hatten wir eine gute Transportmöglichkeit. Sehr eifrig waren wir damit beschäftigt, das Wägelchen mit der Eisenbereifung, die Breitne hochzuziehen, um dann, den nächsten Anstieg oberhalb des Girgeles noch den Gras bewachsenen Weg, hoch zukommen.

Am großen Schafhaus vorbei, erreichten wir den großen, städtischen Müllplatz. Dort hatte es wahrlich wunderschöne, brauchbare Dinge. Wir beide fanden alte Kochtöpfe. An diesen waren zwar von den Emaille-Beschichtungen einige Ecken abgeschlagen. Nun, zum Kochen in der unteren Werkstatt, konnten diese trotzdem noch gute Dienste leisten. Bald hatten wir den kleinen Leiterwagen bis oben hin gefüllt.

Nun konnten wir wieder heimwärts gehen und Hans ging vorne an der Deichsel. Als der Weg der Breitne dann stark abwärts führte, musste ich hinten am Leiterwagen bremsen. Mit beiden Armen an der hinteren Stange festhaltend, und mit meinem gesamten Gewicht nach hinten hängend, musste ich das Gefährt abbremsen. Es gelang Hans und mir, mit dem gesamten Hausrat heil im Gässle anzukommen. In der alten Werkstatt verpackten wir die Errungenschaften in die vorhandenen Holzkisten und auf die Bretterregale. Jetzt konnte das Familienleben beginnen.

Im Hof und in der näheren Umgebung fanden wir reichlich Löwenzahn, Spitz- und Breitwegerich. Mit einem angerosteten, fast stumpfen, alten Messer schnitten wir diese Pflanzen klein und wir streuten noch Holzstückchen, Steinchen und Staub dazu. Heimlich holten wir vom Hausgarten der Ahne noch Liebstöckel, so wie es die Erwachsenen doch auch taten.

Der Spielfreund Hans hatte viele Geschwister. Fast jedes Jahr kam noch ein weiteres dazu. Das waren dann die Kinder, die diese zubereiteten Speisen verzehren durften. Man tat aber immer nur so, wie wenn man es essen würde. Mit alten, verbogenen Besteckteilen, war das gut zu bewältigen. In der Nähe verlief der Bach, in diesem Teil »Wette« genannt. Dort konnten wir mit einem rinnenden Eimer, Wasser holen. Eine beschädigte Blechschüssel war auch im Haushalt vorhanden. Damit konnte der Abwasch erfolgen. Alte Unterhosen-Teile von Ahne und dem Ähne waren unsere Geschirrtücher. Auf einem befestigtes Seil, quer durch die Werkstatt gezogen, konnten diese Tücher auch wieder trocknen. Mit viel Mühe und Übung, der gefundenen krummen Nägel und einem Hammer, aus diesem immer wieder der Stiel heraus rutschte, gelang es uns, der jungen Familie, unser Zuhause gemütlich zu gestalten. Auf alten Matratzen-Teilen, mussten sich die Kinder zum Schlafen legen. Das war für Hans und mich immer eine Heidenarbeit, weil die Kleinen nicht liegen bleiben wollten. Sie alberten herum und übten sich dabei auch beim Schreien, oder standen einfach wieder auf. Wenn sie wieder einmal sehr verschmutzt waren, wurden diese Kinder von uns mit dem kalten Wasser der »Wette« abgewaschen. Es fand sich auch eine Bürste, die leider nur noch wenige Borsten aufwies. Die Kinder wurden dabei sehr frühzeitig auf ein hartes Leben vorbereitet.

Anfang des Jahres 1954 war es klirrend kalt. Der erste Schnee fiel am 27. Januar. Bis zum 31. Januar lagen die nächtlichen Temperaturen bei -28° Celsius. Dann bis zum 10. Februar betrugen die Temperatur immer noch unter -20° Celsius.

In diesen harten Wochen litten viele Kinder unter einem schlimmen Keuchhusten! Mich hatte es auch sehr heftig erwischt. Der Doktor sagte: »Die Keuchhusten-Kinder müssen an die frische Luft. Sie müssen sich draußen bewegen.« Er hatte aber gut reden. Es war doch viel zu kalt. Manche Leute die gut situierten, flogen mit ihren Kindern mit einem Segelflugzeug eine Runde. Das war damals die einzige mögliche Luftveränderung.

Von diesen Hustenanfällen wurde ich sehr geschwächt. Ich rang nach Atem und erbrach mich dabei gleichzeitig. Tagsüber stampfte ich mit meinen Füssen auf dem Wohnzimmerboden. Meine Mutter kam dann von der Küche in das Wohnzimmer geeilt. Sie klopfte mir auf den Rücken und führte meine Arme nach oben. Es waren sehr schlimme Wochen.

Mein Vater setzte mich auf den Schlitten und zog diesen die Horber Straße bis zum Schafhaus hoch. Von dort fuhr er mit mir die alte Steige wieder hinunter.

Nachts war es am schlimmsten. Meine Mutter hielt mich dann immer an das geöffnete Fenster, weil ich sehr nach Luft rang. Dieses nach Luft ringen, es hörte sich furchtbar an.

Dem Schulunterricht musste ich für einige Wochen fernbleiben. Nach der Genesung ging meine Mutter an einem Sonntag mit mir im Wald auf den ebenen Wegen spazieren. Es begegnete uns die Schneiderin Erika Kaupp. Diese sagte: »Frida, dein Mädle kommt ja ganz nach vorne herein gebeugt!« So sehr hängten die Schultern bei mir nach vorne. Kraftlos, war ich geworden. Hatte meine Mutter das denn nicht selbst bemerkt? Sie hatte doch diese Wochen miterlebt. Nun endlich reagierte sie.

Über das Gesundheitsamt durfte ich im Mai für sechs Wochen ins Haus Siloah nach Bad Rappenau. Dort bekam ich Sole-Wannenbäder und tägliche Nachmittagsruhe in den offenen Hallen. Zugedeckt wurden wir Kinder mit kratzenden, grauen Wolldecken. Die Solebäder waren anstrengend und die Spaziergänge in den Wäldern um Bad Rappenau auch, denn damals war es im Mai bereits sehr warm. Von den vielen Wochen der Krankheit fühlte ich mich immer noch geschwächt. Zum Mittagsessen gab es vorweg immer eine Suppe. Danach mit dem Fleischwolf zerkleinertes, trockenes Fleisch, Soße, Kartoffeln und Gemüse. Als Nachtisch Obst oder Pudding. Zum Abendessen gab es oft Reisbrei, manchmal auch dunkles Brot mit Wurst und Käse. Jede Woche wurden wir reihum gewogen. Diese Wochen führten bei mir unterernährtem Mädchen zu einer Gewichtszunahme von drei Kilogramm.

Bereits nach Ostern 1954 hatte die Versetzung in die zweite Klasse stattgefunden. Nach diesen sechs Wochen der Kur und zuvor den vielen Wochen des Keuchhustens, fiel es mir im Unterricht nun schwer, mitzuhalten.

Es wurde ein heißer Sommer, und zu uns kam die Freundin meiner Mutter aus dem Mädchenkreis der Berliner Jahre, Friedel Sauermann aus Görlitz, zu Besuch. Diese sah ich nun zum ersten Mal. Sie hatte mir bereits in einem Paket einmal eine kleine Holzkommode für meine Puppenstube geschickt. Die Kinder rannten nun alle herbei und riefen: »Tante Friedel!« Dabei wurde ich sehr eifersüchtig, denn das war doch meine Tante Friedel. Vor allem den kleinen Albert, der in der Mittelschule wohnte, hatte Tante Friedel besonders ins Herz geschlossen. »Mein Schmutzfink«, nannte sie ihn, denn er hatte meistens ein mit Marmelade verschmiertes Gesicht. Sie, die kinderlose Tante, trug diesen Kerl gerne herum. Er war erst drei Jahre alt. Sehr oft kam er verschmutzt daher gerannt und suchte seine Schwester dabei rief er: »Wo ist meine Bibigitte!«

Tante Friedel wollte auch nach Unterwaldach zu Hildchen. Diese Nichte meiner Mutter war damals 17-jährig auch für eine gewisse Zeit in Berlin gewesen.

Friedel, meine Mutter und ich

Im Herbst wurde mein Vater wieder umtriebiger. Oft fuhr er per Anhalter nach Nagold. In der Haiterbacher Straße, im Haus neben der Firma Heizz-Bross, wohnte seine Schwester Mariele.

Diese hatte 1948 einen Witwer mit vier Kindern geheiratet. Er war Berufskraftfahrer beim Nagolder Arbeitsamt. Sie lebten in ordentlichen Verhältnissen. Nun kam öfters Wilhelm daher und erzählte im und um das Haus herum, dass er der Bruder von dieser Frau wäre. Das passte Mariele ganz und gar nicht. Sie sagte, dass er das nicht sagen dürfte, dass er ihr Bruder wäre. Es war ihr peinlich, da sie sich für etwas Besseres hielt, denn ihr Mann trug immer Anzüge, auch wenn er sich abends in Nagold in den Gaststätten aufhielt.

Immer im Herbst putzte mein Vater die Mostfässer der Haiterbacher und auch in den angrenzenden Orten wie Ober-und Unterschwandorf. Dort schätzten sie seinen Fleiß und sein Wissen sehr. In ihren Fässern hatten diese Leute oft noch alten Most. Und sie sagten: »Wilhelm, den guten Most können wir doch nicht wegschütten. Der ist doch noch gut!« Mein Vater in seiner Gutmütigkeit und in Erinnerung an die Armut seiner Kindheit, lies sich erweichen und bekam dann von dem alten Most gut eingeschenkt und auch noch ein paar gefüllte Flaschen mit. Man konnte doch Essen und Trinken nicht verderben lassen.

Dass fast manische Verhalten meines Vaters steigerte sich dann zum Jahresende zunehmend.

Kurz vor Weihnachten 1954

Die beiden Polizisten aus Nagold wussten sicherlich, dass Wilhelm Schöttle unterwegs war und nur die Ehefrau in der Wohnung sein konnte. Sie klopften dann an der Haustüre.

Meine Mutter war in der Küche beschäftigt als sie das Klopfen vernahm. Sie trocknete ihre Hände ab und begab sich über den schmalen Hausflur zur Eingangstüre. Auch ich, die ich im Wohnzimmer mit meinen Puppen spielte, kam neugierig dazu. Wer hatte denn da geklopft? Zwei Polizisten standen vor der Türe und zeigten meiner Mutter ein Dokument. Diese schrie dann laut: »Nein, nein, nicht, das geht nicht, mein Mann ist nicht da!« Das war den Polizisten sicher bekannt, denn es war sicher so geplant, eine Hausdurchsuchung in der Abwesenheit meines Vater durchzuführen. Denn nur so war es ohne Komplikationen möglich. Sie hatten Einzeln, oder auch zu zweit, einen großen Respekt, vor diesem Wilhelm Schöttle.

Als meine Mutter sich etwas beruhigt hatte, gingen sie gemeinsam über das Wohnzimmer, nach links durch das Schlafzimmer und durch die Schiebetüre in die hintere Kammer. Dort befand sich rechts und links je ein Kleiderschrank, und vor dem Fenster stand ein Holztisch. Meine Mutter entnahm aus den Schrankfächern die zusammengefalteten Wäschestücke und stapelte diese auf der Tischplatte. Nach der Durchsicht der Wäsche konnte sie dieselbe wieder in das jeweilige Fach einräumen. Der größere Polizist sah in dem zweiten Schrank die hängenden Kleidungsstücke durch. Ich, als 7-Jährige, stand neben dem Tisch und wusste nicht, was da vor sich ging. Niemand hatte mir gesagt, warum nun die Schränke aus und wieder eingeräumt wurden. Das Zusehen war für mich etwas anderes, eine kleine Abwechslung, als mit den Puppen zu spielen.

Der Schrank links vom Tisch war nun wieder vollständig eingeräumt. Auf dem oberen Schrankboden befand sich noch ein großer Karton. Diesen wollte der Polizist herunterheben. Meine Mutter sagte:»Den können sie oben lassen, denn darin sind nur die Stiefel von meinem Mann.« Unbeirrt dessen ließ sich der Beamte nicht bremsen, sondern hob diesen Karton herunter und stellte ihn auf der Tischplatte ab. Ich stand an der rechten Seite des Polizisten, meine Mutter links von ihm, mit dem Rücken dem Schrank zugewandt. Der Polizist hob nun langsam den Deckel des sehr festen, stabilen Kartons hoch. »Oh, oh!« Das erste Mal, dass ich nun einen Laut von mir gab. Jetzt hatte ich etwas gesehen, das mich zu diesem oh, oh, Ausruf, veranlasst hatte.

Vor Schreck stülpte der Polizist den Deckel schnell wieder über den Unterkarton. Immer noch ratlos und erschrocken sah er erst zu mir und dann zu meiner Mutter hin. Diese sagte dann: »Davon habe ich nichts gewusst. Mein Mann hatte mir nichts davon gesagt!« Der zweite Polizist der noch an dem anderen Schrank beschäftigt war, hatte von dem allem nichts mitbekommen. Nun wendete sich der Polizist, der das Geheimnis gelüftet hatte, an seinen Kollegen. Er sagte zu ihm: »In dem Karton befindet sich ein Kaufladen, und das Mädle stand daneben und hat das nun gesehen!« Beide schauten mich nun ganz betroffen an. Und der Zweite sagte, indem er mich am oberen Rücken anfasste: »Du gehst jetzt hier weg und in das Wohnzimmer, nicht dass du noch einmal etwas siehst!« Was könnte ich denn noch sehen? Ich hatte doch alles gesehen, etwas, das damals kurz vor Weihnachten 1954 wohl nicht für mich zum Sehen bestimmt war.

Spielen im Wohnzimmer, das ging nun einfach nicht mehr. Die beiden Polizisten hatten mich vor einer Stunde von meinen Puppen weggeholt, und zum Schluss hatte ich etwas sehr Schönes gesehen. Auch den Deckel schnell wieder über den Karton gestülpt, konnte diesen wunderbaren Anblick nicht mehr auslöschen.

Gefunden hatten diese beiden Beamten nicht das, was sie von meinem Vater gesucht hatten. Vielleicht seinen Gummiknüppel, oder ein Messer? Hatten sie denn diesen Mann so eingeschätzt, dass er seine gefährlichen Sachen in der Wohnung, in den Kleiderschränken, aufbewahren würde? Dazu war mein Vater viel zu gewieft.

Nun hatte meine Mutter ein großes Problem, denn ich war im Verhandeln sehr zäh. Viel zu schwer war für mich als Kind das Leben in der Familie gewesen. Das wochenlange Husten, die chronische Bronchitis, denn sagen durfte und konnte ich ja nichts. Darum musste ich das Ungesagte heraus husten. Nun ging es, und ich konnte es sagen: »Ich will den Kaufladen! Ich will damit spielen! Ich will ihn jetzt haben.« Die Argumente, dass es jetzt noch nicht Weihnachten wäre und ich mit dem Haben und dem Wollen noch bis zum Heiligabend warten müsste. Einmal, als meine Mutter sich mit Leibschmerzen auf das Sofa gelegt hatte und ich dann mit meinem, ich will ihn haben, da gab sie es auf. Nun bekam ich den heißersehnten Kaufladen. Auf der Rückseite stand, Kaufhaus Widmeier, und mit Bleistift daneben geschrieben ... 4,95 DM.

Nun war der Heiligabend bereits vorgezogen. Ich spielte mit großer Freude mit der Waage, der Kasse, den Persil und Gerstenkaffee-Päckchen. Dann am 24. Dezember hatte ich die Bescherung! Außer ein paar Orangen bekam ich nichts und heulte dann fürchterlich.

1955

Das alte Jahr hatte mit sehr aufregenden Wochen geendet. Und im neuen Jahr ging es nahtlos so weiter. Am 2. Januar konnte mein Vater seinen 49. Geburtstag feiern. Meine Mutter hatte einen Gugelhupf gebacken. Immer noch war er mehr unterwegs als daheim. Ruhelos, aber durch seine fröhliche, hilfsbereite Art bei den meisten seiner Mitmenschen gerne gesehen. Jetzt im Winter wurde im Baugewerbe nicht gearbeitet. Viel Zeit, zu viel Zeit für meinen Vater.

Nun war es endlich soweit, Polizisten standen mit einem gerichtlichen Einweisungsbeschluss an der Türe. Am 16. Januar wurde mein Vater in die psychiatrische Anstalt nach Weissenau eingewiesen. Dort, wo er in den 1930er Jahren, mit seinem Motorrad seinen Bruder Martin besucht hatte, war er jetzt auch. Untersuchungen folgten, und beruhigende Medikamente wurden ihm verabreicht. Daheim kamen wir wieder zur Ruhe.

Das wollte meine Mutter nun Ende Februar für eine kleine Operation im Krankenhaus in Freudenstadt ausnützen. Mich meldete sie für zwei Wochen von der Schule ab. Bei ihrer Halbschwester Anna in Oberwaldach konnte ich während dieser Zeit sein und auch dort zur Schule gehen. Gegenüber dem Wohnhaus der Tante befand sich das Schulhaus. Wir Schüler waren alle in einem großen Klassenzimmer zusammen. Die Schuljahre 1–4 und 5–8. Eine Gruppe wurde unterrichtet, während die andere Gruppe an ihren stillen Arbeiten saßen. Ich war in der 2. Klasse und rechnete ja so gerne. Der Lehrer, Herr Rauser freute sich über den Neuzugang. Wieder ein Mädchen mit Zöpfen und einer umgebundenen Schürze mit Leibchen und gerafften Abschlüssen an den Trägern. In dem kleinen Ort Oberwaldach fand ich einige Freundinnen, eine Marlies von der Mühle und eine Gerda aus Cresbach. Auch zwei Mädchen vom oberen Berg, deren Großvater, ebenfalls aus dem Elternhaus meiner Mutter in Unterwaldach, stammte.

In dem Wohnhaus der Tante war in einem kleinen unterteilten Raum neben der Küche die Poststelle untergebracht. Die älteste Tochter, Paula, war bei der Post angestellt. Mit einer großen Post-Zustelltasche über der Schulter ging sie durch die Straßen in Oberwaldach und stellte dort die Post zu. Tante Annas viele Kinder waren bis auf Paula und Klara verheiratet. Letztere war schwerhörig und sie konnte nur undeutlich sprechen. Als Kinder waren sie alle an Scharlach erkrankt und Klara hatte dadurch ihre Behinderung zurück behalten. Die Tochter Ruth hatte damals die Epidemie nicht überlebt.

Es war ein ganz anderes Leben als daheim. Klara musste immer um 16 Uhr im Schulhaus die Glocken läuten. Das war eine tolle Sache. Zum Schluss, beim Anhalten der Glocken, hielt Klara an den dicken Seilen fest, so dass es sie manchmal vom Boden hoch hob. Dabei lachte ich immer. Klara bemerkte, dass ich mich über sie lustig machte und sie schimpfte dann mit mir.

Im Haus meiner Tante wohnte auf der anderen Hausseite die Familie Randecker. Deren Schwiegertochter Anna, stammte aus Haiterbach. Sie war die älteste Tochter von der Hiller Marie. Deswegen wussten die Randeckers von dem schlimmen Unglück in Haiterbach. Am 6. März, einem Sonntag, sagte meine Tante zu mir, dass es am Abend zuvor im Gässle gebrannt hätte. Das Haus vom kleinen Beck und das große Haus daneben, sie wären beide abgebrannt.

Bei dieser Information erschrak ich sehr, denn in diesen Häusern hatten doch meine Freundinnen gewohnt. Wie war es denn jetzt für sie? Und wie sah es im Gässle nun wohl aus?

Wenige Tag später kam meine Mutter vom Krankenhaus zurück und holte mich ab. Als wir in Haiterbach in das Gässle kamen ragte dort ein Gerüst mit verkohlten Balken aus der großen Brandruine heraus. Vier Familien hatten nun ihr Zuhause verloren. An der Breitne, in dem großen Haus beim Karl-Vetter, wohnten nun meine Freundinnen.

In der Brandnacht hatte die Bäckersfrau mit 40 Grad Fieber im Bett gelegen. Die Zwillings-Mädchen schliefen in dieser Nacht bei der Ziegler Lina im Gässle. An diesem Samstagabend war in der Festhalle eine Veranstaltung der freiwilligen Feuerwehr. Eines der brennenden Häuser gehörte dem Feuerwehrkommandanten und er war mit seiner Ehefrau auch in der Festhalle.

Das Feuer brach an der Hausecke des zweiten, höheren Hauses, in dem dunklen Häuserwinkel zu Hillers und zum Wette Philipp hin aus. Die beiden Mädchen des brennenden Hauses, im siebten und im neunten Lebensjahr, sollten sich nach den Anweisungen ihrer Eltern bereits in ihren Betten befinden. Da die Eltern nicht anwesend waren, nutzten diese Mädchen das Alleinsein noch aus und spielten im Wohnzimmer. Als sie Geräusche, irgendwie ein Knistern vernahmen, vermuteten sie, dass dieses von dem Korbpuppenwagen herrühren könnte. Endlich gingen sie doch zu dem, dem Häuserwinkel zugewandtem Fenster. Sie sahen, dass an der Hauswand bereits die Flammen hochschlugen. Beide Mädchen waren nur noch in ihren Unterröckchen. In großer Angst rannte die Ältere aus dem Haus und rief:»Hilfe, Feuer!« Sie klopfte bei der Nachbarin, Hiller Marie. Inzwischen hatten auch andere Anwohner bereits diese Hilfe-Rufe vernommen.

Die jüngere der Beiden war so aufgeregt, dass sie lange brauchte, um in ihre Hausschuhe zu kommen. Pflichtbewusst kam die Ältere der Mädchen nochmals in das brennende Haus gerannt, um ihre Schwester zu holen. Ein mit der Familie befreundetes Ehepaar in der Horber Straße, Schumacher Schwarz, nahmen diese halbbekleideten Mädchen dann bei sich auf.

In der Festhalle wurde gerufen. »Es brennt, es brennt in Altastoag, dann nochmals, es brennt an der Stoag. Fluchtartig verließen die Menschen das fröhliche Treiben. Zuerst natürlich der Feuerwehrkommandant. Dass es sein Haus war, dass da brannte und dort seine beiden Kinder allein waren, bemerkte er dann sehr schnell. Seine Frau ging zu Fuß. Als sie beim Gasthaus Ochsen angelangt war, sah sie, dass beim Bäck und an ihrem Haus bereits die Flammen lichterloh hochschlugen. Menschen kamen nicht zu Schaden, aber fast alles Hab und Gut war verloren.

Lindenwirts Walter, nur wenige Häuser von dem Brandherd entfernt wohnend, zeigte ein mutiges Vorgehen. Denn er rannte in dem brennenden Haus noch die Treppen hoch, dort, wo sich die Mädchen bereits in Sicherheit gebracht hatten. Er riss die Zimmertür zu dem nach hinten liegenden Wohn-und Schlafraum der Witwe Elise und ihrem Sohn Peter auf. Diese lagen noch schlafend in ihren Betten. Auf dem Esstisch sah Walter DM- und Pfennig-Münzen in Häufchen aufgeschichtet, daneben noch Geldscheine. Elise hatte vermutlich in den Tagen davor die Gebäude-Brandversicherungsprämien von vielen Leuten kassiert. Dieses Geld wohl am Abend noch sortiert und abgezählt. Elise konnte sich mit ihrem Sohn noch in ihrer Nachtkleidung ins Freie retten. Walter raffte das abgezählte Geld irgendwie noch schnell zusammen. Elise war darüber sicher sehr froh, als sie in ihrem langen Nachthemd in der kalten Märznacht stand. Menschenleben sind sehr wichtig, aber die Versicherungsprämie, das Geld, war auch wichtig.

Die Hiller Marie, ihr Mann und die Tochter Emilie mit ihren Kindern, gingen in dieser Nacht in das Gasthaus zur Linde zu Sido und Otto. Dort war es geheizt, und sie konnten sich auf den Wirtschaftsbänken ausruhen. Wie war es möglich, dass an diesem Samstagabend, den 5. März 1955, gegen 22 Uhr, einfach ein Feuer ausgebrochen war?

Einer der heute noch lebenden Maschinisten, Fritz vom Waldweg, erzählte mir, dass sie damals noch keine Feuerwehr-Uniformen hatten. Als er dann gegen Morgen bei der Kogel Elise seine nasse Bekleidung wechselte, war seine Manchester-Hose so steif gefroren, dass er diese auf dem Boden aufrecht hinstellen konnte. In dieser kalten Nacht war die nasse Hose an seinem

Körper steif gefroren. Es leben immer noch einige Zeitzeugen, Feuerwehrmänner und auch noch andere Personen, die das Feuer damals miterlebt hatten.

Die Häuser vor dem Brand, gezeichnet von Gottlieb Schübel, Posthalter

Das Feuer brannte viele, viele Stunden. Von der Bäckerei befanden sich im oberen Stockwerk einige Mehl- und Zuckersäcke. Das gab dem Feuer noch zusätzliche Nahrung. Viele Schokolade-Osterhasen, die eigentlich für das baldige Osterfest gekauft und gelagert waren, fielen auch dem Feuer zum Opfer. In dem kleinen, schmalen Ladengeschäft neben der Backstube, konnten noch die Ladenregale und der Ladentisch von mutigen Helfern herausgeholt werden.

Viel wurde ermittelt, Verdacht geschöpft und wieder neu ermittelt. Es wurde nichts herausgefunden. Vier Wohnungen waren es gewesen. Für zwei Familien wurden an dieser Stelle zwei Häuser neu aufgebaut, diesmal ohne einen dazwischen liegenden Winkel.

Die Schwestern Haizmann bekamen ein Baugrundstück in der neuen Ganzenrain-Siedlung. Elise baute mit ihrem späterer Ehemann am Ortsende, an der Salzstetter Straße, ein neues Haus.

Die abgebrannten Häuser hatten sich neben dem kleinen Bach der »Wette« befunden. Daneben war die Mittelschule. Diese Räumlichkeiten wurden zu dieser Zeit nicht für Schulzwecke genützt. Dort wurden dann behelfsmäßig die Ladenregale und der Tisch aufgebaut. Als sich die Sache etwas beruhigt hatte, konnten wieder Lebensmittel verkauft werden. Hinter dem Ladenregal waren Seile von Wand zu Wand aufgespannt. Karierte und geblümte Bettbezüge, waren daran und darüber gehängt. Hinter diesen Stoffbahnen spielte sich das Leben der Bäckers Familie mit ihren 6-jährigen Zwillings-Mädchen ab. Es gab auch eine Kochmöglichkeit dort.

Und im fernen Weissenau hatte mein Vater von dem Feuer geträumt. Er sah dabei eine Feuerwalze neben unserem Haus den schmalen Winkel herunter kommend, um sich im Gässle groß auszubreiten. Immer wieder hatte er so seine Intuitionen.

Am 24. März kam mein Vater aus Weissenau wieder zu uns zurück.

Meine Mutter sagte dann mehrmals:»Bin ich froh, dass mein Mann in diesen Tagen weg war! Sonst hätte es wohl geheißen, der Schöttle hat das Feuer gelegt« So bösartig war mein Vater gar nicht. Aus welchen Gründen hätte er es denn tun sollen?

Im selben Jahr an Karfreitag stand ich in der Nähe unseres Wohnhauses, in dem schmalen Winkel zur Salzstetter Straße. Aufregend fühlte sich dieser Vormittag an. Die Leute standen zusammen und erzählten sich wichtige Neuigkeiten. Ja, »Sie« wäre heute, an der Straße nach Gündringen, an einem Birnbaum gefunden worden.

»Die Marie vom Wette Philipp.«

Damals war ich erst acht Jahre alt und verstand es nicht so richtig, was da gewesen war. Aber die Marie von der Wette hatte ich gekannt. Auch den Philipp, den Sohn Fritz und die Tochter Frieda, die eine Skoliose hatte. Vom Gässle führte ein schmaler Pfad bei dem Haus der Hiller Marie vorbei bis zur Wette und über eine kleine Brücke über den Bach bis zum großen Waschhaus. Oft bin ich dort vorbei gegangen mit etwas Angst vom Wette Philipp, da dieser manchmal seine Pferde aus den Stallungen durch den schmalen Winkel führte.

Was war nun mit dieser Marie geschehen? Wortfetzen drangen zu mir von aufgehängt an einem Baum. Seit gestern Abend hätte sie gefehlt. Also diese Marie war nun tot. Das konnte ich verstehen, aber warum denn aufgehängt? Diese Frau war wohl in ihrem Leben unglücklich gewesen. Sie hatte den Hausbrand von den Nachbarhäusern überstanden, ohne dass ihr eigenes Haus damals Feuer fing, und nun hatte diese Frau ihr Leben einfach beendet. Diese Marie hatte ich in gewisser Weise immer freudlos und nur beim Arbeiten gesehen, nie mit anderen Frauen bei einem Gespräch zusammen stehend.

Der Ostersonntag, es war der 10. April, die verkohlten Balken der Brandruinen ragten in die Höhe. Aber wir Kinder liefen fröhlich ins Täle hinüber. Zum »Eier werfen«. Die bunten Ostereier wurden auf den Wiesen den Hang hinunter gerollt, und jedes Kind war stolz darauf, wenn das jeweilige Ei unten noch heil ankam. Dieselbe Prozedur konnte solange wiederholt werden bis die Eischale Risse aufwies. Dann schälten wir Kinder unsere beschädigten Eier und aßen sie. Die übrigen standen dabei herum und riefen »Engelchen«, wenn das Eidotter gelb erschien. War das Ei etwas länger gekocht worden und das Eidotter außen dunkler, dann wurde «Teufelchen« gerufen. Mit den anderen Kindern fühlte ich mich sehr wohl, ein Ersatz für die mir fehlenden Geschwister. Meine Kindheit empfand ich als glücklich, wohl auch, da ich mich kreativ entfalten durfte.

Bürgermeister Meroth setzte sich dafür ein, dass die Brandruine im Gässle schnell abgeräumt und mit dem Neubau begonnen wurde. Zwei Häuser wurden nun gebaut, Zeilers Haus links und das vom Bäcker, mit der Längsseite an der Horber Straße entlang. Ich fuhr zu dieser Zeit mit dem großen Fahrrad meiner Mutter im Gässle hin und her.

Der Rohbau der beiden Häuser im Gässle

Die ersten beiden Schuljahre waren für mich 8-Jährige sehr turbulent verlaufen. Meine Mutter sagte oft zu anderen Frauen: »Wie soll das im 3. Schuljahr nun werden, denn wenn mein Mädle von der Schule heimkommt, legt sie sich zuerst immer auf das Sofa.« Wie sollte es denn anders sein, bei meiner gesundheitlichen, familiären Situation der letzten zwei Jahre. Die Streitereien der Eltern, der Keuchhusten und die sechs Wochen im Solebad.

Ich wuchs als Kind in einem toxischen Elternhaus auf. Niemand hatte das gesehen oder bemerkt. Der 2. Weltkrieg war erst seit wenigen Jahren vorbei. Noch immer sah man die französische Besatzungsmacht durch die Orte fahren.

Wenn die Familien nicht gerade einen Stall voller Kühe und gute Äcker hatten, dann lebten sie in Armut. Kinder waren einfach da. Gar nichts hatten sie zu melden. Eine warme Mahlzeit und ein Pausenbrot in der Schule, das genügte vollauf.

Montags mussten wir Kinder dem Lehrer unsere Hände vorzeigen. Dabei legten wir diese auf dem Schultisch ab um auch die Fingernägel genau sichtbar zu machen. Waren sie geschnitten und ohne schwarze Trauerränder? Ein sauberes Stofftaschentuch mussten wir dabei haben. Frisiert waren wir Kinder sowieso immer sehr ordentlich. Die Mädchen mit Zöpfen und Stoffschleifen, die Buben hatten den Nacken ausrasiert. Alle sahen wir sauber und folgsam aus.

Nun hatte ich vor Ostern mein Zeugnis bekommen. Im Rechnen und Zeichnen waren die Noten gut. In Rechtschreiben dafür weniger. Betragen sehr gut und in Mitarbeit gut.

Meine Eltern überlegten hin und her. Ich war mit meinen acht Jahren schon groß gewachsen, aber immer noch unterernährt. Dünne Beine ragten unter dem Rock hervor. Aber schnell rennen konnte ich mit diesen »Stecken«. Das Gehen lag mir weniger, denn immer sollte es schnell sein. Im Sommer waren meine Knie fast immer aufgeschlagen und mit Pflaster versehen.

Meine Eltern beschlossen, dass sie mich in der Schule freiwillig zurückstellen lassen wollten. Somit sollte ich die zweite Klasse wiederholen. Ich wusste, dass ich wieder in den bisherigen Klassenraum gehen musste. Spot kam dann von der nach oben führenden Schulhaus Treppe zu mir herunter. »Sitzenbleiberin.« Das waren für mich damals schlimme Momente gewesen.

Nun durfte ich mit meinem Spielgefährten »Hans« in dieselbe Klasse gehen. Die anderen Klassenkameraden kamen hauptsächlich vom unteren Stadtteil. Sehr schnell gewöhnte ich mich an die neuen Mitschüler, und das Lernen fiel mir jetzt viel leichter.

1956

Nach Ostern kam ich jetzt in die 3. Klasse. Herr Frank war unser neuer Klassenlehrer. Mit seiner Frau wohnte er im Schulgebäude. Er war schon älter und sehr streng. Man bekam schon öfters Kontakt über die Fingerkuppen mit seinem Zeigestab. Mit weißer Kittelschürze und einem hinkenden Bein kam er in das Klassenzimmer herein. Wenn er schlecht gelaunt war, ergriff er die Buben an den Wangen und hob diese nach oben. Unser körperlich Kleinster, aber sehr lustiger Mitschüler, hatte öfters das Vergnügen, hochgehoben zu werden.

Wir Kinder lernten damals in der Schule Rechnen und Raumlehre, Rechtschreiben und Aufsatz, Gemeinschaftskunde, Erdkunde und Geschichte. Handarbeit und Sport bei Fräulein Friedrich. Religion bei Herrn Schuler und später bei dem evangelischen Pfarrer.

Im dritten Schuljahr wurden wir gemeinsam mit der vierten Klasse in einem Raum unterrichtet. Das Klassenzimmer lag im Erdgeschoss auf der Seite zur Hauptstraße.

Uns Schülern wurde gesagt, dass später die englische Sprache wohl die Weltsprache werden würde. Einen Unterricht dafür gab es aber nicht. Zur damaligen Zeit fehlten dafür wohl auch die geeigneten Lehrkräfte. Die Schreibweise der Sütterlin-Schrift wurde uns gelehrt, damit wir es später bei Bedarf lesen konnten. Denn es gab noch Menschen, die das Sütterlin praktizierten.

Wir waren 18 Mädchen und sechs Jungen. Mein Weg zur Schule war kurz und oft rannte ich ihn.

1957

Immer noch war ich mit Fieber, Husten und Bronchitis sehr oft krank. Meine Mutter wendete sich erneut an das Gesundheitsamt in Nagold. Daraufhin durfte ich nochmals in die Sole-Kur nach Bad Rappenau, diesmal bereits im Februar. Von dem ein Jahr älteren Schuljahrgang kamen noch drei Jungen und ein Mädchen mit. An meinem Ehrentag, dem 10. Geburtstag, durfte ich mich auf einem Stuhl stellen. Alle Kinder riefen dann dreimal: »Hoch soll sie leben!«

Der toxischen Umgebung meines Elternhauses konnte ich wieder für einige Wochen entgehen.

Nach den Osterferien wurde ich in das 4. Schuljahr versetzt. Zusammen waren wir mit den Schülern des 3. Schuljahres in einem Klassenzimmer. Weiterhin war Herrn Frank unser Klassenlehrer. Für einzelne Unterrichtsstunden hatten wir noch andere Lehrkräfte. Zum Sportunterricht mussten wir in Begleitung von Fräulein Friedrich zu Fuß von der Schule bis zur Turnhalle gehen. Frau Pansow, zuerst hieß sie Fräulein Schlien, sie war mit ihren Eltern aus Ostpreusen nach dem 2. Weltkrieg geflohen. Ein neuer, moderner Lehrer, Herr Dr. phil. Otto Wolf, unterrichtete uns in Geschichte und in Raumlehre. Auch hatten wir bei ihm noch Musikunterricht. Da ich sehr unmusikalisch bin war das Vorsingen vor der Zeugnisvergabe für mich immer eine Tortur.

Immer Anfang Juni war es etwas ganz besonderes, dann wenn die Zwillings-Mädchen vom kleinen Beck Geburtstag hatten. Die Bäckersfrau Gertrud hatte mit guter Organisation und viel Fleiß einen großen Geburtstags-Festtisch in der Backstube aufgestellt. Alle Kinder vom Gässle, und auch die von der Emilie an der Staige, und Bürgermeisters Töchterlein, gehörten zu den

geladenen Gästen. In großen Mengen wurde heißer Kaba aus-
geschenkt. Die Krönung ganz in der Mitte des Tisches platziert,
war eine Buttercremetorte. Steifgeschlagene Sahne war in einer
großen Glasschüssel. Damals wurde es Schlagrahm genannt. Es
war Juni und Erdbeerzeit, darum gab es diese süßen Früchte
auch in großer Menge, und auch noch einige andere Kuchen.
Schade, dass Traude und Gretel immer nur einmal im Jahr Geburtstag hatten. Zum Spielen gingen wir die Breitne hoch. Dort
hatte die Familie auf halben Höhe einen Garten mit einem Hüh-
nerhäuschen. Wir konnten dort schön spielen, und anstelle von
Hühnern herum gackern.

Plötzlich und ganz unerwartet gab es ein schönes Karten-
spiel, das »Elferraus«. Stundenlang spielten wir damit alle möglichen Karten und Lege spiele. Um sich sportlich zu betätigen
gab es beim Schlosser Mariele, große, bunte Kunststoffreifen
Hulla-Hupp wurden diese genannt. Wir Mädchen schwangen
unsere Hüften nun um die Wette. Wer schaffte es, den Reifen
am Längsten zu halten? Dann fingen wir an, diese Reifen auch
um die Knie kreisen zu lassen. Dabei kam ich auf die stolze Zahl
von 4500 Umkreisungen.

Wenn ich in dem kleinen Hof vor dem Haus spielte, kochte
meine Mutter oft aus frischer Minze, viele Kannen mit Pfeffer-
minztee. Geschirr durfte ich auch von der Küche mit auf den
Hof hinunternehmen. Meistens brachten die anderen Kinder
den Zucker mit. Ein Glück war es, dass das Haus eine außen-
liegende Holztreppe hatte, an deren Ende sich eine sehr einfache, mit einem kleinen Riegel zu verschließende Türe, befand.
Dahinter befand sich der Bretterverschlag des Plumpsklos. Wir,
die viele der Tee trinkenden Kinder, rannten oft die Holztreppe
hoch. Dort konnten wir bei offen stehend gelassener Türe uns
erleichtern. Es musste schnell gehen, denn die anderen Kinder
warteten im Hof.

Mein Elternhaus im Gässle

Manches Mal, wenn ich meiner Mutter wieder gar nicht gehorchen wollte, wurde ich einfach von ihr festgehalten und in den kleinen Verschlag, gesteckt. Sie schob den Riegel von außen zu. Aus war es dann. Nichts zum Beschäftigen! Nur zurecht geschnittenes Zeitungspapier lag in einer kleinen Kiste auf dem Boden. Damals wischte man sich noch mit diesem Papier den Po ab. Es gab ja nichts anderes. Als Strafmaßnahme wurde ich auch des Öfteren von meiner Mutter die Stufen der Bühnentreppe hochgeschoben. An dieser Türe befand sich auch ein Riegel, der die Türe verschloss. Auf dem Dachboden gab es für mich aber viele Beschäftigungsmöglichkeiten.

Als ich einen dünnen Holzstab gefunden hatte, steckte ich diesen nicht sichtbar in eine der Wandritzen in dem äußeren

Verschlag. Damals erzählte ich meiner Mutter so nebenbei, dass, wenn sie mich weggesperrte, es mir auf dem Dachboden viel besser gefallen würde. Sie hatte sich das gut gemerkt, denn bei der nächsten Strafmaßnahme wurde ich von ihr in den Verschlag vor der Haustüre hinein geschoben. Den lockeren Riegel machte sie zu. Das Treppenhausdach führte über diese Örtlichkeit und es befand sich darüber eine schräge Öffnung. Nach kurzem Warten entnahm ich den dünnen Holzstab, der Wand ritze und stieg auf die Abdeckung hoch. Alles ging sehr schnell. Der lockere Außenriegel, ließ sich gut zurückschieben. Den Holzstab schob ich wieder in die Ritze zurück für vielleicht ein nächstes Mal. Den Türriegel machte ich von außen langsam wieder zu und schlich die Treppe hinunter. Diesen Trick konnte ich aber nur ein einziges Mal anwenden, denn meine Mutter sperrte mich nie mehr dort ein.

Wenn es für den Folgetag geplant war, Schwarzbrot zu backen, musste am Abend zuvor bereits ein Vorteig hergestellt werden. Dazu wurde das Mehl in eine große Schüssel gegeben in der Mitte wurde eine Vertiefung gemacht, die Backhefe in lauwarmem Wasser aufgelöst und mit wenig Mehl zu einem Vorteig angerührt. Die Schüssel wurde mit einem reinen Küchentuch abgedeckt, und alles an einem ruhigen Ort stehengelassen. Am folgenden Vormittag wurde das restliche Mehl dazu eingearbeitet, Salz und noch weiteres, leicht angewärmtes Wasser dazugegeben. Der Teig wurde kräftig geknetet und abgedeckt. In ungefähr ein bis zwei Stunden war der Teig zur doppelten Höhe angestiegen. Auf dem Backbrett wurde der Teig in Laibe geformt und vorsichtig, in geflochtene Brotkörbchen gehoben und wieder etwas Ruhen gelassen. Mit einem kleinen Papierstück, leicht benetzt, wurde noch der Name auf den geformten Laib gegeben. Diese Brotkörbchen wurden vormittags, immer zu einer bestimmten Stunde, in die Backstube getragen. Meistens warteten die Frauen noch bei einem Schwätzchen. Vom Bäcker wurden die Teige Brotkörbchen mit Schwung auf den Backschieber gewendet, mit einem kleinen Messer noch mehrmals leicht eingestochen. Die Laibe wurden in den heißen Backofen Brot an Brot eingeschoben. Es musste alles sehr schnell gehen, damit die Ofenhitze nicht zu sehr entwich. Der Bäcker holte nach einer Stunde die gebackenen Brotlaibe mit seinem langen Backschieber aus dem Ofen heraus. Zum Auskühlen kamen diese Brotlaibe dann auf die seitlichen Regalbretter.

1959

Anfang des Jahres kam Malermeister Alfred zu uns. Die kleine Küche bekam einen neuen Anstrich. Sie strahlte nun wieder in einem hellen Farbton. Da mein Vater sich auch gerne mit Malerarbeiten beschäftigte, hatte er sich von Alfred in einer Dose eine hellbeige Lackfarbe mischen lassen. Damit arbeitete mein Vater in der Küche, an der neuen Truhen Bank und den zwei Hockern. Er hatte von der Farbe noch übrig, was könnte er damit machen? Nun, im Wohnzimmer an der Holzabtrennwand. Diese könnte sicher einen neuen Anstrich gebrauchen. Eifrig arbeitete nun mein Vater im Wohnzimmer an der Holzwand, dann auf der anderen Seite im Schlafzimmer weiter. An dem offenen Durchgang hatte meine Mutter den Plüsch-Vorhang bereits vorsorglich abgenommen. Schön sah nun diese Trennwand aus. Mein Vater begutachtete seine Arbeit und freute sich. Ich saß auf dem Sofa, machte dort etwas und schaute dem Tun meines Vaters zu. Dabei nahm ich gewahr, dass mein Vater immer noch Farbe in seiner Dose hatte.

Das schöne, helle Küchenbuffet, welches mein Onkel Hans als Schreinermeister für meine Mutter angefertigt hatte, stand etwas abgerückt von dieser frisch gestrichenen Holzwand. Es hatte fast denselben Farbton. Mein Vater machte dann ohne weitere Vorarbeiten einfach an dem schönen, wohl in Schleiflack gefertigten Buffet, weiter. Dabei schaute ich zu und dachte mir auch nichts dabei. Der obere Aufsatz des Buffets war bereits neu angestrichen und mein Vater arbeitete nun an dem unteren Teil und an den Schubladen weiter. Meine Mutter war wohl anderweitig beschäftigt gewesen. Sie betrat nun nichts Böses ahnend das Zimmer. Ein lauter Aufschrei ertönte! Meine Mutter sackte auf einen Stuhl, hielt sich die Hände vor das Gesicht und weinte. Mein Vater schaute ratlos. Er hatte doch alles nur neu streichen wollen. Aber mit den Frauen war das schon schwierig. Jetzt war großer Ärger im Haus. Meine Eltern schrien mal wieder. Jeder hatte doch recht!

Das Ende der Sache war, dass Malermeister Alfred dieses schwere Massivholz-Buffet abholen lassen musste. Den Anstrich meines Vaters musste er in seiner Werkstatt wieder mühevoll entfernen. Das Möbelstück wurde aber nicht mehr so schön, wie es zuvor gewesen war.

Von der Haustüre aus kommend, führte die erste Türe rechts mit einem Tritt nach unten in die Küche. Gleich auf der rechten Seite stand diese neue, einfache Truhen-Bank und ein Tisch mit einer Schublade. Zwei Holzhocker waren an der anderen Seite unter den Tisch gestellt. Karierte Sitzkissen lagen auf der Banksitzfläche und in der Truhe durfte ich meine Schulsachen verstauen.

Gegenüber des Tisches, an der Außenwand, war der Spülstein, schwarz-grau gemustert. Ohne Kanalisation floss das Wasser durch einen groben Sieb-Einsatz und einen kleinen Schlauch auf einen darunter gestellten Eimer. Dieser musste über die Holztreppe hinunter getragen werden, um in dem Häuserwinkel in einen kleinen Schacht entleert zu werden.

Dann war das Fenster mit zwei Fensterflügeln und einer Verriegelung. Oben quer gab es noch einen Flügel. Dieser konnte gekippt, oder mit einem Riegel verschlossen werden. Auf der linken Seite des Fensters stand das etwas höhere Schränkchen, das von Nanele im Gässle war. Auf der letzten Wandseite, stand der Holzkohleherd mit einem Backofen. Über die gesamte Breite befand sich unten eine Schublade für die Briketts. Ein Ofenrohr, das silberfarben angestrichen war, führte in den Kamin. In der Nische bis zur Wand war eine nach Maß angefertigte Holzkiste mit einem Klappdeckel. Auf dieser saß ich sehr oft im Winter, dort war es neben dem Ofen warm.

Elfriede im Klassenzimmer

Anfang Juli kam im Gässle wieder Nachwuchs an. Meine zwei Spielfreundinnen bekamen eine kleine Schwester. Ich durfte beim Wickeln und Baden des Babys zusehen. Dann schoben wir den Kinderwagen, bis zum Täle hin und her. Bei der Bäcker-Familie, war die Wohnung im zweiten Stock vermietet. Dort war 1958 auch ein kleines Mädchen angekommen. Ihre Großmutter übte mit diesem Kleinkind das Gehen, dabei war sie bedacht, dass ihm nichts passierte.

1960

Mein Vater hatte nach diesem unglücklichen Buffet-Anstrich wohl immer noch ein schlechtes Gewissen. Im Gasthaus Linde kam er an einem Sonntag mit einen Mann ins Gespräch. Sehr euphorisch kam er nun mit diesem Mann zu uns in das Wohnzimmer, und das helle Küchen-Buffet wurde begutachtet. Der Geschäftsmann meinte, dass er für unser Wohnzimmer gebrauchte, aufbereitete und viel passendere Möbel, in seiner Ausstellungshalle hätte. In seinem Mercedes nahm er uns nach Nagold mit und versprach, uns auch wieder zurückzufahren. Sehr lobend führte nun dieser ältere Möbelgeschäfts-Inhaber, uns seine ausgestellten Stücke vor. Bei einem braunen Küchen-Büfett blieb er stehen und pries dieses uns in den höchsten Tönen an. In unserem Wohnzimmer würde das sicher viel passender aussehen. Die Argumente, dass dieses doch kein Wohnzimmer-Büfett wäre, wimmelte er geschickt ab. Ja, es sei ein Küchen-Buffet, aber durch diese dunklere Farbe für das Wohnzimmer doch viel passender. Meine Mutter fühlte sich wohl etwas ratlos, und mein Vater war, bereits fast zu einem Kauf überredet. Ich als 12-Jährige konnte das nicht mehr mit ansehen. Ich bemerkte, dass dieser Mann unbedingt verkaufen wollte, und die Schlacht fast gewonnen hatte. Nun meldete ich mich doch, anfänglich etwas zaghaft, zu Wort:»Wenn wir ein Büfett kaufen, dann sollte es doch ein Wohnzimmer-Büfett sein und nicht nochmals ein Küchen-Büfett, denn ein solches haben wir doch schon.«

Der Mann schaute mich an, holte tief Luft und meldete sich verzweifelt zu Wort:»Dieses hier ist doch viel passender als das, was ihr bei euch stehen habt.« Mein ehrlicher Einwand brachte nun auch meine Eltern zum Nachdenken. »Also heute nicht!« Sie wollte es sich noch überlegen«, sagte meine Mutter. Und mein Vater war nun plötzlich auch weniger begeistert. Der Möbelhändler sah nun seine Felle davon schwimmen. Darum holte er noch aus. Er habe fünf Kinder, davon vier Mädchen, diese wären alle sehr folgsam, und sie würden sich nie in die Dinge der Eltern einmischen. So etwas würden sie sich nie erlauben. Der Möbelkauf das sei doch ihre Sache. Sie müssten da ihrem Töchterchen den Mund verbieten. Bereits nächste Woche könnte er dieses wunderschöne Büfett direkt in das Wohnzimmer liefern. Ein Handschlag würde genügen. Es erfolgte nun kein Handschlag, sondern es wurde um Bedenkzeit gebeten. Dieser Möbelhändler musste uns nun wieder Heim fahren, und er wusste wohl, dass dieses vorlaute Mädchen ihm das Geschäft zunichte gemacht hatte. Für ihn war es nun halt blöd gelaufen!

Anfang August war mein Vater an der Eingangstüre zum Gasthaus Waldhorn mit seinem rechten Fuß ausgerutscht. Er wurde in das Krankenhaus in Nagold eingeliefert. Es war ein Beinbruch. Als er entlassen wurde konnte er sich mit dem Gipsbein und Gehhilfen fortbewegen. Die Genesung dauerte sechs Wochen, während dieser Zeit war mein Vater daheim. Meine Mutter arbeitete bei der Produktionsfabrik Kaut & Bux. In der Mittagspause musste sie schnell heim, um das Essen fertigzustellen. Wenn mein Vater anwesend war, aß er auch mit. Oft war er mit den Gehhilfen unterwegs oder er schlief noch.

In diesen Wochen kam bei ihm der Tag-und-Nacht-Rhythmus durcheinander. Als mein Vater seine Arbeit wieder aufnehmen wollte, schaffte er es nicht. In diesen Herbstwochen wurde er immer umtriebiger. Diese Zustände wiederholten sich bei ihm wohl so alle sieben Jahre.

Mit seinem Freund Erwin fuhr er mit dessen Lastwagen wieder einmal ins Remstal mit. Zurück kamen sie mit zwei Holzliegestühlen und einem Wohnzimmer-Buffet. Dieses war aus Nussbaumholz und in Hochglanz gearbeitet. Für 450,-- DM hatte er es einfach gekauft.

Meine Mutter konnte wenig dagegen machen. Sie fühlte sich wohl sehr hilflos. Auf dem gemeinsamen Konto befand sich noch ein Guthaben. Nun wollte meine Mutter verhindern, dass ihr Ehemann das Angesparte in Eigenregie unüberlegt ausgab. Ihr Vorgesetzter bei Kaut & Bux war aus Dornstetten. Dort befand sich auch das Geschäft von Nähmaschinen Kurz. Dieser Vorgesetzte organisierte, dass der Betriebsinhaber, Herr Robert Kurz, zu uns kam. Er hatte die entsprechenden Prospekte seiner Nähmaschinen mit dabei. Nun bekam ich mit 13 Jahren eine elektrische Pfaff-Nähmaschine mit Zickzack- und Zierstichen in einem Schubladenschrank aus Nussbaumholz. Diese Nähmaschine hatte damals mehr als 1100,-- DM gekostet.

Einige Wochen konnte ich jeweils an einem bestimmten Abend in Pfalzgrafenweiler in der dortigen Turnhalle einen Einführungskurs besuchen. Hilde aus der Froschgasse besuchte auch diese Abende. So konnte ich mit ihr in ihrem VW Käfer mitfahren. Diese Nähübungen machten mir sehr viel Spaß. Zwei Schwestern des Firmenchefs gestalteten diese Abende. Wir lernten sogar, Flicke in Trikot Wäsche einzusetzen. Diese Frau Gertrud Kurz sagte zu mir: »Du wirst diese Flickarbeiten wohl nie ausüben müssen!« Darüber machte ich mir Gedanken. Was diese Schwester des Firmenchefs wohl damit gemeint hatte? In meinem jugendlichen Alter erkannte ich, was diese Nählehrerin damit sagen wollte. Wenn ein 13-jähriges Mädchen bereits eine so teure Nähmaschine bekam, dann stand dahinter wohl ein sehr begütertes Elternhaus. Damit hatte sich diese Frau Kurz aber sehr getäuscht. Denn ich entstammte einem sehr armen Elternhaus. Dieser Nähmaschinenkauf entsprach einer Verzweiflungstat meiner Mutter. Denn diese wollte eine gute Nähmaschine für das spätere Leben ihrer Tochter, bevor der Ehemann in seinem Umtrieb das gesamte Bankkonto leerräumte.

Diese Wochen im Herbst 1960 waren sehr unruhig. Mein Vater hatte sich bei Radio-Fernseh-Monauni in Nagold einen Plattenspieler gekauft und gleichzeitig dazu eine kleine Schallplatte in doppelter Ausführung. »Liebe kleine Schwarzwaldmarie, dich vergess ich nie.« Da er seine Frau sehr liebte und diese aus Unterwaldach im Schwarzwald stammte, wollte er damit wohl seine Liebe zu ihr ausdrücken. Nächtelang erklang aus dem Wohnzimmer nun dieses Lied. Meine Mutter musste am Morgen zur Arbeit und ich zur Schule.

Einmal ging meine Mutter mit mir, bereits frühmorgens um 7 Uhr zum privaten Haus des Ortspolizisten. »Nein, er könnte da nichts tun. Es müsste zuerst etwas passieren. Jemand müsste ihn anzeigen.« Vielen Haiterbachern ging in diesem Herbst das Verhalten meines Vaters wohl auch auf die Nerven. Aber ihn anzeigen? Wer wollte das denn tun? Ich traute mich nach den Schulstunden nicht mehr alleine nach Hause. Es war Oktober und bereits kalt. Mit meiner Schultasche ging ich die Salzstetter Straße entlang, um auf meine Mutter zu warten, bis diese endlich von der Arbeit kam. Angst hatte ich, obwohl mich mein Vater nie angegriffen oder geschlagen hatte. In diesen Wochen war er einfach unberechenbar.

Es erfolgte dann wohl doch eine Anzeige. Denn am 17. November 1960 wurde mein Vater von der Polizei abgeholt und in die Klinik nach Rottweil-Rottenmünster eingewiesen. Es erfolgten Untersuchungen und Anhörungen beim Amtsgericht in Nagold.

1961

Mein Vater war nun seit längerer Zeit in der Psychiatrischen
Klinik in Rottenmünster. Mit einem Gerichtsbeschluss des
Amtsgerichtes Nagold, wurde er am 25. März 1961 in das Psychiatrische Landeskrankenhaus nach Bad-Schussenried verlegt.
In den ehemaligen Klosteranlagen waren in den weitläufigen
Gebäuden verschiedene Abteilungen für Menschen mit psychischen Erkrankungen. Mein Vater kam auf verschiedene Stationen, bis er auf der geschlossenen Station 7 verblieb. Es gab dort
vielerlei Beschäftigungsmöglichkeiten. Als Naturmensch, und
fleißig wie er war, kam er in die dazu gehörige Gärtnerei. Jahre später wurde noch gesagt, wie akkurat der Patient Wilhelm
Schöttle, damals die Komposthaufen aufgesetzt hätte.

Für die gesamte Einrichtung gab es eine große Wäscherei,
sowie eine Schlosserei für den Reparaturbedarf der vielen Gebäude. In der Nähe des Einganges der Anlage befand sich die
große Beschäftigungstherapie. Unter anderem wurde dort Kin-
derspielzeug aus Holz hergestellt. Auch wurden Fußmatten aus
Kokosfasern gewebt. Im angrenzenden Verkaufsraum konnten
an den Öffnungszeiten von jedermann diese Dinge gekauft werden. Mein Vater fühlte sich in der Einrichtung sehr wohl. Große
Beachtung fanden seine Zuverlässigkeit und die ungewohnte
Ehrlichkeit. Seine humorvollen Sprüche führten auch bei dem
Pflegepersonal zu einem Schmunzeln. Sehr oft bekam er von
den Pflegern auch die passenden Antworten.

Seine zuständige Ärztin war Frau Dr. Hausmann. Sie lebte dort mit ihrer Tochter innerhalb dieser Anlage. Einen sehr
guten Zugang hatte sie zu ihrem Patienten. An meine Mutter
schrieb sie, dass die Familie in eine neue Umgebung umziehen
sollte. Wie hätte meine Mutter das in die Tat umsetzen kön-

nen? Jeden Tag musste sie zu ihrer Arbeit, um sich und mich versorgen zu können. Sie hatte keine Sozialhilfe für mich beantragt. Auch kam uns niemand zur Hilfe. Tag für Tag ging es wie gewohnt weiter. Mein Vater schrieb sehr oft an uns, er möchte wieder Geld verdienen und der Familie helfen. Sie müssten ihn nur hier herauslassen. Sein Zustand besserte sich im Laufe der Zeit. Das Gericht hob den Beschluss der freiheitsentziehenden Maßnahme wieder auf. Mein Vater wurde am 4. Juli 1961 entlassen. Er arbeitete wieder im Baugewerbe bei seinem Schulkameraden, Graf Jakob. Leider hielt dieser friedliche Zustand des Familienlebens nur für wenige Wochen. Bereits am 16. August, nach wieder ausschweifenden Vorkommnissen, wurde er wieder abgeholt. Als er gefragt wurde wohin er möchte, hatte er gesagt: »Zu Frau Doktor Hausmann, nach Schussenried.« Somit war alles wieder wie zuvor.

Eigentlich hätte es jetzt bei uns wieder ruhiger werden können. Meine Mutter wurde nun ins Krankenhaus nach Freudenstadt eingewiesen. Sie war im Klimakterium und hatte daraus resultierende Beschwerden. Ich musste wieder nach Oberwaldach zu Tante Anna.

Tante Annas Tochter Liesel nahm mich in den Wald mit, um dort Heidelbeeren zu pflücken. Für einen geflochtenen Rundkorb von einem Liter bekam ich eine DM, denn Liesel verkaufte die Beeren an ein Lützenhardter Hotel. Dann waren noch die kleinen Kinder von ihr. Zwei Buben und die kleine, sechs Monate alte Ruth. Diese durfte ich wickeln und ihr die Flasche geben. Als meine Mutter wieder nach Hause entlassen wurde fiel mir der Abschied von den Kindern sehr schwer. Die Sommerferien waren zu Ende und die Schule fing auch wieder an.

Die Ruhe war nur von kurzer Dauer, denn nun verhielt sich meine Mutter sehr auffällig. Mitten in der Nacht weckte sie mich auf. »Wir müssen aus dem Haus, der Nachbar Gerhard schießt mit einem Luftgewehr ums Haus herum!« Ich als 13-jährige, war nur im Nachthemd, als wir über den hinteren Ausgang das Haus verließen. Am angrenzenden Gebäude klopfte meine

Mutter an die Türe. Endlich schaute die Nachbarin zu einem ihrer oberen Fenster heraus. Sie kam die Treppe herunter und ließ uns beide ins Haus. Auf dem Dachboden war ein kleines Zimmer mit einem Bett. Dort verbrachten wir den Rest der Nacht. An Schlafen war fast nicht zu denken. Aber wir waren hier wohl vor der Schießerei des Nachbarn sicher. Ich war sehr verstört und musste am folgenden Tag wieder zur Schule.

In den folgenden Nächten war meine Mutter wieder ruhig. Kurz darauf wollte sie wieder in der Nacht das Haus verlassen. Hartnäckig weigerte ich mich, mit ihr zu gehen. In meiner Not vertraute ich mich meiner Spielfreundin im Gässle an, dass ich bei Nacht mit meiner Mutter solche Angst hätte. Die Eltern der Freundin boten uns an, dass wir im Kinderzimmer schlafen durften. Zuerst ging es einige Stunden gut. Dann stand meine Mutter wieder auf und klopfte an die Schlafzimmertüre der Eheleute und sagte: »Von dem Transformatorenhäuschen hinterm Haus strahlt etwas nach unten auf ein Holzbrett!« Der Mann schaute von seiner Veranda nach und beruhigte sie. »Da ist nichts, Frida! Geht wieder schlafen.«

In der Sommerferienzeit bot die Volkshochschule für uns Haiterbacher einen Schwimmkurs im Dornstetter Schul-Lehrschwimmbecken an. Dazu fuhr das Busunternehmen Schweizer die angemeldeten Schüler und Erwachsenen dorthin und wieder zurück. Ich war bereits an der Haltestelle beim Gasthaus Lamm, als meine Mutter dazu kam. Zu dem Leiter der Volkshochschule sagte sie, dass sie auch mitfahren möchte. Sie wollte ihrer Tochter beim Schwimmen zusehen. Da es noch freie Sitzplätze im Bus gab, durfte sie mitkommen. Nur sehr kurz war sie in der Schwimmhalle. Es interessierte sie wohl wenig, wie gut es mit dem Schwimmen bei mir bereits klappte. Als die Unterrichtsstunde vorüber war, tauchte sie wieder auf und stürmte auf mich zu. Schnell müsste ich mit ihr vor die Schwimmhalle kommen. Da würde der Vorarbeiter von Kaut und Bux warten. Ohne groß nachzudenken ging ich arglos mit hinaus. Meine Mutter lief weiter um die Ecke und nochmals um eine weitere.

Wir befanden uns bereits an der Hauptstraße. Dort ging sie in ein Lokal und sagte, dass sie ein Zimmer bestellt hätte. Sprachlos und machtlos ausgeliefert fühlte ich mich. Beide übernachteten wir in dieser Hotelpension. Im Bus wurden, nachdem alle Teilnehmer eingestiegen waren, die Personen abgezählt. Eine geraume Zeit wurde noch gewartet. Dann fuhr der Bus ohne uns zurück.

Am nächsten Morgen in Dornstetten beklagte ich mich, dass ich keine Haarbürste hätte. Bis die Geschäfte öffneten musste ich im Zimmer bleiben. Meine Mutter kaufte eine Haarbürste und erst dann konnten wir frisch frisiert in der Pension unser Frühstück einnehmen. Im Anschluss setzten wir uns in einen kleinen Park zwischen den Straßen, vor dem Schuhhaus Nestle, auf eine rundum um einen Baum angebrachte Sitzbank. Kaum hatten wir Platz genommen kamen einige städtische Arbeiter mit großen Handwerksgeräten. Aufstehen müssten wir, denn die Männer hatten den Auftrag, diese Bank zu entfernen. »Kaum, dass wir uns gesetzt haben, muss nun diese Bank weg. Sie schickt der Teufel«, schrie meine Mutter.

Dann wollte sie zu Fuß zu ihrer Schwester nach Freudenstadt. Ich weigerte mich, weiter mit ihr zu kommen. Sie ging über die Eisenbahnbrücke und die Straße entlang. An dem Brückengeländer hielt ich mich fest, ich fühlte mich hilflos und sehr allein. Es dauerte eine gewisse Zeit bis meine Mutter wieder die Straße entlang kam. Mit einem Linienbus fuhren wir über Nagold nach Hause.

Diese Begebenheiten sind auch heute noch sehr genau in meinem Gedächtnis!

Heute frage ich mich, wie ich das damals durchgestanden habe? Warum holte ich mir keine Hilfe? Die heutigen Kinder sind da wohl mutiger und selbstständiger.

Es dauerte dann nicht mehr lange bis meine Mutter, wohl durch ein Telefongespräch mit ihrer Schwester Barbara, ins Krankenhaus nach Freudenstadt eingewiesen wurde.

Niemand fragte nach mir. Ich war erst 14 Jahre alt und ganz

allein. In der Küchenschublade befanden sich im Geldbeutel meiner Mutter noch 50,-- DM in Scheinen und ein paar Münzen. Während der Nacht hatte ich alleine im Haus Angst. Darum sprach ich mit meiner Spielfreundin. Deren Eltern erlaubten es, dass ich dort im Kinderzimmer auf einer Liege schlafen durfte. Für meine alte Katze kaufte ich Milch in der Milchzentrale. Täglich kochte ich mir Kartoffeln und aß diese mit Butter. Sonntags gab es eine Scheibe Fleischkäse vom Metzger Karle dazu. Das war mein Sonntagessen. Es meldete sich kein Jugendamt und auch nicht meine Patentante, die Schwester meiner Mutter, die Diakonissin war. Sehr gläubig zitierte sie immer aus der Bibel. Kinder war sie sowieso nicht gewohnt, und auch auf ihre Schwester Frida wohl neidisch.

In diesem Herbst 1961 gab es eine reichliche Pflaumen- und Zwetschgenernte. Meine Patentante hatte in Freudenstadt auf dem Kienberg eine befreundete Familie. An ihren freien Tagen besuchte sie dieses Ehepaar öfters. Nun, angetan durch diese reichhaltige Obsternte, entwickelte sich bei der ansonsten in der Hausarbeit wenig gewandten Diakonissin ein Plan. Von dieser reichlichen Obsternte wollte sie einwecken. Eine Rücksprache mit ihrer Frida am Krankenbett ergab, dass sich im Keller in Haiterbach leere Einweckgläser befinden würden. Schnell fand da Tante Barbara eine Lösung. Vom Krankenhaus telefonierte sie mit Familie Furch am Marktplatz. Tochter Rikele konnte da nichts dagegen unternehmen, denn sie war auch im Erwachsenenalter immer noch eine folgsame Tochter. Rikele führte nun ihre Aufgabe gewissenhaft aus und klopfte bei mir an der Haustüre. Den Inhalt des Telefongespräches richtete sie mir folgend aus: Ich müsste von den leeren Einweckgläsern im Keller so viele wie ich tragen könnte, am nächsten Donnerstag auf meiner Besuchsfahrt zu meiner Mutter mitbringen. In Freudenstadt würde mir dann die Patentante das Gepäck an der Bus Endstation am Marktplatz, abnehmen.

Ich, sowieso als 14-Jährige mit allem total überfordert, sagte dazu: »Nein, das mit den großen Einweckgläsern, das mache ich nicht, nein.« Rikele sagte mir, dass ich das unbedingt tun müsste. Am darauffolgenden Abend stand sie wieder bei mir vor der Türe. Diesmal mit einem Karton in der Größe eines Koffers. Das Unterteil und der Deckel waren aus einem weichen Kartonpapier. Wie sollte ich das wohl in die Praxis umsetzen? Ich blieb bei meinem »nein.« Rikele ging die Außentreppe nach unten. Sicher war sie mit ihrem Auftrag und mit mir einfach überfordert. Zu blöde war es mir. Darum kickte ich diesen Karton, nachdem Rikele unten war, ihr hinterher.

An diesem Donnerstag standen einige Fahrgäste jeweils mit einer kleinen Tasche an der Bushaltestelle beim Lamm. Auch ich stieg mit wenig Gepäck in den kleinen Bus ein. In Lützenhardt erfolgte der Umstieg über hohe Stufen in den großen Bus. Gut, dass ich nein gesagt hatte, und jetzt nicht noch Einweckgläser mitschleppen musste. Wie hätte das denn gehen sollen?

Ich überlegte mir, wie ich es machen könnte, der Strafpredigt der Tante am Marktplatz zu entgehen. Ja, ich würde bereits an der ersten Haltestelle am Achteck Kiosk aussteigen. Somit könnte ich der Patentante an der Endhaltestelle am Postamt entkommen. Im Bus saß auch Gretel Rothfuß. Diese arbeitete in der Stadtbücherei und wir kannten uns. Gretel hatte als Kind Tuberkulose gehabt und auch eine Skoliose. Dadurch war sie körperlich sehr eingeschränkt. »Elfriede, wo steigst du denn in Freudenstadt aus? Ich brauche am Marktplatz noch Hilfe, denn die Stufen im Bus, schaffe ich alleine nicht.« Nun war mein gefasster Plan in Gefahr. Was sollte ich tun? Schweren Herzens erklärte mich bereit, dass ich ihr am Marktplatz beim Ausstieg behilflich sein würde. Meine Planung war somit gescheitert.

Am Marktplatz ging Gretel nach dem geglückten Ausstieg putzmunter ihren Weg, und ich stand da. Meine Patentante begrüßte mich mit den Worten: »Wo hast du denn die Einweckgläser?« Ich straffte mich und sagte: »Ich konnte keine Gläser in den Bussen mitnehmen. Sie sind zu groß und zu schwer.« Die Tante schaute wütend und meinte dann: »Wenigstens ein paar hättest du mitbringen können!« Ich sah einen Mann in einem geparkten Auto sitzen und warten. Dieser sollte wohl die Tante mit den Einweckgläsern befördern. Ja, die Tante hätte sich mit der Schlepperei wenig Mühe gemacht. Warum sind sie denn nicht die 25 Kilometer bis nach Haiterbach gefahren, um die Einweckgläser zu holen? Kein Verständnis für mich, das überforderte Mädchen, das alles alleine bewältigen musste. Das ist der Glaube, den die Tante überall nach außen vertrat. Ihr Denken und Handeln waren wenig »gottgefällig.«

Ihr Kommentar traf mich dann wie ein Pfeil: »Du taugst nichts! Du wirst nie zu etwas taugen!«

Mit kummervollen Gedanken ging ich nun über die Querstraßen bis zum Krankenhaus. Meine Mutter erwartete mich bereits, und ich übergab ihr die gewünschten, mitgebrachten Sachen. Dann fing meine Mutter auch noch an, nach den Einweckgläsern zu fragen. »Wie viele hast du mitgebracht?« Ich sagte: »Keine! Wie hätte ich das in den Bussen machen sollen?«

Die Wiederholung kam: »Du taugst nichts, und du wirst nie zu etwas taugen!«

Mit einem Schlag, innerhalb von nur zwei Stunden, wurde mir von Tante und Mutter mein Selbstbewusstsein zunichte gemacht. Das war es dann wohl! Wie konnte ich so mein Leben einmal als erwachsene Frau gestalten, und zu mir selbst stehen?

Heute frage ich mich, wieso ich an diesem Donnerstag überhaupt nach Freudenstadt fuhr? Ich war zu folgsam. Wenigstens blieb ich bei meinem »nein«, was die Weckgläser betraf.

An den Sonntagabenden, besuchten die Eltern der Spielfreundin immer den Stammtisch im Gasthof Lamm. Dort wurde über alles möglich geredet. Dabei kam auch die Sprache darauf, dass die Schöttle Frida nun im Krankenhaus wäre, der Wilhelm in Schussenried und das Mädchen sich nun alleine durchbringen müsste. Bei Nacht würde sie bei ihren beiden Mädchen im Kinderzimmer auf einer Couch schlafen. Der Lamm Wirt, Herr Sommer, saß mit am Tisch. Er rief seine Frau aus der Küche hinzu. Schnell waren sich diese kinderlosen Wirtsleute einig: »Das Mädchen kann jeden Tag nach der Schule zu uns zum Essen kommen. Wir erwarten dafür, dass sie uns hier in der Küche beim Abwasch hilft, auch uns die Wäsche von der Wäscherei abholt und zum Trocknen auf den Dachboden hängt.«

Ich, die ich immer noch bei Fremden schüchtern war, ging am folgenden Tag nach der Schule nebenan durch die hintere Eingangstüre in den Gasthof. Sehr freudig wurde ich von dem Ehepaar begrüßt. Ich durfte mich in den Nebenraum setzen. Dort stellte mir Frau Sommer einen Teller mit Fleisch und Gemüse hin. Und ob ich noch einen Nachtisch wollte? Wie im Schlaraffenland kam ich mir vor. In der Küche wurde mir gezeigt, wie ich den Abwasch zu machen hatte. Im Anschluss konnte ich erst einmal meine Schularbeiten erledigen. Herr Sommer setzte sich dazu und wollte mir bei den Aufgaben, die ich bereits in der 8. Klasse war, helfen. In Erdkunde musste ich ihm zuerst die Aufgaben erklären. Herr Sommer war ein Mann wohl in den 60ern. Er bemerkte sehr schnell, dass er bei meinen Erdkunde Aufgaben wohl fehl am Platze war.

Nun arbeitete ich sehr viel im Gasthaus Lamm. Mit einem Leiterwagen holte ich die gewaschene Wäsche von der schräg gegenüber liegenden Wäscherei Knorr ab. Die Körbe mit der feuchten Wäsche waren sehr schwer, und sie mussten drei Stockwerke hoch bis auf den Dachboden getragen werden. Herr Sommer und ich trugen sie gemeinsam hoch. Über dem Lokal befanden sich im 2. Stockwerk einige Fremdenzimmer. Deshalb gab es immer einiges an Bettwäsche, auch Tischwäsche, Hand- und Geschirrtücher. Das Wäsche aufhängen klappte gut. Die getrocknete Wäsche konnte ich im Saal mit der Heißmangel glätten. Montags war das Lokal immer geschlossen. Hausgäste durften am Abend aber zum Essen kommen. Es waren zwei Gastarbeiter, Carmine und Angelo, diese wohnten bei der Lina im Tal. Nun musste ich immer an den Montagabenden diesen beiden Arbeitern auf einem Tablett die gefüllten Teller in den Nebenraum tragen. Ich passte sehr auf, damit ich dabei nichts verschüttete. Diese beiden Männer schauten erwartungsvoll zu mir her und lachten, da sie wohl meine Befangenheit bemerkten.

Während dieser Zeit fanden in Haiterbach zwei Hochzeiten statt. Der Hochzeit Gottesdienst, jeweils an einem Samstag, begann um 11 Uhr in der evangelischen Kirche. Bis das Hochzeitspaar und die Gäste in das Gasthaus kamen war es bereits fast 13 Uhr. Ein Ehepaar war von der Mittleren Gasse. Das zweite Ehepaar wohnte in der Weinhalde. Die Familien waren aus Haiterbach und es handelte sich jeweils um 120 Hochzeitsgäste. Das viele Speisegeschirr kam zum Abwasch zu mir. Ich wusch immer noch an dem Geschirr vom Mittagsessen ab, als bereits das Kaffeegeschirr in die Küche kam. Es ging ohne Pause bis zum späten Abend. Meine Kleidung war an meinem Körper von diesem stundenlangen Abwaschen, sehr nass geworden.

Zwei Monate war meine Mutter stationär im Krankenhaus in Freudenstadt. Für Anfang des neuen Jahres wurde ihr eine Kur in einem Sanatorium in Oberursel verordnet.

1962

Mitte Januar trat meine Mutter ihre Kur an. Ich konnte wieder täglich in das Gasthaus Lamm. Familie Sommer hatte sich wohl sehr an mich, an diese tatkräftige Hilfe gewöhnt. Sie planten, das Lokal aus Altersgründen in wenigen Monaten aufzugeben. Irgendwo im Rheinland, in ihrer früheren Heimat, wollten sie dann eine kleine Pension führen. Sie sahen, dass es mir in meiner Familie wenig gut ging. Der Vater in der Psychiatrie, die Mutter gesundheitlich, nervlich auch instabil. Da ich im März das achte Schuljahr beenden würde, machten sie sich wohl Gedanken wie es für mich weitergehen würde. In einem ruhigen Augenblick sprach mich das Ehepaar an, ob ich es mir vorstellen könnte, bei ihnen weiterhin zu arbeiten und in die neue Umgebung mitzukommen. Ich konnte mich dafür nicht entscheiden.

Meine Mutter hatte während ihres Krankenhausaufenthaltes in der Tageszeitung eine Anzeige gelesen. Das Bruderhaus, die Gustav Werner Stiftung in Reutlingen. suchte ab April Nähschülerinnen. Diese sollten in den Kindergruppen mitarbeiten und am Nachmittag Nähunterricht erhalten. Da ich gerne nähte, konnte ich mir das gut vorstellen. Von meinem Elternhaus wegzukommen, das wünschte ich mir auf jeden Fall. Vermutlich wäre es für mich gut gewesen, mit dem kinderlosen Ehepaar Sommer wegzugehen. Sie waren an mir interessiert, sahen meinen Fleiß und meine Geschicklichkeit. Sicherlich wollten sie mir helfen und hatten dabei wohl auch ihre eigenen Interessen. Im Nachhinein bringt es nichts darüber nachzudenken.

Am 15. März kam mein Vater zu uns, seiner Familie, zurück. Einen Tag später, am 16. März, hatte ich Geburtstag. Am Samstag, dem Vorabend der Konfirmation war noch ein Gottesdienst in der Haiterbacher Laurentiuskirche. Mein Vater kam wie gewünscht auch mit. Für ihn war es in diesen wenigen Tagen alles wohl zu viel. Während des Gottesdienstes schlief er ein. Die Menschen beachteten es wenig, aber mir war es sehr peinlich. Ich war zu jung, um es besser zu verstehen. Der Vater weg, der Vater wieder da, dann schlief dieser in der Kirche auch noch ein.

An dem Konfirmationssonntag befand sich im Hof noch Glatteis. Ich war mal an diesem Vormittag wieder alleine auf mich gestellt. Den ungewohnten Schuhen mit Absätzen und mit schwarzen Nylonstrümpfen, versuchte ich so gut es ging, bis ins Gässle zu kommen. In der Wohnung hatte ich das Gehen mit den Schuhen bereits ohne Glatteis und Rutschgefahr und ohne ein abschüssiges Gelände geübt. Als ich endlich im Gässle war, zeigten sich an diesen neuen schwarzen 20-den-Strümpfen bereits Laufmaschen. Teilweise mit den Händen, auf dem Boden abstützend, musste ich Konfirmandin wieder um das halbe Haus die Strecke bis zur Holztreppe kommen. Gut, dass ich noch ein paar Ersatzstrümpfe hatte. Mein Vater war nun sehr willig und begleitete mich in gewohnten Schuhen bis zur Straße. An ihm konnte ich mich noch bei dem Schuhewechseln festhalten. Sehr vorsichtig, Schritt für Schritt, erreichte ich ohne ein weiteres Malheur das Pfarrhaus. Gemeinsam wurden wir fotografiert, noch ein kurzer Aufenthalt und eine Vorbereitung. Als die Kirchenglocken läuteten, gingen wir 16 Mädchen und 6 Jungen gemeinsam die Außentreppe vom Pfarrhaus kommend zur Kirche und über die Sakristei in das Kirchenschiff. Vor dem Altar befanden sich Stuhlreihen. Herr Pfarrer Heinrich Link hielt diesen Gottesdienst, und er konfirmierte uns junge Menschen.

Mein Konfirmationsspruch:

»So ihr bleiben werdet an meiner Rede seid ihr meine rechten Jünger und werdet die Wahrheit erkennen, und die Wahrheit wird euch frei machen.« Johannes 8, Vers 31/32.

Mit der Familie, den Paten und Verwandten, konnten wir gemeinsam in unserem Wohnhaus das Mittagessen einnehmen. Später gab es Kaffee und dazu aßen wir Kuchen. Mein Patenonkel Christian war mit meiner Patentante Barbara aus Freudenstadt angereist. Aus Nagold kam Tante Mariele mit ihrem Ehemann Christian und Tante Anna aus Gültstein mit ihrem Ehemann.

In Haiterbach war es üblich, dass die Konfirmanden von vielen Leuten Geldgeschenke bekamen. Diese Gaben wurden meistens von den Kindern dieser Familien überbracht. Es klingelte nach dem Mittagsessen oft an unserer Haustüre. Ich, als die Konfirmandin, durfte dann zur Türe gehen um die Geldgeschenke in Empfang zunehmen. Über 300,-- DM hatte ich geschenkt bekommen.

Am darauffolgenden Sonntag durften wir Konfirmanden mit unseren Familien und anderen Gemeindemitgliedern den Festgottesdienst mit dem heiligen Abendmahl besuchen. Als Mitglied bei der evangelischen Kirchengemeinde waren wir nun alle aufgenommen.

Den Hauptschulabschluss hatte ich nun geschafft. Ein gemeinsamer Tagesausflug unserer Schulklasse führte uns über Albstadt auf die Höhen der schwäbischen Alb zum »Lochen«. Weiter nach Beuron ins Donautal. Während der Fahrt, sahen wir an den Hängen die großen Felsen.

Der Monat März ging schnell vorüber, und ich musste meine Kleidung und Wäsche für das Jahr in Reutlingen zusammenstellen.

Mein Vater begleitete mich an diesem 16. April nach Reutlingen. Erst vor kurzem aus der Psychiatrie entlassen, und nun vertraute ihm seine Frau eine so wichtige Aufgabe an. Wir fuhren früh am Morgen, mit dem Linienbus nach Nagold und weiter über Mötzingen bis nach Tübingen. Von dort mit der Bahn bis zum Reutlinger Hauptbahnhof. Nach wenigen Metern waren wir bereits an der Bushaltestelle am Franz List Platz. Mein Vater schaute sich an der dortigen Anschlagtafel die Abfahrtszeiten in das Jugenddorf Gaisbühl an. Eine junge Frau stand dort. Sie beobachtete uns zwei Suchende. Dabei dachte sie, so mit Koffer und Tasche, ob das wohl eine der Nähschülerinnen ist? Mutig sprach sie meinen Vater an: »Wo möchten sie denn hinfahren? Wollen sie vielleicht ins Jugenddorf?« Ja, da wollten wir hin. Diese junge Frau sagte dann freudig, sie würde auch dorthin fahren. Sie wäre die Nählehrerin. Mein Vater hatte zu seinen Mitmenschen schon immer großes Vertrauen. Er sagte dann: »Das trifft sich ja gut, dann kann ich mit der Bahn gleich wieder zurück fahren.« Eine kurze Verabschiedung, und mein Vater ging winkend in die Richtung zum Hauptbahnhof. Alles verlief gut. Ich wurde nicht entführt. Es war die Nählehrerin, Fräulein Ruth Schüle. Damals waren es noch Zeiten mit Vertrauen.

Der Linienbus fuhr ein, und Fräulein Schüle war mir, der unerfahrenen 15-Jährigen, behilflich. Die Busfahrt ging über viele Stationen die Ringelbachstraße entlang. Dann kamen einige Kasernenblöcke, und französische Soldaten mit ihren Schiffskäppchen waren zu sehen. Jetzt begann bereits das Gelände der Gustav-Werner-Stiftung. Den großen Koffer schafften wir nun gemeinsam an den Werkstattgebäuden vorbei bis zu den Kinderwohnhäusern. Eine Mädchengruppe, »die Schmetterlinge«, wohnte dort. Darüber war dann die Wohnung der Nähschülerinnen. Der Wohnraum von Fräulein Schüle befand sich vor unserer Wohnungstüre.

Nach und nach kamen die jungen Mädchen an. Luise aus Heslach bei Stuttgart, Margarete aus Kirchheim Teck, Magdalena, blond, mit sehr langen Beinen und einem kurzem Oberkörper war aus Heidenheim an der Brenz. Lauretta kam aus Niederstozingen. Marianne, sie hatte sehr schöne Zähne und kam aus Horb. Erika, eine kleine Jugendliche, von Mengen bei Sigmaringen. Ursula, viel selbstständiger als wir anderen, war aus Langenargen am Bodensee. Diese Ursula sprach Hochdeutsch. Wir alle anderen sprachen schwäbisch und den Dialekt der Ostalb. Gleich das erste Zimmer links wurde mir zugeteilt. Dazu kam noch Else. Diese war vom Kinderheim und der Gemeinschaftsschule. Unsere Kleidung räumten wir in unsere jeweiligen Schränke ein. Frau Held, die Hausmutter, erschien mit einer vor gebundenen weißen, gestärkten Schürze. Reihum begrüße sie uns alle. Wir wurden darüber informiert, dass wir nun alle in die Bubengruppen verteilt würden, immer jeweils zwei Mädchen in eine Familie mit 13 Heimkindern. Magdalena und ich kamen zu den Wikingern. Dort waren Tante Marlies und Onkel Wolfram, die Heimeltern. Da es bereits Mittagszeit war durften wir Mädchen uns gleich zum Essen setzen. Auch größere Jungs saßen mit am Tisch. Diese grinsten sich gegenseitig an und flüsterten miteinander. Es waren Helmut und Manfred!

* * * * *

Nach 2005, irgendwann, war ich bei der Patin meiner Söhne in Bernhausen auf den Filtern in deren Metzgerei. Ich entrümpelte dort den alten Büroraum. Dabei sortierte ich die vielen Schlüssel und versah diese mit angehängten, beschrifteten Schildern. Ganz in der Nähe der Metzgerei befand sich ein Geschäft, in diesem ich das fehlende Zubehör noch kaufen konnte. Ich sah den Familiennamen des Ladenbesitzers über dem Eingangsbereich. Ja, dieser Name war mir irgendwie bekannt. In dem Geschäft wurde ich von dem Besitzer bedient. Dabei überfiel mich an beiden Armen ein Frösteln. Es zeigte mir, dass ich mit diesem Menschen bereits zuvor einmal in Kontakt war. Ich verließ das Ladengeschäft wieder und überquerte die Verkehrsstraße. Dabei drehte ich mich nochmals um und sprach den Namen über der Eingangstüre noch laut aus. Nun glaubte ich zu wissen, wem ich da eben begegnet war. Deshalb ging ich in das Geschäft zurück. Ich fragte den Besitzer, ob er früher einmal im Jugendorf Gaisbühl in Reutlingen gelebt hätte. Sehr erstaunt sah er mich an und es erfolgte eine Gegenfrage: »Warum?« Ich sagte meinen Namen, dass ich 1962 in Reutlingen als Nähschülerin bei den Wikinger gewesen wäre. Er würde mich an den Jungen, Helmut, erinnern. Er sagte mir, dass er dieser Helmut wäre. An mich konnte er sich nicht mehr erinnern. Auch nicht, dass er sich mir einmal im Flur in den Weg gestellt hatte, als ich mit einer vollen, heißen Suppenterrine in das Esszimmer gehen wollte.

Mit der ehemaligen Nählehrerin, Ruth Schüle, bin ich immer

noch in Verbindung. Bei einem Telefongespräch erzählte ich ihr von der Begegnung mit Helmut. Sie sagte mir, dass dieser seit damals immer noch mit Tante Marlies, die im Donautal wohnen würde, in Kontakt wäre, und dass diese ihm in seinem Leben sehr behilflich gewesen war.

Es ist mir bekannt, dass dieser Helmut, der wohl in meinem Alter war, inzwischen verstorben ist. Schön, dass er es als ehemaliges Heimkind und Sonderschüler zu einem Geschäftsinhaber geschafft hatte. Die Schule ist nicht alles, denn was zählt, ist die innerliche Stärke.

* * * * *

Danach wurde uns, den neuen Nähschülerinnen, in der Oberlinschule Raum für Raum gezeigt. In dem großen Näh-Unterrichtsraum standen die Pfaff-Nähmaschinen für den Einsatz bereit.

Es gab einzelne Kinderheimgruppen. Bei den »Forellen« herrschte Tante Else. Herrschen war der richtige Ausdruck. »Die Wickinger« und »Die Spatzen«, das war auch eine Buben-Gruppe. Es gab auch Mädchengruppen, »Die Schmetterlinge« und »Die Sterntaler.«

Am nächsten Morgen kam Fräulein Schüle mit einem freudigen »Guten Morgen« in die Wohnung. Dabei öffnete sie alle Türen. Wir waren wach, und hüpften aus den Betten. Die Wochentage begannen im Gemeinschaftshaus jeweils mit einer Andacht. Dort saßen wir alle und konnten mit geschlossenen Augen noch ein wenig vor uns hinträumen.

Im Erdgeschoss des Gemeinschaftshauses befand sich die große Heimküche. Große Aluminium-Kannen, aus denen es nach frischem Kakao roch. An den großen Fenstern wurden die Speisen ausgegeben, Butter, Marmelade und aufgeschnittenes Brot. Manchmal gab es auch Hefezopf. Jeweils eine kleine Kanne Bohnenkaffee für die Gruppeneltern. In einem großen Handwagen konnten wir diese Köstlichkeiten bis zu den jeweiligen

Häusern fahren. In den Gruppen füllten wir den Kakao in große Aluminium-Kannen. Das verpackte, aufgeschnittene Brot
schichteten wir in mehrere Körbe. Die größeren Kinder hatten
bereits die in einem Dreieck stehenden Tische zum Frühstück
eingedeckt. Wir beide Nähschülerinnen stellten die heißen
Kannen und die übrigen Zutaten auf den großen, stabilen Teewagen, und schoben diesen zu den Esstischen. Ausgehend von
dem großen Wohn-Speisezimmer und dem Flur, führten Türen in die Zimmer. Dort standen mehrere einzeln aufgestellte
Betten. Daneben befanden sich die Nachtschränkchen für die
wenigen Habseligkeiten. Manche dieser Kinder hatten Eltern
oder ein Elternteil. Oft kamen sie von sozial benachteiligten
Familien. Diese Oberlinschule war eine Sonderschule mit Heim
Unterbringung.

Einige der Kinder konnten währen der großen Ferien zu
ihren Familien heimreisen. Die meisten von ihnen durften
für mehrere Wochen nach Friedrichshafen an den Bodensee
fahren. Dort befand sich ein großes Hotel der Gustav-Werner-

Wir Nähschülerinnen bei der Ausbesserung der Wäsche

Stiftung. Nebenan, in der Nähe des Sees, waren in dem Natur Gelände einige Bretterbuden mit fest montierten Stockbetten. Dort schliefen die Kinder und ihre Erzieher. Ein eigener Steg befand sich dort und er führte direkt in den Bodensee.

Nun erst wieder zu dem allmorgendlichen Frühstück. Die Kinder begaben sich danach zur Oberlinschule. Wir beide Nähschülerinnen räumten das Geschirr auf den Teewagen. In der Küche wurde alles von Hand abgespült, abgetrocknet und wieder in die jeweiligen Schränke eingeräumt. Mit einem kleinen Wassereimer, mussten wir im Essraum die Tische abwischen den Raum auskehren und die Stühle wieder ordentlich an die Tische stellen. Die von der Waschküche gelieferten Bekleidungsteile wurden von den Erziehern in die Schränke einsortiert. Wir Mädchen konnten noch die schadhaften Teile ausbessern. Bei schönem Wetter war das auf der Hausterrasse möglich. Manchmal war auch Fensterputzen angesagt. Die Waschräume und Toiletten wurden am Nachmittag von den Kindern selbst gereinigt.

Nach dem Abwasch, kam für uns die Zeit. Gemeinsam mit Fräulein Schüle gingen wir zu der Schule in unser Nähzimmer. Zuerst übten wir »gerade nähen.« Eine weiße Schürze aus Gminder Halbleinen konnten wir uns anfertigen. Gminder, das war eine in Reutlingen bekannte, ansässige Firma mit einem Verkaufsladen. Diese ist leider dem Neubau der Firma Bosch gewichen.

An den Abenden waren wir Mädchen öfters in der Wohnung der Hauseltern. Dort bekamen wir Tee und Gebäck. Die Hausmutter las uns noch von Tom Sawyer und Huckleberry Finn vor.

Im Wohnzimmer unserer Wohnung waren Bücher und viele Gemeinschaftsspiele. Es gab auch ein Radio und wir konnten Musik hören. Beängstigte Nachrichten von einem eventuell bevorstehen Krieg in Kuba machte uns große Angst. Amerikas Präsident, John F. Kennedy, wendete diese Gefahr ab. Nur wenige Monate später wurde er leider ermordet. Immer alle sechs Wochen durften wir Nähschülerinnen über das Wochenende

Fräulein Schüle mit ihren Schülerinnen beim Nähunterricht

zu unseren Familien heimreisen. Im Monat erhielten wir 15 DM Taschengeld ausbezahlt. Wenn ich an den Samstagen um das Busfahrgeld zu sparen, zu Fuß in die Innenstadt lief um im Kaufhaus Merkur eine Zahncreme, Seife und Hautcreme zu kaufen, dann war die Hälfte des Geldes bereits weg. Trotzdem war für mich diese Zeit etwas wie ein Zusammenleben mit Geschwistern. An Freundinnen und nach Hause schrieb ich oft Briefe.

Es war geplant, dass im Gässle das Abwassersystem neu verlegt werden sollte. Dazu mussten die Bewohner, jeweils von ihren Wohnhäusern ausgehend, Abwasserdohlen verlegen. Bei uns würde das Wasser vom Spülstein durch ein Rohr in der Wand bis zum Boden neben dem Haus geleitet werden. In einer gewissen Tiefe, von der Ostseite über die Nordseite, den Hof abwärts bis zu dem Wasserschacht im Gässle abfließen. Das Grundstück meiner Eltern verlief schräg, und es war an der Grundstücksgrenze zum Gässle breiter. Mein Vater hätte sehr gut diese Erdausgrabungen auf unserem Grundstück ausführen können. Er dachte, man könnte es gemeinsam mit dem Nachbargrundstück verlegen. Dazu wäre es aber nötig gewesen, darüber zu reden. Er fing mit den Ausgrabungen an und grub an der gemeinsamen Grenze entlang aus. Das führte zu Streitereien.

Noch andere Nachbarn, Gerhard und Martha vom Haus nebenan, mischten sich dabei ungefragt ein. Da es diese nicht betraf, war es nur, sich irgendwie wichtig zu machen. Ein Wort gab das andere. Mein Vater erhob seine Schaufel, und der Verwandte der Nachbarin holte aus der Scheuer auch Gegenstände heraus. Jemand rief die Polizei und mein Vater war dann der alleinige Übeltäter. Erst seit wenigen Monaten von Bad Schussenried entlassen, geschah es dann sehr schnell, dass mein Vater am 6. August 1962 wieder in die Psychiatrie eingeliefert wurde. Nachbarschaftlicher Streit und gemeingefährlich, so wurde es protokolliert.

Die Ferien standen nun für mich an, und ich fuhr mit den Heimkindern in das Ferienlager nach Friedrichshafen am Bodensee. Was der Schwimmunterricht der Volkshochschule nicht geschafft hatte, das erreichte im August der Bodensee. In diesen drei Wochen erlernte ich das Schwimmen.

Wieder in Reutlingen zurück, ging es nach den Ferien wie zuvor weiter. Die Briefe meiner Mutter wurden immer trostloser. Sie arbeitete in Nagold bei der Gambrinus Brauerei in der Abfüll-Abteilung. Die Bierlaster fuhren auch manches Mal nach Bad-Schussenried. Kaum, dass meine Mutter am frühen Morgen mit ihrer Arbeit begonnen hatte, wurde sie vom Büro informiert, dass ein Laster nach Bad-Schussenried fahren würde und sie könnte mitfahren. Sie nützte diese Gelegenheit, um ihren Ehemann zu besuchen. Mein Vater freute sich immer über diese Besuche. Heim wollte er, um Geld zu verdienen und der Familie zu helfen.

Ende November war es dann bei mir soweit, dass ich das

Nähschuljahr in Reutlingen beendete und zu meiner Mutter zurückreiste. Sie ging dann mit mir zu der Frauenarbeitsschule im Roten Schulhaus in Nagold. Die Nähkurse hatten dort bereits im September begonnen. Die Leiterin war bereit, mich noch aufzunehmen. Sie meinte, mit etwas Näherfahrung müsste ich es schaffen, die Gruppe noch einzuholen. Zuerst musste ich verschiedene Nähte üben, danach weiße Kopfkissen nähen. Damals hatte man noch Haipfel, denn deren Maße waren 80 x 100 cm. Baumwoll-Handtücher aus Gerstenkorn-Stoffen sowie ein Nachthemd und Kinderlätzchen. Ein Wäscheklammer-Beutel und Vorbinder-Schürzen. Ich erlernte auch Flicke einzusetzen und Betttücher stürzen.

In den 1960er Jahren wurde noch gespart Mädchen, die späteren Hausfrauen, taten gut daran, solche Dinge zu erlernen. Dann, um die Osterzeit war der Wäsche-Nähkurs vorüber. Ich hatte alles erforderliche genäht, erlernt und meine Mitschülerinnen eingeholt. Jetzt durfte ich zu dem Kurs Kleidernähen I, zu Fräulein Heubach. Da diese Lehrerinnen unverheiratet waren, wurden sie mit Fräulein angeredet. Eine Frau, egal wie alt, musste verheiratet sein, um mit Frau angeredet zu werden. Vormittags und nachmittags durfte ich nun für mich selbst Kleidung nähen.

Meine Mutter sagte: »Die Stoffe für deine Kleidung kann ich dir nicht bezahlen. Das musst du dir selbst verdienen.« Nun gab es für mich 16-Jährige die Möglichkeit, ebenfalls bei Gambrinus in der Abfüll-Abteilung in den Ferien und freien Nachmittagen gegen geringen Lohn zu arbeiten.

Mein Arbeitsplatz war an einem runden, sich drehenden Tisch. Die gefüllten und bereits mit Etiketten versehenen Bier- oder Sprudelflaschen kamen aus dem Füll-Rundum-System heraus auf diese sich drehende Fläche. Von dieser musste ich jeweils vier der gefüllten Flaschen ergreifen, sie in die leere Kiste stellen und mit einem Bein noch die Kiste am weiter rollen stoppen. Ein älterer Italiener nahm dann die gefüllte Kiste ab, um diese auf einer Palette zu stapeln, wobei ich bereits die nächste Kiste zu füllen begann. Nebenbei musste ich noch diesen Drehtisch kontrollieren und manchmal sehr schnell mit einem Griffhebel das System stoppen, dann, wenn sich zu viele Flaschen auf der Drehfläche befanden und diese nicht schnell genug abgenommen wurden. Denn ansonsten kippten und stürzten diese bereits zum Verkauf fertigen Flaschen von dem Drehteller herunter und zerbrachen.

Bei der Abfüllung kam es manchmal zu Stockungen, wenn kein Leergut mehr vorhanden war, oder aus andern Gründen. Die Abfüll-Frauen mussten während dieser Zeit an einem Wasser-Behälter mit Bürsten stark verschmutzte Flaschen von Hand reinigen. Es handelte sich meistens um angetrocknete Beton- und Mörtelreste. Mit den Linienbussen fuhren wir zur Arbeit.

1963

Im Winter 1962/63 war es über einen längeren Zeitraum sehr kalt. Bereits ab dem 18. Dezember 1962 waren die Temperaturen tagsüber bei -15° Celsius und bei Nacht über -25° Celsius.

In unserer Küche am Spülstein floss plötzlich kein Wasser. Die Wasserleitung war zugefroren. Ein in heißes Wasser eingetauchtes, großes Tuch an die Rohre haltend, um diese anzuwärmen, erwies sich als erfolglos. Meine Mutter ging in den Keller, um dort den Haupthahn abzustellen. In der Küche mussten wir den Wasserhahn geöffnet lassen, damit die Wasserrohre nicht aufplatzen konnten. Mit großen, verzinkten Eimern, holten wir am Obertorplatz an dem Brunnen unser Gebrauch Wasser. Sehr aufpassen mussten wir, damit wir dabei nicht ausglitten. Nichts durfte verschüttetet werden denn, es wäre schnell wieder zu einer Eisfläche angefroren. Das konnten wir einige Tage so handhaben. Dann führte dieser Brunnen auch kein Wasser mehr. Das herauslaufende Wasser war zu einem Eisstrahl gefroren.

Jetzt mussten wir zum nächsten Brunnen beim Sattler Frieder. Das war zum Gehen um einiges weiter. Wegen des langanhaltenden Frostes versiegte auch dieser Brunnen in sehr kurzer Zeit.

Die nächste und wohl letzte Möglichkeit war nun, dass wir bis zum Marktbrunnen gingen. »Wäschewaschen, das können wir nun nicht mehr. Wir bringen sie zu Alfred Knorr in die Wäscherei«, sagte meine Mutter. Während den Arbeitstagen konnten wir zum Gasthof »Deutscher Kaiser« in Nagold zum Mittagessen, denn Gambrinus gab Wertmarken für ein verbilligtes Essen aus. Sparen waren wir ja gewöhnt. Jetzt mussten wir noch mit der Körperpflege sparsam sein.

Vor der Haustüre war der Holzverschlag mit dem Plumsklo.

Um diese Öffnung des Holzsitzes hatte sich eine dicke Eisschicht gebildet. Sich darauf zu setzen, das erübrigte sich von alleine. Das einzig gute aber war, dass es inzwischen die kostbaren WC-Papierrollen gab. Von mageren Zeiten kommend, finden auch kleine Annehmlichkeiten große Bedeutung.

Bereits Ende März und Frühling war es, als in unserer Küche wieder frisches Wasser aus der Leitung floss. In der ehemaligen Stube im Erdgeschoss konnten wir nun den großen Waschkessel anfeuern, um endlich einmal wieder Wäsche zu waschen. In die verzinkte Badewanne füllten wir warmes Wasser. Ein ausgiebiges Wannenbad wurde nun genossen. Dieser Zeitraum von drei Monaten ohne Wasser, das war eine lange, sehr schlimme Zeit gewesen. Im Nachhinein auch heute noch unvorstellbar, und das war erst vor 60 Jahren, 1962, gewesen. Auch damals gab es belastende Vorkommnisse. Heute würde man sagen, wenn es sich um eine Mietwohnung handeln würde, wir müssen in ein Hotel umziehen und der Vermieter muss das bezahlen.

Im Sommer war es dann endlich soweit, dass die Kanalisationsarbeiten im Gässle durchgeführt werden konnten. Ich hatte einen Freund, der auf dem Bau arbeitete. Meine Mutter war immer wieder strikt gegen diese Verbindung. Verständlich, denn ich war erst 16 Jahre alt. Nun aber bezüglich der Erdaushebungsarbeiten, hatte sie gegen diesen Mann nichts einzuwenden. Er machte die Erdausgrabungen und verlegte die Abwasserrohre sehr ordentlich. Meine Mutter bezahlte nur die Materialkosten. Aus den Erfahrungen des kalten Winters wurden die Wasserzuleitungsrohre gleichzeitig etwas tiefer gelegt.

Autos konnten nicht mehr im Gässle fahren, denn die Straßenmitte war aufgerissen. Die Anwohner führten nun ihre Anschlüsse beidseitig an den jeweiligen Abzweigungen dazu.

Nach dem Abschluss der Kanalisationsarbeiten war es nun viel einfacher Geschirr abzuwaschenden. Das verbrauchte Wasser floss durch das Spülbecken einfach weg. Fort war es. Es brauchte nun kein Eimer mehr unter dem Spülbecken gestellt zu werden.

Für den Sommer 1963 meldete ich mich für den Kleidernäh-kurs II an. Immer an den Freitagen kam die Leiterin, Fräulein Bassler, zu uns in den Nähraum, um sich die in der vergange-nen Woche fertiggestellten Kleidungsstücke anzusehen. Sehr genau, das war zu verstehen, dass jedes Kleidungsstück gewen-det wurde, um diese Teile auch von der innen liegenden Seite zu betrachten. Waren noch Garn Fäden sichtbar und waren die Säume ordentlich mit dem Blindstich von Hand genäht? Und die Stoffbreiten an den Nähten, hatten diese überall die gleiche Breite?

Ich nähte mir ein durchgehend gefüttertes Etuikleid in einem sehr hellen Farbton und auch einen dunkelblauen, engen Rock. Für die kalte Jahreszeit einen Faltenrock in Anthrazit mit Senf farbigen Karos. Das Oberteil war unifarben. Ein Kostüm, dann eine braune Kniebundhose, darüber einen Husaren Kittel aus grünem Gminder- Halblinnen mit bestickten Armbündchen.

Im Werkunterricht durften wir feine Lederhandschuhe mit Knopflochseide von Hand zusammennähen. Der Seidenfaden wurde durch ein Wachsstück gezogen, um eine Geschmeidig-keit und Haltbarkeit zu erlangen. Auf der Hand Rückseite auf-gezeichnet, wurde mit einer Lochzange ein Muster eingestanzt. Es war eine wunderbare Zeit für mich. Nur Zuhause waren im-mer noch die Probleme mit dem unkontrollierbaren Verhalten meiner Mutter.

Mein Lohn für die Stunden bei Gambrinus reichte für den Kauf der schönen Stoffe aus.

In der Nähe des Roten Schulhauses befand sich das Be-kleidungs- und Stoffgeschäft »Reichert«. Zwei ältere Frauen mit einer Tochter verkauften dort. Es war möglich, sich einige Knöpfe zur Auswahl in die Schule mitzunehmen. Diese legten wir auf das fertige Kleidungsstück. Alle Schülerinnen wurden zusammengerufen und wir mussten jetzt entscheiden, welcher der Knöpfe der passendste war. Zuerst wurde der ungünstigste Knopf vom Kleidungsstück entfernt, dann der nächste, bis am Ende der Beste, der Geeignetste übrig blieb. Es dauerte manchmal eine gewisse Zeit, bis die Entscheidung gefallen war. Unsere Lehrfächer waren Stoff-und Materialkunde, Schnittzeichnen, Zuschneiden, Nähen, Religion und Haushaltskunde.

Ich hatte in unserem Haushalt das Wäschewaschen und die Pflege derselben übernommen. Meine Mutter war weiterhin sehr launisch, und sie ließ ihre Unzufriedenheit sehr oft an mir aus. Wie hätte ich mich über dieses ungerechte Verhalten meiner Mutter wehren können? Sehr oft zog ich mich einfach in mein Dachbodenzimmer zurück und weinte.

1964

Bis zum 31. März 1964 besuchte ich noch den Kurs im Kleidernähen II. An den Nachmittagen und den Ferien arbeitet ich immer noch bei der Gambrinus- Brauerei. Wie sollte es weitergehen?

Meine Mutter sagte, dass ich nun Geld verdienen müsste. Darum sprachen wir bei der Verwaltung der Gambrinus-Brauerei vor. Sie wollten mich gerne einstellen, denn ich war ihnen ja bereits als fleißige Arbeitskraft bekannt. Nun, irgendwie wollte meine Mutter mich einzige Tochter nicht loslassen. Tagsüber bei der Arbeit und bei Nacht im Zuhause. Ja, sie wollte zu mir sehen können und mich kontrollieren. Es fühlte sich wie ein Macht ausüben an.

An den Wochenenden nähte und strickte ich viel oder fuhr mit meinem Fahrrad. Mein Freund hatte ein Moped. Da konnten wir auch nach Nagold und in andere Ortschaften fahren. Diese Freundschaft brachte auch noch zusätzliche Belastungen für mich. Meine Mutter war einmal für diese Verbindung, dann wieder dagegen. Immer wieder kam es deswegen zu heftigem Streit zwischen meiner Mutter und mir. Oft hielt sie mich fest, wenn ich aus dem Haus gehen wollte, oder sie schloss die Eingangstüre von innen einfach ab und entfernte den Schlüssel. Dann schrie sie oft bis zu zwei Stunden, und ich konnte mich nur noch auf den oberen Dachboden flüchten, um mir dort die Ohren zuzuhalten so gut es ging. Irgendwann erschöpfte ihr Schreien sie und sie legte sich dann ins Bett. Im ersten Dachgeschoss hatte ich das ausgebaute Zimmer, in dem ich mich einschließen konnte. Manchmal rüttelte meine Mutter aber auch an diesem Zufluchtsort. Wenn sie die Haustüre von innen verschlossen hatte und den Schlüssel abgezogen, konnte ich nicht einmal mehr zu dem außen liegenden Klo kommen. Heute, mit meinem mühevoll erlangten gesunden Selbstbewusstsein, ist es mir total unverständlich, dass ich damals nicht irgendwo Hilfe gesucht hatte. Warum bin ich nicht zu unserem Pfarrer gegangen?

Meine Patentante Barbara glaubte mir nicht, denn meine Mutter verdrehte die Tatsachen immer sehr geschickt. Ich war die Täterin und sie das Opfer.

Ich machte mir vielerlei Gedanken! Wäre ich doch in Reutlingen geblieben. Nun, mit meinem Zurückkommen, hatte ich wohl die Stelle meines Vaters eingenommen und war diesen Angriffen meiner Mutter machtlos ausgeliefert. Dieses Verhalten hatte ich ja bereits durch meine gesamte Kindheit erlebt. In gewissem Sinne war es auch etwas Altbekanntes. Durch meinen Vater waren die Launen meiner Mutter wohl manchmal gemindert. Jetzt war ich diesen alleine ausgesetzt.

Wo sollte ich denn hingehen? Die einzigen Lichtblicke waren die Ausfahrten am Wochenende mit meinem Freund und seinem Moped. Meine Mutter wollte mich oft zurückhalten. Dabei hielt sie mich einmal an meiner Jacke fest. Ich schlüpfte aus dieser heraus und meine Mutter stand dann mit der Jacke in der Hand da. Ich rannte ohne die vor Kälte schützende Jacke davon. Mein Freund lieh mir dann eine seiner Jacken aus.

Lange war diese Beziehung auf Freundschaftsbasis. Mein Freund wollte mich gerne heiraten und mich aus dieser unguten Beziehung mit meiner Mutter herausholen. Über seine Gedanken und sein Vorhaben sprach er mit mir nicht. Im Sommer, als ich 17 Jahre alt war und meine Mutter einmal wieder einen sehr heftigen Streit veranlasst hatte, kamen wir, mein Freund und ich, uns näher. Er wollte, dass dieses ungute Leben endlich zu einem Ende kommen sollte.

Für mich war es dann unerwartet, als ich bemerkte, dass ich schwanger war. An dem morgendlichen Übel sein und dem heftigen Erbrechen bemerkte ich es schnell. Meine Mutter und ich wir hatten damals unsere Arbeitsplätze von der Gambrinus-Brauerei zur Seifensiederei von Gustav Harr, in der Calwer

Straße in Nagold gewechselt. Diese Übelkeit und dann dieser Seifengeruch. Jeden Tag musste ich mich oft über zwanzigmal übergeben. Als meine Mutter bemerkte, dass ich schwanger war, führte das bei ihr wieder zu einem stundenlangen Schreien.

Wenige Tage nachdem sie von der Schwangerschaft Kenntnis hatte, rief sie dieses Wissen bereits von Fenster zu Fenster der gegenüber wohnenden Nachbarin Paula zu: »Jetzt hat er ihr auch noch a Kendle gmacht!« Dass sie in gewisser Weise mit ihrem Verhalten das gefördert oder verursacht hatte, das wusste sie sicherlich. Mit ihrer Mitteilung von Fenster zu Fenster, wollte sie wohl nur ihre eigene Unschuld bekunden. Viele Jahre später erzählte mir Paula von diesem Vorfall.

Diese Monate waren wieder mehr als schwer für mich. Mit dem Bus morgens nach Nagold. Dort nahm ich dann den Geruch von Treibstoffgasen sehr stark wahr. Zu Fuß mussten wir vom Busbahnhof in der Stadtmitte bis an das Ende der Calwer Straße gehen. In der Öffentlichkeit war meine Mutter freundlich und besorgt. In der Mittagspause saßen wir abseits von den anderen Frauen im Garten. Erst nachdem ich mein Vesperbrot zu mir genommen und diese Speise wieder meinen Magen verlassen hatte, konnte ich das zweite Brot bei mir behalten. Ich magerte stark ab. Im vierten Schwangerschaftsmonat bekam ich in der Seifenfabrik plötzlich einen Anfall mit Herzrasen. Als ich mich hinlegte und ruhig atmete beruhigte es sich wieder.

Beim Aufsuchen der AOK-Geschäftsstelle in der Herrenberger Straße, als ich der Sachbearbeiterin meinen schlechten Zustand zu erklären versuchte, erhielt ich von dieser Dame mit der sehr spitzen Nase und den roten Haaren nur gesagt: »Schwangerschaft ist keine Krankheit!« Das war es dann! Im sechsten Schwangerschaftsmonat hatte der Hausarzt dann ein Erbarmen mit mir, und ich wurde im Nagolder Krankenhaus stationär aufgenommen. Dort gab man mir Spritzen gegen Seekrankheit und zum Essen erhielt ich Bananen. In dieser einen Woche im Krankenhaus ging es mir gut und ich erbrach mich nicht. Nach der Entlassung fuhr ich mit dem Bus heim. Dort ging es gleich weiter wie zuvor. Im Nachhinein kann ich heute sagen, dass alles für mich damals auf schwäbisch gesagt, einfach zum Kotzen war. Ich befand mich wie in einem fahrenden Zug. Dieser fuhr und fuhr und es war mir nicht möglich, abzuspringen. Schokolade und Obst, das Zweite nur in gekochter Form, damit konnte ich ich etwas ernähren.

1965

Mein Freund und ich wollten heiraten. Das schien uns, als die einzige Möglichkeit, den Attacken meiner schreienden Mutter zu entkommen. Diese hatte sowieso geplant, nach Pfalzgrafenweiler in den Neubau ihrer Schwester Barbara zu ziehen. Schwere Monate waren das für mich, zu der Übelkeit, zusätzlich das Geschrei meiner Mutter. Zu Bekannten und Freunden konnten wir des Öfteren flüchten. Die Hochzeit war geplant. Da aber mein Freund der italienischer Staatsbürger war, dauerte es sehr lange bis die nötigen Dokumente vorlagen.

Am 16. März, meinem 18. Geburtstag, war es dann endlich soweit. Die Nachbarn, Bekannten und Verwandten, sahen dem Allem mit Besorgnis entgegen. Wir, das junge Paar hoffte einfach auf ein besseres Leben, durch die Befreiung von den Launen und dem Geschrei. An diesem Tag zog meine Mutter aus ihrem Schlafzimmer aus. Sie bewohnte nun mein ehemaliges Jugendzimmer auf dem Dachboden. Bis Mitte Juni lebten wir noch gemeinsam im Haus. Drei Tage vor der Hochzeit kam auch noch der Schwiegervater »Salvatore« aus Italien angereist. Angelo hatte seinen Eltern mitgeteilt, dass er die monatlichen Überweisungen nun nicht mehr ausführen konnte. In der hinteren Kammer, nur mit einer Schiebetüre von unserem Schlafzimmer getrennt, wohnte jetzt Salvatore.

Die Geburt unseres ersten Sohnes, war eine Hausgeburt. Hebamme Gertrud kam ins Haus und Dr. Kiefer wurde noch hinzugerufen. Als dieser zur Türe hereinkam übergab ich mich ein letztes Mal in diesen acht von neun Monaten. Meine Mutter hielt sich in der Küche auf. Kaum hörte sie den ersten Schrei des Kindes fühlte sie sich berechtigt, das Geburtszimmer zu betreten. Das Kind lag eingewickelt in seinem Körbchen, denn erst musste ich noch versorgt werden. Ein Schrei kam nun, aus der Richtung des Körbchens. »Oh, wie sieht das Kind denn aus? Es sieht ja wie ein Affe aus! Es hat ja die Haare bis zu den Augen!« Gertrud, die Hebamme, die dem Arzt noch assistierte, war entsetzt und brachte die neue Oma mit einem Wort gestoppt: »Frida!« Ich lag derweil hilflos auf der Liege, denn ich wurde noch behandelt und hatte mein Neugeborenes noch nicht gesehen. Ich wusste nur, dass es ein Junge war. Die aufsteigenden Tränen schluckte ich nieder. Was tat meine Mutter mir denn noch alles an. Hatte diese denn gar keinen Verstand? Der Ehemann in der Psychiatrie, und die Tochter hatte nun mit 18 Jahren nach einer sehr schweren Schwangerschaft gerade eine Geburt überstanden. Sie nahm sich wieder für vieles die Narrenfreiheit heraus.

Meine Patentante Barbara hatte sich Pfalzgrafenweiler in der Siedlung Heide ein kleines Reihenhaus bauen lassen. Meine Mutter richtete sich im Juni 1965 in dem noch unfertigen Haus notdürftig ein. Sie war nun 55 Jahre alt und fand dort bei der Firma Mangold in der Produktion einen Arbeitsplatz. Als eifrige Fahrradfahrerin konnte sie in dem flachen Gebiet in Pfalzgrafenweiler ihre Einkäufe und Wege sehr gut bewältigen.

Zuvor konnte ich mit meinem Ehemann noch eine Reise mit dem Auto nach Genua unternehmen, zu Tante Josefina und Onkel Roberto. Deren Töchter Gabriella und Chiara befanden sich in einem Internat, da Roberto in einem Nachtlokal arbeitete und tagsüber in der Wohnung schlafen sollte. Alles war dort für mich fremd. Ein Ausflug mit dem kleinen Pkw nach »Portofino« war sehr schön. Ich sah nun zum ersten Mal das große Meer.

Unser Kind war ein hübsches Baby mit schwarzen Haaren. Seiner Oma sah er sogar sehr ähnlich. Heute denke ich, dass meine Mutter sehr krank war, und dass es sich bei ihr um eine sehr ausgeprägte narzisstische Persönlichkeitsstörung handelte. Wohl hatte das mit ihrem Trauma aus ihrer Kinder-und Jugendzeit zu tun.

In den folgenden Wochen fand ich als junge Mutter viel Freude an meinem neuen, ruhigeren Leben tagsüber. In der Nacht schrie das Baby meistens um Mitternacht und morgens um vier Uhr. Erst als ich seine Zusatzernährung von Pelargon, auf Milch mit Haferflocken umstellte, wurden meine Nächte ab seinem fünften Monat ruhiger. Die Hausarbeit und die Versorgung meines kleinen Sohnes machten mir Freude. Mit dem Kinderwagen ging ich auch zu meiner Schulfreundin Helga. Diese war Patin und hatte bereits seit September 1964 auch einen Sohn. Manches Mal gesellte sich noch eine andere Mutter mit ihrer kleinen Andrea dazu. Die Zusammenkünfte waren schön, und wir konnten uns austauschen. Die Kinder freuten sich und griffen nacheinander. Der jeweilige Abschied fiel meistens sehr hastig aus, denn ich musste mich beeilen, um wieder rechtzeitig Zuhause zu sein.

Der kleine Sohn war sehr lebhaft. Gerne wollte er im Kinderwagen sitzend die Umgebung sehen. Manchmal stellte ich diesen Kinderwagen, der hohe Räder hatte, vor dem gegenüber liegenden Nachbarhaus auf der Betonfläche ab. Meistens bemerkte die Nachbarin Paula dieses Parken, und sie kam schnell die Treppe herunter und zu ihrer Haustüre heraus. Soviel Freude hatte sie an dem kleinen Buben. Sie sprach dann in Babysprache mit dem Kind. Dieser freute sich an der Gesellschaft, kreischte und lachte hellauf. Frauen gingen vorüber und hielten ein gemütliches Schwätzchen. Wenn die Sonne in den Kinderwagen schien dann wurde dieser umgestellt. Wenn das Kind unruhig wurde, konnte nach dem Schnuller gesucht werden. Irgendwo an den Seiten des Kinderwagens befand sich dieser meistens. Ob ein paar Fusseln dran waren oder nicht, das nahm man damals nicht so genau. Fiel der Schnuller auf den Boden war das dann schon anders. Paula eilte mit dem Schnuller in ihre Waschküche. Dort spülte sie ihn ab, und der kleine Junge bekam seinen Schnuller wieder in den Mund gesteckt.

Im Herbst des Jahres begann ich die Tageszeitungen des »Schwarzwälder Boten« am frühen Morgen an viele Haushalte zuzustellen. Nur eine kleine Tour von 40 Minuten. Der Bub bekam zuvor seine Flasche mit der in Milch gekochten Hafer-

flocken. Dann schlief er nochmals. Das Waschen der Baby-
wäsche mit den Stoffwindeln musste jeden zweiten Tag erfolgen. Im Erdgeschoss war der Waschkessel, und dort feuerte ich
an, um die Waschlauge zu erhitzen. Immer wieder musste ich
Holzscheite nachlegen, um die Lauge zum Kochen zu bringen.
Ich, als erst 18-Jährige, war mit dem allem sehr beschäftigt, wohl
auch in einigen Dingen überfordert. Mein Ehemann brachte
mir von seinen Landsleuten noch Wäsche zum Waschen »Du
bist ja sowieso den ganzen Tag daheim. Da kannst du nebenbei
diese Wäsche auch waschen.« Alles nebenbei, und dann war
das Kind, für das ich allein zuständig war und das mich auch
sehr beschäftigte.

Eines Tages fehlten bei der Tageszeitungslieferung noch einige Exemplare. Ich musste es dem Verlag melden, damit diese die fehlenden Zeitungen noch nachlieferten. Dazu ging ich
mit dem Sportkinderwagen auf den Gehwegen bis in die Nähe
der Post, denn dort befand sich die öffentliche Telefonzelle, versorgt mit einigen Zehnpfennig-Münzen für den Anruf. Den Kinderwagen und dem mit Lederriemen gesicherten Kind, stellte
ich mit betätigtem Bremshebel vor der Telefonzelle ab.

Bisher hatte ich diese Telefonzellen nur von außen gesehen.
Aber es musste nun einfach sein. Von innen sah ich erst nochmals zu meinem Kind, ob dieser lebhafte Bub, auch ruhig sitzen
blieb. Vorbei fahrende Autos lenkten ihn noch gut ab. Ich nahm
den Telefonhörer und steckte einige Zehnpfennig-Stücke in den
Eingabeschlitz. Wieder ein prüfender Blick nach draußen zum
Kind. Dann wählte ich die notierte Nummer. Es klappte, denn
die Versandstelle meldete sich am anderen Ende der Leitung.
Nachdem ich den Herrn über die fehlenden Zeitungsexemplare
informiert hatte und mich wieder nach dem Kind umwendete,
passierte es. Das Gespräch war beendet! Es handelte sich um
ein Ferngespräch nach Oberndorf am Neckar. Die ganze Aufregung, zu telefonieren nach dem Kind zu schauen und noch
Münzen nach zustecken, das war wohl für mich etwas zu viel
gewesen. Den gesamten Vorgang musste ich nochmals neu

beginnen. Gut, dass ich genügend Zehnpfennig-Stücke dabei hatte. Diesmal klappte es. Zwei Stunden später wurden mir die Tageszeitungen nachgeliefert. Mit dem Kind im Wagen, musste ich die Zeitungen zu den Briefkästen der Häuser bringen.»Hast du heute verschlafen? Wir möchten die Zeitung bereits zum Kaffee?« Kurze Erklärungen und weiter ging ich zum nächsten, enttäuschten Tageszeitung Empfänger. Der gesamte Tag war nun total durcheinander gekommen. Am Abend, als mein Ehemann heimkam und das Essen noch wenige Minuten bis zur Fertigstellung brauchte, ging es wieder los: «Warum bist du damit noch nicht fertig? Du hattest doch den ganzen Tag nichts zu tun.« Ja, den ganzen Tag bin ich herum gehetzt und allem nicht gerecht geworden.

Es war trotzdem ein viel, viel besseres Leben als zuvor mit meiner launischen und oft schreienden Mutter. Der kleine Bub war ein sehr aufgewecktes Bürschchen. Immer wieder hatte er geschwollene Drüsen und hohes Fieber. Der Arzt empfahl, die Milch von der Genossenschafts-Zentrale zu kaufen. Das taten wir dann auch, und das Kind war wochenlang ohne Fieber. Am Bettchen bauten wir noch eine Erhöhung, da das Kind Kletterversuche ausübte.

Am 10. Dezember 1965 fuhren wir kleine Familie mit unserem Fahrzeug, einem DKW Junior, in Richtung Süden. Die Straßen waren noch nicht so gut ausgebaut, und das Fahrzeug wohl auch dementsprechend. Der acht Monate alte Junge hatte sein Schlaflager auf den Rücksitzen. Manches zusätzliche befand sich dort auch für den schnellen Zugriff. Das Kind war sehr an den Straßen interessiert und schaute zwischen den beiden vorderen Sitzen hindurch. Bei einem heftigen Bremsen fiel dieser kleine Mann einmal zwischen den Sitzen hindurch nach vorne. Zu dieser Zeit war es noch nicht möglich, sich anzugurten, und es gab auch keine Kindersitze. Aber dort hinten auf der Rückbank zu liegen, das war einfach uninteressant. Manchmal gelang es dann doch, dass das Kind schlief. Viele Stunden dauerte diese um die 1300 Kilometer lange Fahrt. Ich fragte immer wieder: »Wann kommt denn Rom?« Und wurde vertröstet, dass es nach den Bergen komme. Die nächsten Berge kamen, und immer noch zeigten sich an der Autostrada del Sol, keine Hinweisschilder auf »Rom«. Immer wieder musste auf der Autobahn angehalten werden, um die Gebühren zu bezahlen. Es kostete viele Tausend Lire und es waren viele Geldscheine. Im Jahr 1965 entsprach der Umrechnungskurs von 1000 Lire ungefähr dem Wert von 7,-- DM.

Zwei Tage waren wir unterwegs. Das Kind bekam Bananenbrei und Gemüse von Hipp. In den Tankstellen war es möglich, das mitgeführte Baby-Boy-Gerät an einer Steckdose einzustecken. Dazu bedurfte es eines Zwischensteckers, da in Italien die Steckdosen ein anderes Format hatten.

Windeln wechseln: Die gebrauchten Mull-Stoffwindeln wurden verpackt und im Kofferraum verstaut. Vorsorglich hatte ich noch Zellstoff-Windeln auf einer Rolle dabei. Diese konnte ich in der gewünschten Länge abschneiden, um in die Stoffwindel einzulegen. Diese Teile konnte ich unterwegs entsorgen. Das Kind genoss wohl das Abenteuer der Fahrt und es weinte fast nie.

Von der Autobahn aus war bei Neapel bereits eine Veränderung der Wohnlandschaft ersichtlich. Schlagartig, ganz wo anders, schien man zu sein. An den großen Wohnblocks hingen überall große und kleine Wäscheteile. Es war der 12. Dezember 1965 und windig, denn das Meer war nahe. Von Neapel hatte ich bereits gehört, dass es dort anders als im Norden des Landes wäre. Ich war noch jung und hatte nur wenig von Deutschland gesehen, aber hier nun diese Armut! Sie war vom Autofenster sehr gut erkennbar. Wo kamen wir nun jetzt hin?

Mein Mann fing nun auch noch damit an, dass ich bei der Begrüßung seine Mutter küssen müsste, und dass ich das Kind mit seinem zweiten Vornamen »Salvatore« anreden sollte. Denn eigentlich hätte das ja sein Rufname sein müssen. Der Vorname des Großvaters gebührt dem ersten Sohn des Sohnes! Die erste Tochter würde den Rufnamen der Mutter des Sohnes erhalten, und die weiteren Kinder dann auch zu Ehren der Geschwister des Mannes oder der Eltern der Frau. Viele Familien konnten erst nach mehreren Kindern einen eigen gewünschten Vornamen für ihr Kind wählen. Sehr viel Unbekanntes, stürzte auf mich ein.

Spät am Abend verließen wir bei Nola die Autobahn. Bis zum Heimatdorf meines Ehemannes war es dann nicht mehr weit.

Schmale Straßen führten durch Avella. Menschen drückten sich an die Hauswände, um unser Auto vorbeizulassen. Eine Kirche wurde sichtbar. Zwischen dieser und dem Kirchturm fuhren wir hindurch, und weiter über eine Betonbrücke, die über einen Fluss führte. Es handelte sich aber nur noch um ein Bachbett. Wild durcheinander lagen große und kleinere Steine, Holzstücke, Blech-und Plastikeimer. Dann kam die Zielstraße «Via Ferria», konnte ich an einem alten Schild an einer Hauswand lesen. Gut, dass kein Gegenverkehr kam, denn nicht einmal ein Fahrrad wäre an uns vorbeigekommen. Mein Ehemann parkte an einer alten Mauer. Später musste das Auto noch hinter das große Eingangstor gefahren und entladen werden, denn Süditalien war Süditalien!

In der Küche wurden wir von seiner Mutter begrüßt. Ich hielt mich mit dem Küssen zurück. Auch spürte ich sofort eine gewisse Feindseligkeit von der Schwiegermutter ausgehen. Verständlich, denn ihr Sohn war 1960 heimlich nach Verona gereist und hatte mit der Firma »Hesselschwert & Schmidt« von Calw Wimberg einen Arbeitsvertrag abgeschlossen, weil seine Eltern nicht das tun wollten, das was er vorschlug. Der Bruder seines Vaters, Zio Aniello, der kinderlos war, wollte eine Frau für ihn, eine, die mit dessen Ehefrau verwandt war. Das Erben wäre innerhalb der Familie geklärt gewesen. Die Mutter der vorgesehenen jungen Frau hatte immer Ausflüchte, als Angelo sie in ihrem Wohnhaus aufsuchte. »Es eilt nicht! Warten wir noch ab!« Die Beiden waren bereits fast Mitte Zwanzig. Auf was wollte diese Frau warten? Die Antwort war doch ein »Nein!«

Nun kam dieser Sohn der 51-jährigen Andreana zu Besuch.

Er hatte nun seine Frau dabei. Sie hatten bereits ein gemeinsames Kind. Der einzige Sohn, das einzige Kind! Sie sah sich nun für das kommende Alter mit ihrem Ehemann alleine. Deutschland, das war wohl sehr weit weg. Sie wusste nichts von diesem Land, nur dass man dazu in den Norden bis nach Milano fahren musste, dann noch weiter in die Switzera. Irgendwo, nach den hohen Bergen, da kam dann dieses Deutschland. Sie sagten dazu Germania oder auch Tedesca. Und nun diese junge Frau, die ihr Sohn da mitgebracht hatte. Mit dieser konnte sie nicht einmal reden. Wie denn? Dazu noch ihr Enkel. Dieser hatte wohl schwarze Haare und ein italienisches Aussehen. Dieses Kind würde wohl ihr leiblicher Enkel sein? Wird das Kind einmal mit ihr sprechen können? Wird es Nonna zu ihr sagen und ihre Pasta essen? Erst einmal wollte sie auf Widerstand gehen, denn niemand, gar niemand, hatte sie um Erlaubnis gefragt. In Italien war es schließlich Sitte, dass die älteste Frau, die Mutter der Familie, das Sagen hatte. Das musste nun diese blutjunge neue Frau gleich zu wissen bekommen. Sie sollte hier nur keinen einzigen Schritt ungefragt wagen.

Das eheliche Schlafzimmer hatte sie für die junge Familie geputzt und das große Bett frisch bezogen. Im Kleiderschrank war alles mehr als übervoll, und das musste so bleiben. Die Jungen Leute sollten diese paar Wochen aus dem Koffer leben. Für das Kind hatte sie ein Kinderbett von der Nachbarin Rosa bekommen. Dann, diese junge Frau, hatte doch gleich zu dem einzigen Fenster des Schlafzimmers hochgeschaut. Da die Fensterläden innen angebracht und geschlossen waren sollte wohl frische Luft herein kommen. Darum machte diese Frau mit dem schwierigen Namen die Fensterläden auf und schaute zu dem Fensterflügel hoch. Dabei hatte sie wohl etwas gesehen was ihr missfiel. Aufgeregt sagte sie etwas. Dabei zeigte sie auf den oberen Bereich des Fensters. Es sah so aus, als wenn diese Frieda oder Elfrieda gleich wieder abreisen wollte. Angelo versuchte sie zu beruhigen. Daraufhin hatte er sich zu ihr umgedreht und gefragt, warum denn an dem Fensterflügel die obere

Glasscheibe fehlen würde und anstelle dieser, ein Stück Folie mit Reißnägeln befestigt war. Nun, der Ehemann Salvatore, hatte das so repariert.

Domani, domani würde er den Fensterflügel gleich zum Handwerker bringen. Das versprach der junge Vater. Seine Mutter protestierte immer noch lautstark. Sie hielt diese Sache wohl nicht von Nöten. »Niente Maccina, per questo lavoro.« Also ohne ein Auto hätten sie den Fensterflügel nicht zur Reparatur bringen können. Ja, und der Vater und Ehemann war ja bereits seit März in Germania. Mit 59 Jahren musste dieser nun noch mit Arbeiten beginnen. Das auch, weil der Sohn geheiratet hatte und nun kein Geld mehr per Postüberweisung an die Eltern schicken konnte. Es fing ja gut an. Kaum war diese Frieda hier und sah dann sofort die fehlende Glasscheibe und meckerte deswegen herum. Stand ihr Sohn da bereits unter dem Pantoffel? Sie musste gleich dieser jungen Frau zeigen, wer hier »die Patrona« ist.

Es war Dezember und auf der Höhe, am Fuße der großen Berge, ungefähr 30 Kilometer Luftlinie vom Meer entfernt, sehr windig.

Ich war bereits einiges gewohnt, auch sehr auf mich selbst gestellt zu sein. Mein Ehemann hatte viel Arbeit um das Haus und den großen Garten. Seine Mutter wollte dies und das. Die Nachbarin Rosa hatte viele Kinder. Die älteste, Maria, begleitete mich sehr gerne. »Sollen wir hier oder da weitergehen«, so versuchte ich eine Antwort von dieser Maria zu erhalten. Nur ein Seufzer und ein Schultern hochziehen, war die Antwort. Wir kamen dabei an ein Gehöft mit einem großen Brunnen. Ich kannte so etwas nicht und schaute in den Brunnen hinunter. Dabei hatte ich wohl nach dem Seil gegriffen. Dann polterte etwas. Maria winkte mir aufgeregt zu. Wir mussten nun mit dem Kinderwagen schnell verschwinden. Was war denn geschehen? Am Abend erzählte mir mein Ehemann, dass ich solche Dinge nicht mehr machen sollte. Nach der Erzählung der 13-jährigen Maria hatte sich wohl ein Wassereimer von seiner Aufhängung gelöst und war in die Brunnengrube hinunter gepoltert. Das war nicht meine Absicht gewesen.

Abends fuhren wir gerne mit unserem Auto in das Nachbardorf Baiano, zu der Schwester des Schwiegervaters und ihrer Familie, zu Zia Giovanna und ihrem Ehemann Zio Francesco. Dieser war ein sehr sympathischer, hochgewachsener Senior mit weißen Haaren. Er hatte zuvor als Feld-und Wildschütz für den Baron des Ortes gearbeitet. Seine drei Söhne hatten jeweils eine Giovanna und einen Francesco. Die Kinder der Tochter, Carmine, hießen Domenico, Rita und Umbaldo. Sehr gerne war ich bei dieser Familie, und fühlte mich dort willkommen. Aber die Verständigung stellte sich als schwierig heraus. Sehr bald merkte ich, wenn die Verwandten zu meinem Mann sagten: »Frage deine Frau.« Ich verstand die einzelnen Worte nicht, konnte aber den Sinn der Frage oft erahnen. Der Ton und die Mimik erklärten mir vieles. Bis mein Mann sich zu mir umdrehte und diese Fragen übersetzen wollte, hatte ich sehr oft bereits die Antwort parat.

Sehr schnell lernte ich viele der italienischen Wörter. In der Silvesternacht waren wir in der innen liegenden großen Wohnstube in Baiano, mit der gesamten Familie beisammen. Die vielen Kinder, Giovanna's und Francesco's, sowie Stefano, Antonietta und die kleine Louisa, waren wohl irgendwo auf Matratzen zum Schlafen gelegt worden. Wir spielten gemeinsam hauptsächlich »Tombola-della-Fiaba«. Eine Person zog Nummernklötzchen aus einem Beutel. Jeder hatte einen Schein vor sich liegen und musste diese gezogene Nummer, wenn sie auf seinem Schein vorhanden war, ankreuzen. Es war so eine Art Lottospiel. Diese Zahlen, in willkürlicher Reihenfolge über Stunden, führten bei mir zu dem Erlernen der Zahlen bis Einhundert in der italienischen Sprache. Es war wohl eine meiner schönsten Silvesternächte.

Die Schwiegereltern hatten kein Fernsehgerät, aber die Nachbarin Rosa hatte ein Gerät. Wenn wir jungen Leute am Abend zu den Verwandten wollten maulte die Schwiegermutter herum, weil sie bei ihrem kleinen Enkelsohn Babysitter machen sollte. Sie verzog das Gesicht und bekundete, dass sie »Televisione« schauen wollte. Ihren einzigen Sohn hatte in den Kriegsjahren zum großen Teil ihre Schwiegermutter aufgezogen. Zu Kindern oder auch zu Babys hatte sie wenig Bezug. Als Analphabetin konnte sie sich auch nicht mit Lesen beschäftigen. Die Tage verbrachte sie mit Kochen, dem großen Garten, dem Ernten von Gemüse, und dieses einzuwecken, zu dörren oder in Öl einzulegen. Sie musste ihre Wäsche von Hand in kaltem Wasser waschen. Die einzige Abwechslung und ein Blick in die weite Welt war für diese, 51- jährige Frau, der Fernsehapparat.

Die Windeln des Babys aus Mullstoff musste ich nun im Winter mit kaltem Wasser im Garten waschen. Die vorsorglich von mir gekauften Zellstoffwindeln auf der Rolle waren mir nun von großem Nutzen. Vor dem Wickeln des Kindes schnitt ich diese in der Länge zurecht, und sie kamen innen in die Mullwindel. Die Nonna (Schwiegermutter) begutachtete diese Zellstoffstreifen und die Papier Taschentücher sehr missbilligend. Für diese Verschwendungssucht ihrer Schwiegertochter hatte sie wohl kein Verständnis. Ihr Sohn hatte sich da etwas angelacht. Diese Frau würde wohl sein Geld ausgeben, schneller als er es hereinbrachte.

Einmal, als es zu regnen anfing und wir nicht anwesend waren, bemühte sie sich eifrig, die noch feuchten Wäscheteile abzuhängen. Meine farbechte Wäsche stapelte sie mit ihren feuchten Teilen sehr lieblos zusammen. Dadurch, hatte die italienische Wäsche auf den deutschen Wäschestücken unschöne Farbspuren hinterlassen. Meine Kleidungsstücke waren mir sehr wichtig. Die Nonna fühlte sich dann wohl für kurze Zeit nicht gerade als »Patrona«.

Meine neuen Frotteehandtücher hatte ich zum Trocknen im Garten hängen als eine ältere Nachbarsfrau zu Besuch kam. Sehr beeindruckt von diesen schönen, in pastellfarbenen Streifen im Wind flatternden Tüchern, war die Versuchung groß, diese Teile auch anzufassen. Sie fühlte mit den Händen an diesen Wäschestücken. Alles sah anders aus als die in der Umgebung hängende, oft mehr Lumpen gleichender Wäsche. Die Schwiegermutter, die dem allem wortlos zusah, musste sich wohl etwas positives, über diese Schwiegertochter aus Tedesca anhören. Was diese ältere Frau sagte, konnte ich nicht verstehen. Aber aus dem Gebaren der Schwiegermutter konnte ich mir deren Antwort zusammenreimen. Ihre Geste war ein verächtliches Abwinken. Dann die Antwort in italienischen Sprache: »Lei sono una tedesca, e Prodestanta.« Sie ist eine Deutsche und evangelisch. Die schöne Wäsche konnte wohl diesen Mangel sicher nicht ausgleichen.

Vor Weihnachten kam der Schwiegervater aus Deutschland noch mit der Bahn angereist. Wir holten ihn vom Bahnhof in Neapel ab. Er hatte immer eine Schildkappe auf. Der kleine Enkel erkannte seinen Nonno an dieser Kappe und er streckte beide Ärmchen nach ihm aus.

Francesco, der Vater der Schwiegermutter, wohnte auch noch dort. Er schlief in der Küche in einem Holzliegestuhl, denn angeblich konnte er wegen seiner schlechten Atmung nicht in einem Bett liegen. Er war wohl um die 80 Jahre alt und es sollte sein letztes Weihnachten sein. Ungefähr drei Monate später erhielten wir die Nachricht, dass er verstorben ist.

An Heiligabend gingen Angelo und ich in die neben dem ausgetrockneten Fluss sich befindende Kirche. Eine schöne Aufführung mit einem Krippenspiel mit dem Jesuskind wurde geboten. Es war schön und tröstete mich ein bisschen darüber hinweg, dass wir keinen Weihnachtsbaum hatten. Die Schwiegermutter, hatte sich derweil mit dem Kochen sehr viel Mühe gemacht. Es gab gefüllte Cannelloni und danach zum Rotwein noch Walnüsse.

Wir fuhren öfters in die Kreisstadt Avellino auf der Strecke auch zum Monte Vercine. Dort befand sich eine Wallfahrtskirche der Schutzheiligen für die Augen. Auf den Straßen nach Avellino kamen wir durch viele Dörfer. Auffallend war, dass die Frauen dort an den Straßen ihre großen Cannelloni Nudeln über Bambusstangen gestülpt hatten. Sie trockneten dabei an der Luft.

Als Beifahrerin las ich während der Autofahrten überall die Aufschriften an den Geschäften. Dabei sprach ich diese Wörter so gut ich es konnte aus: Paneteria, Farmacia, Restaurante, Alberge, Casa di Cucina, Scuola, Clinica dell Dente. An den Friedhöfen stand Cimiterio. Das waren fremde Wörter. Alles war neu und interessant. So lernte ich viele Wörter und Begriffe.

Mein kleiner Sohn war nun fast neun Monate alt. Er machte unter den Armen gehalten bereits die ersten Schritte. Im Nachbarhaus gab es einen noch zwei Monate älteren Jungen. Der war sehr ruhig und wurde viel herumgetragen. »Was gebt ihr eurem Kind zu essen?« fragte die Mutter dieses Jungen. Angelo sagte dann: »Hafer!« Denn es gab in Italien keine Haferflocken. Er-

Die 8-jährige Giovanna mit meinem Sohn im Dezember 1965

142

staunt sah diese italienische Mutter dann unser munteres Kind an. Sie wusste nicht so recht, wie man denn einem Baby Hafer geben konnte. Hafer, das würden sie den Pferden geben, erhielten wir zur Antwort. Wir zeigten ihnen die Schmelzflocken, diese zerkleinerten Haferflocken.

Nach Neujahr wurde dieses wackere kleine Kind sehr krank. Wie bereits schon Monate zuvor, litt es wieder an geschwollenen Drüsen und er hatte sehr hohes Fieber. Die Schwiegermutter stellte in der Küche ein Kohlebecken auf, denn es gab keine andere Heizmöglichkeit. Angelo hatte immer noch viel zu tun und überließ die ganze Verantwortung mir. Ich schlug Alarm und verlangte die Hinzuziehung eines Arztes, möglichst eines Kinderarztes, denn das Kind hatte fast 41 Grad Fieber. Es wurde ihm Tee eingeflößt. Der Arzt kam sehr schnell und verschrieb wohl ein Antibiotikum. Der Junge war zäh und erholte sich schnell wieder.

Meine Schwiegermutter sollte für diese Wochen in Italien uns eine Wohnmöglichkeit beschaffen. Sie hatte das nicht getan da es nur kosten würde. In dieser Gegend war es wohl auch unmöglich Räumlichkeiten für ein paar Wochen zu finden. Die alten Häuser waren ineinander verschachtelt. So auch die Zimmer meiner Schwiegereltern. Von großen Garten erreichte man über Betonstufen die Küche. Nach dieser kam ein Fensterloser Raum und über eine Flügeltüre das große Schlafzimmer. Dort war rechts eine Fenstertüre nach außen und Stufen führten nach unten zu den Besitzern des darunterliegenden Zimmers. Dieser Schlafraum hatte einen Fliesenbelag auf dem Boden. Alle Räume hatten sehr dicke Außenmauern und waren für die heißen Sommermonate geeignet. Das WC war außerhalb und von der Küche über die Stufen in den Garten zu erreichen.

Dort stand auch ein Schuppen. Ungestört waschen konnte ich mich jetzt im Winter nur dort. Es hatte immer um die 10° Celsius und es war sonnig. Am liebsten wollte ich gleich wieder heimreisen. Große Vorwürfe machte ich mir, dass ich zu dieser Reise eingewilligt hatte.

Eine Ausflugsfahrt nach Neapel war für mich sehr beeindruckend. Neben den Straßen lag überall Unrat, Papier, Glasflaschen, Lumpen und Plastikteile. In den engen Gassen abseits der Verkehrsstraßen hing die Wäsche zum Trocknen. Die Leinen waren über die Gasse, von einem Haus zum Nächsten gespannt. Beim Hochschauen konnte ich erkennen, dass die Wäscheteile jeweils an den Leinen festgebunden waren. Das war Diebstahl sicherer. Es gab viele Bars und die Männer saßen auf kleinen Stühlen davor und spielten Karten, vor allem das Spiel «Scopa.« Sie tranken Espresso und rauchten dazu. Die Unterhaltungen war sehr laut, und es hörte sich an, als wenn sie sich alle miteinander im Streit befänden.

Nach fünf Wochen in der Region »Campania«, im Süden von Italien, rüsteten wir uns wieder zur Heimreise ins Schwabenland. Da die Schwiegereltern viele Olivenbäume hatten, bekamen wir einige Flaschen von dem gesunden Öl mit, auch Wein und getrocknete Feigen, Orangen und Zitronen. Für die geliebte Pasta Soße noch die in Flaschen eingeweckten Tomaten.

Die Schwester der Nonna, Josepina und deren Ehemann Roberto, hatten im gemeinsamen Gartengrundstück begonnen, an ihrem einstöckigen Wohnhaus noch ein weiteres Stockwerk hoch zu bauen. Da sie in Genua lebten, meinte mein Ehemann wegen einer ungeklärten Sache, etwas mit dieser Tante und Onkel direkt abklären zu müssen. Aus diesem Grunde erfolgte unsere Heimreise über die »Aurelia«, hoch über den Klippen an der Küste der Riviera, mit einer sehr schönen Aussicht. Da sie sehr kurvenreich ist, ist sie als eine sehr gefährliche Straße bekannt. Den gesamten Tag benötigten wir für diese Fahrt. In Pisa machten wir kurz Rast und schauten uns noch den »Torre Pedente«, von außen an. Das Kind schlief auf den Rücksitzen, und wir konnten uns nur wenige Meter vom Fahrzeug entfernen. Einen modellierten Wandteller aus Kupferblech kauften wir uns noch von diesem schiefen Turm. Am Abend waren wir in Genua, bei Zia Josepina und Zio Roberto angekommen. Das Auto mussten wir am Straßenrand parken. In Norditalien war

Industrie, Arbeit und weniger Kriminalität. Nun konnten die Gespräche erfolgen.

Am nächsten Morgen fuhren wir weiter, und mit der Verladung durch den San Gotthard, unserem Ziel, der Heimat, näher.

Am Abend, so gegen 21 Uhr waren wir endlich vor unserem Haus angekommen. Es war Januar, tiefster Winter und sehr kalt. Ohne von unserer Rückreise Kenntnis zu haben, hatte die Nachbarin im gegenüberliegenden Haus uns wohl gesehen. Flink eilte sie zur Stelle und strahlte dabei: »So, seid ihr wieder da? Gebt mir schnell das Kind, Er braucht sicher seinen Schoppen.« Ohne eine Antwort abzuwarten, schnappte sich Paula den kleinen Buben vom Rücksitz. »Da ist alles drinnen, Schoppen und Wäsche«, dabei überreichte ich ihr noch die kleine Tasche. Paula eilte in ihr Haus die Treppe hoch und in ihre Küche. Vermutlich kamen ihr Ehemann Gustav und der Sohn Carlo noch zur Hilfe. Denn das Kind war warm eingepackt und musste erst noch von der Kleidung befreit werden. Jemand musste den Schoppen erwärmen. Es klappte wohl alles gut.

Zwischenzeitlich gingen wir in das Haus. Es war fast noch so, wie wir es vor fünf Wochen verlassen hatten. Aber die Kälte war jetzt voll in das Haus eingedrungen, denn an den Zimmerwänden glänzten Eiskristalle. Als erstes musste im Keller der Abstellhahn für das Wasser geöffnet werden. Es dauerte eine gewisse Zeit bis das rostige Wasser vom Wasserhahn abgeflossen war. Im großen Herd in der Küche konnte nun das Wasserschiff befüllt werden. Diese Feuerstelle heizten wir zuerst an und dann die Öfen im Wohn-und Kinderzimmer. Sehr schnell wurde die Raumluft erwärmt. Die Deckbetten breitete ich über die Stühle. Mein Mann war mit dem Entladen des Autos beschäftigt. Erst dann konnten wir uns etwas stärken.

Ich sah zu dem Nachbarhaus hinunter, Paula stand mit dem Buben auf dem Arm am Fenster und strahlte vor Freude. Es war nun warm, so gut es erst einmal ging. Ich konnte das Haus verlassen und mein genährtes Baby holen, ihn neu wickelten und zum Schlafen in sein mit Wärmflaschen, angewärmtes Bett-chen legen. Er war wohl auch von der Rückreise müde.

Nie mehr, nie mehr sagte ich, würde ich mich in den Winter-monaten, dazu noch mit einem Baby, auf ein solches Abenteuer einlassen, diesen Wünschen meines Ehemannes nachkommen und mich in eine fremde Kultur begeben. Das war sehr riskant gewesen. Armut war ich ja gewöhnt, aber das Leben in Avella war noch etwas ganz anderes gewesen. Gut, dass wir wieder heil zurückgekommen sind. Langsam kehrte der normale All-tag wieder ein.

Wenn es zu Schneefällen kam, war es sehr mühsam, den ge-samten Weg von der Haustreppe bis ins Gässle frei zu schippen. War ich unten angekommen, lag oben bereits wieder Schnee. Nur wenn das Kind in seinem Bettchen schlief oder sich im Laufstall alleine beschäftigte, dann konnte ich für kurze Zeit die Wohnung verlassen.

Während der Wintermonate war es für uns Erwachsene auch eine sehr unangenehme, kalte Angelegenheit, auf den vor der Haustüre sich befindenden Plumsklo zu gehen. Mit heißem Wasser, musste ich die Holzfläche zuerst abtauen.

In Armut war ich aufgewachsen, und mit dieser Heirat auch arm geblieben. Wahrscheinlich durch die vielen Belastungen des Elternhauses wollte ich zu jemandem gehören und eine ei-gene Familie haben. Verliebt war ich ja, aber wie gesagt, Liebe kann auch blind machen.

Für das Kind hatten wir einen Rodel-Schlitten von Oma Frida bekommen. Dieser hatte ein ovales Holzgestell, das an beiden Seiten auf dem Schlitten befestigt werden konnte. Mit diesem Schlitten konnte ich bei einer Schneedecke das Kind spazieren fahren und auch mein geliebtes Schlittenfahren an den Hängen im Täle oder an der Breitne ausüben. Ich musste mich aber vorne hinsetzen oder das Gestell in der Mitte des Schlittens anbringen, so dass ich mich dahinter noch setzen konnte. Diesem, noch nicht einjährigen Burschen, gefiel alles sehr gut was Geschwindigkeit hatte. Das Autofahren und nun auch das Schlittenfahren. Vor den Abfahrten bedeckte ich sein Gesichtchen bis zu den Augen wegen der kalten Luft. Die Augen mussten frei bleiben, ansonsten fing der Kleine gleich zu schreien an. Denn er wollte sehen wohin es ging. Es waren schöne Momente. Wir mussten aber bald wieder heim, um die Öfen nach zu feuern.

Das Kind badete ich in seiner Kinderbadewanne im Wohnzimmer. Das machte ihm viel Spaß, und er plantschte eifrig mit seinen Ärmchen und die Beine zappelten mit. Mit gelber Ente und anderen Plastikteilen war das sehr interessant. Das Baden des Kindes mit dessen Spritzvergnügen hatte zur Folge, dass von dem Badewasser einiges auf den Boden und in das Schlafzimmer gelangte. Wenn das Kind dann nach dem Baden friedlich in seinem Bettchen lag, war für mich erst einmal das Aufwischen angesagt. Die Hausvorderseite des über 300 Jahre alten Gebäudes, hatte auf einer Länge von sieben Metern um die 50 Zentimeter Gefälle.

In diesem ersten Jahr meiner Ehe war ich mit meinem Leben und dem Kind sehr glücklich.

Im Juni 1965 kauften wir einen Bauknecht-Kühlschrank. Mit Frau Mangold von Pfalzgrafenweiler konnte ich beim Großhandel in Freudenstadt ein Gerät aussuchen. Für diese Firma machte ich Heimarbeit, indem ich Kunststoffteile bearbeitete. So verdiente ich mir diesen Kühlschrank selbst. Im September desselben Jahres kauften wir noch eine AEG-Turnamat-Waschmaschine. In diesem ersten Ehejahr verbesserten sich unsere Lebensumstände.

Die Wochen gingen dahin und es wurde Frühjahr. Im April, genau nach der Vollendung seines ersten Lebensjahres konnte das Kind alleine gehen. Man konnte das aber nicht gehen oder laufen nennen, denn der kleine Bursche rannte nach wenigen Tagen gleich allen davon. Zuvor war er im Wohn- und Schlafzimmer auf allen Vieren vorwärts und rückwärts gekrabbelt. Und wie bereits erwähnt, war das so eine Sache mit dem Bodengefälle. Die kleinen Spielbälle rollten vom Wohnzimmer unterm Trennvorhand hindurch, in das Schlafzimmer. Das Ehebett stand mit den Längsseiten zum Wohnzimmer. Die kleinen Bälle rollten unter die Betten. Der kleine Mann wusste sich zu helfen. Er rutschte unter die Bettseite und holte sich seinen Ball wieder. Das hatte dann prima geklappt. Beim Versuch wieder zurück zu rutschen, dabei hob er seinen Kopf an. Der Sprungfederrahmen des Bettes war ihm im Wege, und das bremste ihn ab. Er hatte nun seinen Ball in der Hand, kam aber nicht mehr zurück. Es erfolgte dann ein Geschrei. Sehr oft wiederholte sich diese Prozedur. Ich musste mich nun ebenfalls auf den Boden hinlegen, mit einer Hand den Kopf des Kindes nach unten drücken und mit der anderen Hand ihn an beiden Beinchen fassen und wieder unter dem Bett hervor ziehen.

Mein Mann arbeitete beim Sägewerk Graf in Haiterbach. Dort hatte er im März 1965 auch für seinen 59-jährigen Vater eine Arbeit gefunden. Dieser wohnte nun in dem hinteren Teil von dem alten Haus des Schnaider Karle.

Alles lief nun geregelt und gut. Das bekam meinem Mann wohl weniger. Eine gewisse Unruhe kam bei ihm auf. »Was machst du denn den ganzen Tag zuhause, mit nur einem Kind? Du kannst doch auch arbeiten gehen.« Ich versuchte mich dagegen zu wehren. Mit diesem lebhaften Kind, wie sollte ich da arbeiten gehen? Weiterhin bedrängte er mich damit.

Meine Schulfreundin Helga, die bereits seit September 1964 einen Sohn hatte, erklärte sich gegen Bezahlung bereit, an den Wochentagen das Kleinkind in Obhut zu nehmen. Bei der Miederfabrik Naturana wurde ich eingestellt. Am frühen Morgen bereits vor 7 Uhr fuhr mein Mann, unseren Sohn zu dessen Patin. Diese war der Meinung, dass ein Baby bereits mit neun Monaten auf den Topf gesetzt werden müsste. Das hatte sie mit ihrem Sohn so gehandhabt, wohl auch mit Erfolg. Unser Sohn wurde jetzt auch auf das Töpfchen gesetzt bis sein Po rot war. Mit wenig Erfolg! Es lag wohl nur, an meiner falschen Kindererziehung. Unser Sohn weinte immer wenn mein Mann ihn dort abgab. Deshalb musste er zuerst mit ihm noch spielen und dann unbemerkt die Wohnung verlassen. Nach wenigen Tagen weinte das Kind bereits, wenn es das Haus sah.

Nach nur drei Wochen bemerkte ich bei der Arbeit, dass ich den Geruch der Schaumgummi-Füllstoffe schlecht ertragen konnte. Es wurde mir übel, und ich musste mich übergeben. War ich vielleicht wieder schwanger? Das war mein Gedanke. Dann das Kind, das jeden Morgen bei der Abgabe in den anderen Haushalt jämmerlich schrie. »So kann das nicht sein. Wenn du Kinder willst, dann brauchen sie ihre Eltern«, sagte ich zu meinem Ehemann. Das alles war für mich ein Grund, um bei der Arbeitsstelle zu kündigen, und das, obwohl ich vermutlich schwanger war.

Wieder zuhause setzte ich morgens manchmal den Einjährigen auf sein Töpfchen das einen Haltegurt hatte. Drehte ich mich um, war der kleine Mann bereits mit dem schönen Töpfchen, das an ihm festhielt, auf allen Vieren unterwegs. Meistens hatte er bereits ein kleines Geschäft gemacht. Beim Krabbeln, entleerte sich diese Flüssigkeit auf den Boden. Das war nun auch nicht der Sinn der Sache. Ich legte meinem Kind wieder Windeln an. So konnte es wieder ungehindert auf dem Boden krabbeln. Für uns beide war das wohl die bessere Lösung.

Jetzt war für mich wieder die Zeit des unstillbaren Erbrechens gekommen. Diesmal war es nicht mehr so heftig, wie bei der ersten Schwangerschaft.

Mein Ehemann hatte nie mit Geld umgehen können. Das bemerkte ich immer mehr. Als wir heirateten, hatte er gerade einmal 1200 DM. Diesen Betrag hatte er wenige Wochen zuvor, vom Finanzamt zurückerstattet bekommen. Nun wurde er wieder sehr ruhelos. Er wollte gerne noch einen Nebenverdienst. Deshalb hatte er die Idee, dass wir frühmorgens nochmals mit der Zustellung der Tageszeitung beginnen sollten. Beide stellten wir dann wochentäglich jeweils eine Tour der Tageszeitungen zu. Über eine Stunde war ich unterwegs. Der kleine Junge schlief zu dieser Zeit noch. Manchmal war er bereits erwacht, stand in seinem Bettchen und hüpfte vor Freude.

Jeden Monat musste ich dann bei allen Zeitungsabonnenten den Monatsbeitrag einkassieren. Damit war ich oft tagelang beschäftigt, denn manche Haushalte erreichte ich erst beim zweiten, oder dritten mal. Das Kind nahm ich in seinem Sportkinderwagen mit. Oft musste ich ihn aus seinem Wagen herausnehmen, wieder hineinsetzen, und den Ledergurt wieder festmachen. Viele der Abonnenten waren verständnisvoll und kamen mit ihrer Geldbörse bis zu der Haustüre. Öfters bekam ich auch Schokolade oder Obst für das Kind geschenkt. Da ging dann gleich das Geschrei los, denn diese Sachen erkannte mein Sohn sofort. Ein kleines Stück Schokolade musste dann gleich in sein Mündchen. An heißen Tagen war der übrige Teil der guten Tafel schnell verformt.

An den Wochenenden machten wir oft einen Besuch bei Oma Frida. Sie war nun friedlicher und hatte an ihrem Enkel eine große Freude. Oft hatte sie im Ort Spielsachen für ihn gekauft. Für manche Dinge war der Bub noch zu klein. In die Bilderbücher aus beschichtetem Karton, da schaute er eifrig. Er konnte sich gut mit Spielen beschäftigen, und weinte selten.

In dieser Zeit, in diesen Monaten fühlte ich mich, von dem heftigen Erbrechen abgesehen, sehr glücklich. Wir fuhren auch zum Opa nach Bad Schussenried. Dieser freute sich auch an seinem Enkelkind. Von seinem Taschengeld hatte er bei der Werkstatt der Einrichtung, schöne Holzspielsachen für den Enkel gekauft. So wie er einst mich, seine Tochter, geliebt und mir ein großes Schaukelpferd gekauft hatte, genauso liebte er nun den Kleinen. Dieser hatte überhaupt keine Angst vor dem unbekannten Opa. Er bemerkte wohl dessen Liebe, für ihn.

Da ich in der Frauenarbeitsschule das Nähen erlernt hatte, führte ich das nun wieder reichlich aus, für mich und das Kind. Auch strickte ich Pullis und Jäckchen.

Es wurde wieder Winter, und wir installierten eine kleine Toilette unter die Schräge der geschlossenen Dachbodentreppe. Endlich einen WC-Sitz, auf den man sich auch im Winter setzen konnte. Daneben installierten wir noch ein Waschbecken mit einem Durchlauferhitzer. Nun konnte das kalte Wasser, mit dem warmen Zulauf gemischt werden. Darunter stellten wir einen kleinen Hocker, damit wir unserem Sohn auch die Hände waschen konnten. Mit einer Gardinenstange versehen und einem grünen Vorhang an den Seiten, war es nun schön geworden.

Noch immer stellten wir am frühen Morgen die Tageszeitungen zu. In den ersten Januar Tagen bemerkte ich, dass mein ungeborenes Kind sich in meinem Becken gesenkt hatte. Es wurde gesagt, dann würde es bis zur Geburt noch drei Wochen dauern. Der errechnete Geburtstermin war der siebte Februar. Aber nach drei Wochen noch im Januar, ich räumte vormittags gerade die Wohnung auf, verspürte ich eine starke Müdigkeit. Dazu kamen noch ziehende Schmerzen im Rücken. Ob das Kind jetzt wohl kommen würde, heute, an einem normalen Dienstag?

Als mein Ehemann zum Mittagessen kam, sagte ich ihm, dass er hier bleiben müsste. Er machte den Abwasch und legte den 21 Monate alten Sohn in sein Bettchen. Damals hatten wir noch kein Telefon. Darum fuhr er gleich zu der Hebamme Gertrud in die Weinhalde. Das Bettchen wurde aufgestellt. Als dann der fast 2-Jährige wieder erwachte, wurde das kleine Baby-Bett für ihn sehr interessant. Er kippte den Stuben-Wagen um. Wie würde das sein, wenn das Baby erst darin lag?

Für die Geburt diente wieder im Wohnzimmer das Sofa. Oma Frida wurde geholt, und sie beschäftigte sich in der Küche mit ihrem Enkel. Dieser durfte mit einer Bürste den Spülstein mit Scheuer Pulver schrubben, während sein kleiner Bruder geboren wurde.

Sehr glücklich fühlte ich mich nun! Ich hatte jetzt zwei Kinder. Bei der Namensfindung fehlte noch die genauere Entscheidung. Die Hebamme musste noch für zwei Stunden bei mir bleiben. Dabei konnte sie unser Gespräch bezüglich des Vornamens für das Neugeborene mit anhören. Sie erschrak, als mein Ehemann dabei sehr aggressiv reagierte, und sie befürchtete, dass er auf mich losgehen würde. Nach der Geburt beim ersten

Kind, hatte sich meine Mutter sehr daneben benommen. Jetzt, nach der Geburt des zweiten Kindes, zeigte mein Ehemann sein wahres Gesicht. Wo befand ich mich? War ich jetzt vom Regen in die Traufe gekommen?

In der Woche nach der Entbindung hatte meine Mutter den fast 2-Jährigen bei sich in Pfalzgrafenweiler. Mein Mann hatte gesagt, dass er mich und das Baby zuhause versorgen würde. Sein Auto war aber auch sehr wichtig. An diesem arbeitete er nun bei der Kälte vor dem Haus. Dabei hatte er mich und das Baby wohl total vergessen. Ich musste das Fenster einen Spalt öffnen und ihn rufen. Er kam dann, um ein Essen für uns zu kochen. Bereits zwei Wochen nach der Entbindung wurde mein Mann krank und er hatte 39° Fieber.

Draußen hatte es um die -10° Celsius. Wer würde nun die Tageszeitungen zustellen? Es handelte sich um einen Bezirk von einer Stunde. Es gab niemanden, der uns dabei hätte helfen können. Was war zu tun? Ich packte meine stillenden Brüste dick mit Windeln ein und stellte die Zeitungen zu. Dabei fror ich nicht, hatte aber auch sehr viel Glück. In gewisser Weise war es von mir unverantwortlich, dass ich das damals so gemacht hatte.

Ende des Jahres wurde mein Mann wieder ungeduldig. »Du bist mit zwei Kindern den ganzen Tag daheim.« Vor allem der Erstgeborene war nicht zu bremsen, und ich war mit den Kindern ausgelastet. Gerne ging ich auch in die Natur mit ihnen. Da ich noch sehr jung war, überblickte ich die Denkweise meines Mannes nicht vollständig. Er wollte, dass ich noch nebenbei einen Lebensmittelladen führen sollte. Wir schauten uns in Rottweil ein Geschäft an, und eines in Loßburg-Lombach. Dabei hätten wir noch mit unserem Wohnbereich umziehen müssen. Mein Mann wollte wohl nicht mehr einer geregelten Arbeit nachgehen. Ich erkannte, dass es ohne ein finanzielles Polster nicht durchführbar war. Da sich in Haiterbach ein stillgelegtes Lebensmittelgeschäft im Siedlungsgebiet im Oberen Buchweg befand, beschäftigte er sich mit einer solchen Lösung. Irgendwann gab ich seinem Drängen nach.

Wir eröffneten im November 1967 den kleinen Lebensmittelladen. Dieser war Jahre davor, bereits von einem im Haus lebenden älteren Ehepaar betrieben worden. Unser erster Sohn war 2,5 Jahre und der zweite erst 9 Monate alt. Ich hatte noch keinen Führerschein, und ging immer an den Vormittagen früh mit dem Leiterwägelchen mit beiden Kleinkindern von zuhause los. Beim Bäcker konnte ich noch frische Brötchen holen. Mit dem Gefährt ging es über den Städtlesberg und die unteren Gasse bis zum unteren Schömberg. Über einen schmalen Fußweg zog ich mein Hab und Gut bis zum Oberen Buchweg hoch. Dort trug ich mein Baby und alles in das Geschäft. Im kleinen Nebenraum konnten die Kinder spielen. Es kamen bereits die ersten Kunden um Brötchen zu kaufen. Wenn ich dachte, dass nun keine Kunden mehr kommen würden, dann konnte ich den Kleinen erst einmal neu wickeln.

1968

Bei der Industrie- und Handelskammer musste ich eine Prüfung zum Führen des Lebensmittelgeschäftes noch ablegen. Ich lernte dafür mit entsprechenden Unterlagen. Am Tag der Prüfung fuhr mein Mann mit uns nach Calw. Die Straße im Tal an der Nagold entlang, war gesperrt. Darum mussten wir die Umleitung über Herrenberg fahren. Unterwegs machten die Bremsen des VW-Busses Probleme. Mein Mann sagte, dass er jetzt nur mit einem kleinen Gang über Stammheim nach Calw fahren könnte. Ich saß sehr angespannt mit den beiden Kindern im hinteren Teil des Fahrzeuges. Wir kamen noch rechtzeitig in Calw an. Ich ging zum Gebäude der Industrie- und Handelskammer. Bei dieser mündlichen Prüfung wurde ich von mehreren Herren eine halbe Stunde lang befragt. Mein angelerntes Wissen reichte wohl für die Führung dieses keines Geschäftes aus. In den Parkanlagen bei dem Calwer Rathaus erwartete mich meine kleine Familie wieder. Trotz des vorangegangenen Stresses hatte ich die Prüfung geschafft.

In einer gewissen und ständigen Dosierung über die gesamten Jahre waren diese belasteten Vorkommnisse für mich vorhanden.

Nebenbei machte ich noch den Auto-Führerschein. Bei den Unterrichtsstunden saßen meine beiden Söhne auf der Rückbank des Fahrzeuges. So erlernte ich das Autofahren. Nach vielen Fahrstunden bekam ich meinen Führerschein der Klasse 3. Wie hatte ich das geschafft?

Am darauffolgenden Morgen musste ich gleich mit dem VW-Bus und den Kindern bis zum Bäcker fahren. Ich war so aufgeregt, dass ich mein Auto nicht richtig geparkt brachte. Der Bäcker kam heraus. Er war mir behilflich, indem er den gefüllten

Karton mit Brötchen wieder zum Auto brachte. Von Tag zu Tag ging es besser. Bei dem alten VW-Bus musste ich beim Gänge umschalten irgendwie noch Zwischengas geben. Ich weiß es nicht mehr, wie das vor sich ging? Nachmittags hatte ich bis um 15 Uhr das Ladengeschäft geschlossen. So konnte ich mit den Kindern in den Wald gehen, oder mit dem Auto nachhause fahren um dort Arbeiten zu verrichten.

Mein größerer Sohn durfte bereits mit drei Jahren den städtischen Kindergarten besuchen. Um 11 Uhr, wenn die Vormittagsrunde vorbei war, musste er alleine bis zum Laden gehen. Es waren noch andere Kinder und Mütter auch auf diesem Weg. Zu Beginn wollte die Erzieherin, Tante Elke, meinen Sohn im Kindergarten nicht behalten. Er sei so aggressiv, sagte sie. Mir zuliebe behielt sie ihn dann doch und er wurde später zu ihrem Lieblingskind. Wie hatte er das geschafft?

Eine Mutter kam einmal aufgeregt in den Laden und sagte: »Dein Bub ist neben dem Kindergarten im Brunnen und holt dort die grünen Algen heraus.« Ich musste das Geschäft schließen, einen Zettel an der Türe befestigen und zum Kindergarten fahren. Dort holte ich meinen total nassen Sohn aus dem Brunnen, trocknete ihn ab und kleidete ihn neu an.

1969

Im Monat Juli schlossen wir für drei Wochen das Lebensmittelgeschäft. Gemeinsam fuhren wir wieder nach Avella, in die Heimat meines Mannes. Während dieser langen Fahrt war es im Auto sehr heiß. Als wir am Abend dort ankamen konnte ich die beiden Buben in dem großen Schlafzimmer ins Bett legen. Das Deckenlicht musste ich noch ausschalten. Ich suchte nach dem Schalter und verfolgte die an der Zimmerdecke sichtbare Aufputz-Leitung. Schnell fand ich ihn, groß an der Wand und etwas hoch angebracht. Als ich diesen Schalter betätigte, ging das Licht aus. Durch den davor liegenden, fensterlosen Raum, tastete ich mich vorsichtig hindurch. Als ich in die Küche kam, brannte dort eine Kerze. Im Ort sei ein Fest, sagte die Schwiegermutter. Wohl dadurch war es zu einem Stromausfall gekommen.

Am nächsten und auch am übernächsten Tag gab es immer noch keinen elektrischen Strom. Der Kühlschrank, das Lieblingsgerät der Schwiegermutter, war längst abgetaut. Sogar Bananen hatte sie darin gelagert. Aber ich, die ungeliebte Schwiegertochter, durfte dazu ja nichts sagen.

An dem zweiten Tag befand ich mich am Nachmittag auf Rosas Terrasse. Dort fragte ich Maria, ob bei ihnen das Licht auch nicht funktioniere. »No, no, funktione.« Sie zeigte es mir, indem sie den Lichtschalter betätigte. Im Garten sah ich meinen Mann beim Arbeiten. Ihm rief ich zu, dass in diesem Haus die Lichter funktionieren würden. Kurz darauf kam mein Mann auf die Terrasse. Er wollte sich den 4,5-Jährigen vornehmen. »Hast du im Schlafzimmer etwas an dem Lichtschalter gemacht?« Ich wusste dann sofort, wer diese Tat verübt hatte. Ich hatte doch den Lichtschalter betätigt. Es stellte sich heraus, dass es sich dabei um den Hauptschalter gehandelt hatte. Einige Stunden dauerte es, bis in dem großen Kühlschrank wieder Lebensmittel gekühlt werden konnten. So eine selbstständige Schwiegertochter will wohl auch nicht Jedermann haben.

Während der drei Wochen in Süditalien entschlossen wir uns, den Lebensmittelladen nun, nach zwei Jahren, auf Ende November wieder aufzugeben.

Seit dem vierten Monat der ersten Schwangerschaft hatte ich Anfälle von unkontrollierbarem Herzrasen. Während diesem vielem Stress mit den Kindern und dem Ladengeschäft kam es sehr häufig zu diesen Anfällen. Oft brachte ich diese selbst nicht mehr reguliert. Doktor Kiefer musste kommen und mir eine Spritze geben. Dabei sagte er zu meinem Mann: »Wenn sie ihre Frau weiterhin so belasten, können sie ihr bald Blumen auf den Friedhof bringen.« Damit erreichte er wohl bei meinem Mann ein Umdenken.

Nach anfänglichen Pannen mit einem gebrauchten Kühlregal hatten wir uns in der Anfangszeit ein neues Regal gekauft. Auf Kredit kostete es uns um die 4200,-- DM. In der Tageszeitung gab ich mehrmals ein Inserat zum Verkauf dieses Gerätes auf. Ladenbesitzer aus Sulz am Eck, wollten das Regal dann für 2500,-- DM kaufen. Angelo war dagegen. So billig gebe er es nicht her. Das Geschäft und auch der Kredit waren auf mich eingetragen. Aber der Chef war nun einmal mein Mann. Viele Monate musste ich die monatlichen Raten von 172,-- DM noch bezahlen. Unseren Keller wollte ich nicht mehr betreten, denn dort stand das teure Regal. Einige Jahre später hat mein Mann das Regal funktionslos, in unsere Garage gestellt, und irgendwann dann demontiert. Hauptsache, dass er das neuwertige Gerät damals nicht zu billig verkauft hatte.

Mit den Kosten des Kühlregals gerechnet hatte ich wohl diese zwei Jahre in dem Ladengeschäft völlig umsonst gearbeitet. Das hätte ich mir alles ersparen können. Ich war inzwischen 21 Jahre. Es wurde da erstmals richtig bewusst, dass ich in finanziellen Dingen meinem Ehemann nicht vertrauen konnte.

Er war zwar sehr fleißig, aber man musste die Dinge auch bis zum Ende überblicken können. Mit falschem Stolz, und nur der Mann sein zu wollen, erreicht man nichts!

Die 1970er Jahre

Die Monate im neuen Jahr waren für mich angenehmer. Die noch verbliebenen Lebensmittel, Suppenpäckchen und Konservendosen, verarbeitete ich für uns. Die Kreditzahlungen jeden Monat das bereiteten mir bei den geringen Einkommensverhältnissen noch Sorgen. »Nie mehr, nie mehr, werde ich ein Geschäft irgendwelcher Art mit dir betreiben!« Das sagte ich sehr deutlich zu meinem Ehemann. Für eine gewisse Zeit hatte er es dann wohl auch verstanden.

Den Kindern erlaubte ich viel Auslauf, so wie auch ich in meiner Kindheit Erfahrungen sammeln durfte. Oft mehrmals am Tage, kam mein ältester Sohn mit bis zur Taille nasser Hose heim. Öfters waren sie auch zerrissen. Er hatte mit seinem gleichaltrigen Freund Charly im Täle beim Mühlbach ein Stauwehr gebaut bis der Bach übergelaufen war. Sprudelnd vor Freude erzählte er mir, wie toll das alles gewesen war. In einem Kalenderjahr ramponierte dieser Sohn um die zwölf Hosen. Dem zweiten Sohn musste ich wieder Neue nähen.

Als wir im April seinen Geburtstag feierten, durfte der Kindergartenbub seine Tante Elke und Tante Karin dazu einladen. Ich hatte Kuchen gebacken und unter anderem auch einen Sandkuchen. Meine Söhne ermahnte ich noch, dass sie sich gut benehmen sollten. Sie gaben sich damit erstaunlich große Mühe. Bei der Kaffeetafel fragte doch mein Ältester ganz manierlich: »Mama, bekomme ich nochmal ein Stück von dem Dreckkuchen?« Wir alle haben damals herzhaft gelacht. Sand und Dreck, das kann man schon mal verwechseln.

Nun im Nachhinein waren die Jahre 1970/71 mit meinen Kindern wohl meine schönsten gewesen.

Neben dem Kindergarten hatte die Firma Kurt Helber die

alte Werkstatt von Wilhelm Helber angemietet. Nun konnten wir Frauen dort während der Zeit, da sich unsere Kinder im Kindergarten befanden, arbeiten. Damen-Strumpfhosen der Firma Hudson mussten wir den Verpackungen entnehmen und in neue Verpackungen eintüten. Wir bekamen für die Stunde vier DM. Im Laufe des Monates summierte sich der Betrag. Meine beiden Söhne gab ich morgens vor 8 Uhr im Kindergarten ab. Dann arbeitete ich in dem Gebäude nebenan bis um 11 Uhr. Gemeinsam konnten wie heimgehen. Um 13 Uhr wieder dasselbe bis um 16 Uhr.

In unserem Haus hatten wir nur 48 m² Wohnfläche. Für die Zukunft mussten wir wohl nach einer anderen Lösung suchen. Mein Mann wollte dieses ungefähr 300 Jahre alte Haus umbauen. Der Architekt Herr Paschke machte uns Baupläne. Mein arbeitssüchtiger Ehemann war dann Feuer und Flamme. Am

Der Hausumbau, Angelo mit einem Helfer

3. September 1971 fingen wir mit den Ausgrabungen für eine Garage vor dem Haus an. Die vordere Hausseite musste vom Zimmergeschäft Herbert Mayer ab gesprießt werden. Wir schliefen dann über diesen Stützbalken. Die Umbaumaßnahmen beliefen sich bis 1975.

Der älteste Sohn wurde eingeschult. Lernen wollte er nicht so gerne. Viel lieber rannte er draußen herum.

Mein Ehemann war über viele Monate am Bauen. Dazu nahm er 1972 noch unbezahlten Urlaub. Ich wusste oft nicht, wie wir über die Runden kommen sollten. Mein Mann sagte zu mir: »Das mit der Volksbank, das machst du, denn du kannst besser sprechen als ich.« Dann kam 1973 noch die Ölkrise. Die Bankzinsen stiegen bis auf über 13%. Bei der Firma Teufel in Nagold wurden Arbeitsplätze reduziert, und mein Ehemann verlor auch seine Arbeitsstelle. Wir hatten einen Kredit, der abbezahlt werden musste. Wenige Monate arbeitete er bei der Firma Meva, von Gerhard Dingler, im Industriegebiet. Dann wechselte er zu Gottlieb Daimler nach Sindelfingen. Die Schichtarbeit und am Fließband, das war für diesen Tüftler wohl nicht das Richtige.

Umbauen, kein freier Tag, viel Staub und einfach kein normales Leben! Der zweite Sohn wurde eingeschult, und auch er wollte lieber alles andere als für die Schule lernen. Er konnte sehr schön zeichnen. Aber leider verlor er einige seiner Zeichnungen. Sie waren dann einfach nicht mehr da.

Meine Patentante Barbara wohnte jetzt auch in Pfalzgrafenweiler im 1. Stockwerk ihres Hauses. Tagsüber hielt sie sich meistens im Erdgeschoss im Wohnzimmer bei meiner Mutter auf. Beide strickten leidenschaftlich und konnten sich dabei gut unterhalten. An den Sonntagen ging Barbara mit ihren zwei Nichten, den Töchtern ihres Bruders, in eine christliche Glaubensversammlung. Diese Nichten begleiteten die Tante zurück in ihr Wohnhaus und die Treppe nach oben zu einem Kaffee. Meine Mutter bemerkte das und sie kam aus ihrer Wohnungstüre heraus und fing heftig zu schreiend und zu schimpfen an.

Dabei ging sie noch bis zur Treppe und dieses Geschrei verfolgte, die eben von ihren Gebeten zurück gekehrten Frauen, noch weitere Minuten.

Meine Patentante sagte zu mir in dieser Zeit: »Elfriede ich habe dir, als du ein junges Mädchen gewesen bist, nicht geglaubt, dass deine Mutter so böse zu dir ist. Jetzt erlebe ich es selbst. Es war wahr und deine Mutter hat immer dich als unfolgsames Mädchen geschildert.«

Heute vermute ich, dass meine Mutter sich damals ausgegrenzt gefühlt hatte. Dass sie diesen Schmerz des Ausgegrenzt sein von ihrer Kindheit wieder erlebt hat. Ihre Schwester gehörte doch zu ihr und jetzt waren die Nichten gekommen und sie war wieder allein.

Im Juli 1975 hatte ich einen Traum, dass für mich an diesem Tag etwas von Bedeutung kommen würde. In dem Gemeindeblatt las ich, dass beim Postamt in Haiterbach eine Urlaubsvertretung für einen Teilbezirk des Zustelldienstes gesucht wurde. Ob es das war, was mir mein Traum mitzuteilen versuchte? Ich sprach an diesem Tag gleich auf der Post beim Schalterbeamten, Herrn Mutschler, vor. Er gab meine Personalien weiter und nach nur kurzer Zeit bekam ich eine Zusage für eine Anstellung als Urlaubsvertretung. Der Bezirk beinhaltete die Teilorte Unterschwandorf und Altnuifra. In Unterschwandorf befanden sich ein altes Schlossgebäude, eine Getreidemühle, eine Kirche und zwei Gasthäuser. Ein neues Siedlungsgebiet war im Entstehen. Altnuifra, ein kleiner Ort mit Bauernhöfen und das Gasthaus Linde.

Bereits nach wenigen Wochen wurde ich für diese Tätigkeiten eingelernt. Im Postamt in Haiterbach konnte ich die Briefe und Sendungen in ein Verteiler Regal zwischen Metallbügel einsortieren. Zu meiner Kollegin konnte ich mich in ihr privates Auto setzen, und der Spaß konnte beginnen. Gleich bei dem ersten Haus, der Haushälterin des Schlosses, kam ein kleiner Hund dahergerannt. Schnell flüchtete ich in das Auto zurück. Fast in jedem Haus hatte es diese lieben »Briefträger-Hunde«. Als wir die Strecke abgefahren hatten, bekam ich Bedenken. Konnte ich diese Arbeit ausführen, bei so vielen Gefahren mit bissigen Hunden?

Über Haiterbach fuhren wir in die andere Richtung, nach Altnuifra. Auch hier hatte fast jedes Haus einen Hund. Aber die »Hofwächter« waren vor ihren Hundehütten an der Kette befestigt. Meistens kamen die Bewohner gleich aus ihren Häusern, als sie ihre Hunde bellen hörten, denn sie warteten auf die heiß ersehnte Tageszeitung.

Dass diese Arbeit für mich die Befreiung aus der Abhängigkeit von meinem Ehemann war, das zeigte sich in den nächsten Jahren immer deutlicher. Nun machte ich erst einmal in diesem Sommer die Urlaubsvertretung in diesem Teilbezirk. Dabei war ich wohl sehr verkrampft und in Erwartung der daher rennenden Hunde. In diesen Vertretungswochen war ich in Unterschwandorf bei der Zustellung vor dem letzten Haus links unterhalb des alten Schlossgebäudes. Als ich mich vorsichtig dem Haus näherte, rannte eine schwarze Katze aus der offen stehenden Haustüre an mir vorbei. Diese hatte wohl eher Angst vor mir. Ich, die so auf das Auftauchen von Hunden fixiert war, schrie nun laut. Das Ehepaar in dem Wohnhaus das vermutlich in diesem Moment gemütlich beim Frühstück saß, hörte meinen Schrei. Beide kamen sie schnell die wenigen Stufen bis zur Straße. Ich stand immer noch mit der Post in der Hand wie erstarrt da. Das Ehepaar sah mich erstaunt und fragend an, denn sie hatten mich doch schreien gehört. Ich versuchte es zu erklären: »Die schwarze Katze kam hier heraus, und ich dachte, es sei ein Hund!« Vielleicht zweifelnden sie nun an meinem Verstand. Die Aushilfszustellerin schreit auf der Straße, wenn eine Katze aus dem Haus rennt! Seit diesem Tag wusste ich, dass es in diesem Haus keinen Hund gab.

Immer wieder wurde ich von der Post mit befristeten Arbeitsverträgen auf eine bestimmte Zeit eingestellt. In Haiterbach wurde ich noch in den Zustellbezirk zwei eingelernt. Die Strecke war wohl um die 15 Kilometer lang, wenn jeder Haushalt angegangen werden musste. Die große Postumhängetasche war oft sehr schwer, besonders, wenn Bausparkasse-Zeitungen oder andere schwerere Sendungen zuzustellen waren. Es war sicher nicht die geeignetste Tätigkeit für mich. Ansonsten machte es mir Freude, wenn die Wetterverhältnisse erträglich waren.

Meine beiden Söhne gingen in die Volksschule. Die Hausaufgaben mussten daheim noch erledigt werden. Das war für mich immer sehr mühevoll, überhaupt, wenn ich erst nachmittags von der Post heim kam. Dann waren meine Söhne bereits irgendwo bei Charly, oder mit ihren Fahrrädern unterwegs. Mein Mann im Schichtdienst hatte bei Spätschicht für sich und die Buben noch gekocht. Unser Haus Umbau war 1976 längst abgeschlossen. Die monatlichen Kreditrate, mussten noch abbezahlt werden. Von der Post wurde ich immer öfters angerufen. Inzwischen hatte ich in Haiterbach noch den Zustellbezirk vom oberen Städtle dazu bekommen. In Beihingen konnte ich die langjährige Postzustellerin, Frau Bross, vertreten. Vormittags die Postzustellung, danach den Landpostschalter II.

Meine Söhne waren inzwischen bereits zwölf und zehn Jahre alt, und die Erziehung gestaltete sich immer noch sehr aufreibend. Vielleicht wäre es besser gewesen, sie in Süditalien aufwachsen zu lassen. Wer weiß es? Auf jeden Fall hätte ich dort in wenigen Jahren die Sprache erlernt. Mein Mann sprach nach wie vor ein sehr schlechtes Deutsch.

Für mich, für uns alle, war es gut gewesen, dass ich damals bei der Post trotz der vielen Hunde durchgehalten hatte. In Oberschwandorf, in diesem sehr am Hang liegenden Ortsteil, konnte ich die Zustellung und die Poststelle I, abwickeln. Der Posthalter, Herr Walz, war meistens anwesend, denn er hatte nebenan noch sein Lebensmittelgeschäft. Er war immer sehr hilfsbereit, wenn ich einmal Hilfe benötigte. Im Ort war er der »Ladenkarle«. Da es sehr viele mit demselben Familiennamen gab, konnte mit den Hausnamen eine bessere Unterscheidung erfolgen.

Manchmal war es für mich schwierig, wenn ich am Vormittag mit der Postzustellung in Oberschwandorf am Hang unterwegs war. Dabei musste ich die Tour immer unterbrechen, um die Poststelle um 10 Uhr zu öffnen. Als es einmal sehr heftig regnete und ich sehr in Eile die oberen Straßen noch zustellte und mir meine Regen Kapuze immer wieder herunter rutschte. Völlig abgehetzt und wohl auch noch wenige Minuten zu spät, tauchte ich vor dem Posteingang auf. Es warteten bereits Kunden, und das auch noch bei diesem Regenwetter. Ich schloss die Türe auf und die Leute konnten erstmals in den Eingangsraum, während ich in dem Schalterraum erst alles bereitlegen musste. Notdürftig versuchte ich, mit einem Handtuch meine nassen Haare etwas zu trocknen. Seitlich tropfte das Wasser immer noch an meinem Hals herunter. Sehr stressig war das damals für mich gewesen. Hätte ich doch nur die Zustellung zehn Minuten früher unterbrochen. Aber dann müsste ich im Anschluss wieder bis zur Gärtner Straße hoch gehen. Die Kunden waren meistens geduldig. Sie waren sicher froh, dass sie in diesem kleinen Ort eine Poststelle hatten. Sie wussten auch, dass ich nur angelernt war, mir Mühe gab und freundlich war. Nur an diesem Tag halt tropfnass. Herr Walz hatte es da besser. Während er mit der Zustellung unterwegs war, konnte seine Frau den Schalterdienst übernehmen, denn sie war auch bei der Post angestellt.

Meinen Vater, obwohl in Bad Schussenried auf richterlichen Beschluss in einer geschlossenen Abteilung untergebracht, konnten wir vom 7. April 1977 bis zum 13. April 1977 zu uns nach Haiterbach auf Urlaub holen. Es wurde uns vertraut, und mein Vater war zu diesem Zeitpunkt bereits 71 Jahre alt. Seine alten Freunde von der Rosenstraße und dem Gartenweg luden wir zu uns ein. Für meinen Vater war es sehr schön, die alten Bekannten und Freunde wiederzusehen. Der Nachbar, Klenk Karl, kam zu uns. Er nahm seinen Wilhelm einfach mit. Sie waren dann in Altnuifra, in der »Linde« gewesen. Als mein Vater danach im Sessel saß, sah ich aus seiner Hemdbrusttasche einen Geldschein herausragen. »Von wem hast du denn das Geld?«, fragte

ich. »Von dem Helber«, antwortete mein Vater. Beim herausnehmen des Scheines war ich erst einmal sprachlos und sagte:
»Das ist ja ein Hunderter.« Mein Vater lachte und sagte, er hätte
gedacht, »das ist aber ein schöner 10-Mark-Schein«. Insgesamt
bekam er über 300 DM geschenkt. Wir hätten ihm davon Bekleidung kaufen sollen, besser als es ihm nach Schussenried
mitzugeben.

Im Jahr 1979 wurde mein ältester Sohn konfirmiert. Die Schule war nach dem achten Schuljahr nun für ihn beendet. Er wollte einen Beruf etwas mit Metall, erlernen. Nun war ich auch diejenige, die nach einem Ausbildungsplatz suchen musste. Mein
Ehemann, der Chef, gab die Anweisung, dass ich nun für den
Sohn einen Ausbildungsplatz suchen müsste, denn ich könnte
doch besser deutsch sprechen. Ich fuhr mit meinem Sohn zur
Maschinenfabrik Teufel nach Nagold. Dort hatte mein Mann
bereits einige Jahre gearbeitet. Und ich, dort nicht bekannt,
sprach wegen eines Ausbildungsplatzes für meinen Sohn, vor.

Es waren die geburtenstarken Jahrgänge, die nun in den
Arbeitsmarkt wechselten. Mein Sohn war groß und sah wohl
belastbar aus. Es gelang uns, dass er diesen Ausbildungsplatz
bekam. Es fügte sich gut, dass ein Haiterbacher, Walter, ein sehr
zuverlässiger Mann, ihn jeden Morgen mit seinem Auto zur Arbeit mitnehmen konnte.

1980

Es war ein sehr schwieriges Jahr. Mein Ehemann, eigentlich handwerklich sehr geschickt, war bei Daimler Benz am Fließband. Dort freundete er sich mit anderen italienischen Mitarbeitern an. Sie besuchten uns einmal in unserem Zuhause. Ihre Ehefrauen hatten in ihrer Wohnumgebung von Dagersheim neben ihren Haushaltsarbeiten noch kleine Putzstellen. Sie sahen nun mich, die ich bei der Post arbeitete. Das führte wohl bei den anderen Männern auch zu Neid. Sie fingen an, meinen Mann aufzuhetzen, ihre Frauen würden nach der Spätschicht um 23 Uhr immer auf sie warten. Er musste dann sagen, dass seine Frau um Mitternacht, wenn er heimkam, bereits schlafe. Denn morgens nach 6 Uhr fing meine Arbeit bei der Post an.

Einer dieser Männer wollte sich gerne in Italien ein am Meer gelegenes Grundstück kaufen. Nun fragte er meinen Mann bezüglich einer Bürgschaft. Gerne, sehr gerne, wollte Angelo diesem Freund bürgen, denn nein sagen, das konnte er als Landsmann doch nicht. In Italien wäre es seine Pflicht, diesem Arbeitsfreund zu helfen. Mein Elternhaus war auf meinen Namen eingetragen. Wir hatten es nun zusammen renoviert und lebten in Zugewinngemeinschaft. Eine Bürgschaft konnte er nicht abgeben. Es war gut so, denn man kann nicht einfach »bürgen«.

Nun wurde es immer schlimmer! »Er hätte nichts zu sagen«, sagte mir mein Ehemann. Diese Freunde würden das bei ihm sofort machen, und er könne das nun nicht tun. Diese Männer hatten ihre Ehefrauen aus Italien mitgebracht. Sie lebten hier in Mietwohnungen. Und später, irgend einmal später, wollten sie in ihre Heimat zurückkehren.

Zusehens verschlechterte sich in dieser Zeit unsere Ehe. Es

war für meinen Mann sicher schwer, denn die Söhne wuchsen heran, und er war sprachlich der Schwächere. Nach zwanzig Jahren in Deutschland und hier verheiratet, hätte es ihm sicherlich wichtiger sein müssen, die deutsche Sprache zu lernen. Ich hatte ihm immer wieder, dazu geraten. Daraufhin besuchte er einmal einen über das Arbeitsamt organisierten Sprachkurs in Nagold. Umgehend beklagte er sich bei der Nachbarin Paula darüber: »Meine Frau will, ich soll jetzt deutsch sprechen lernen! Warum, es verstehen mich doch alle.« Passte ihm etwas nicht dann schlug er mich ins Gesicht. Er verbot mir bei der Post zu arbeiten. Das ging so weit, dass er in Nagold die Amtsstellenleitung aufsuchte. Dort kündigte er an, dass wenn sie mich nochmals einstellen er mich krankenhausreif schlagen würde. Am Telefon wurde mir für eine bereits zugesagte Vertretungszeit abgesagt. Das machte mich nachdenklich. Da stimmte etwas nicht. Als ich meinem Mann auf diese Sache ansprach, gab er zu, dass er in Nagold gewesen war. Er wollte, dass es wieder so sein sollte wie früher.

Nach dieser Sache bei der Post fühlte ich mich sehr traurig und niedergeschlagen. Es war für mich nötig, Abstand zu bekommen. Am Abend trug ich in einem Wäschekorb meine Bekleidung zu meinem Auto. Dort verpackte ich alles in einen Koffer. Am nächsten Morgen fuhr ich zu einer Jugendfreundin nach Jettingen. Sie riet mir dazu, den Amtsstellenleiter der Post aufzusuchen. Das tat ich dann. Der Amtsstellenleiter erzählte mir von dem Besuch meines Ehemannes.

Von Jettingen aus nahm ich Kontakt zu meiner Schulfreundin Helga in Leonberg auf. Ich konnte zu ihr kommen. Eine Woche machte ich mich dort im Haushalt nützlich, während meine Freundin in ihrer Metzgerei arbeitete. Mein Ehemann kam am Wochenende nach Leonberg gereist. Er beklagte sich bei dem Ehepaar sehr über mich. Das was er wollte, das müsste ich doch machen, ich wäre doch seine Frau. Bei der Spätschicht müsste er am Vormittag immer selbst das Essen noch fertigstellen, da ich ja bei der Arbeit wäre.

Da ich wieder sehr hustete, organisierte ich telefonisch von meinem Hausarzt eine medizinische Verordnung, und fuhr für zwei Wochen nach Bad Rappenau, um dort Solebäder zu nehmen. Um seiner Eifersucht Nahrung zu geben und eine eventuelle Bestätigung für meine Untreue zu bekommen, setze mein Mann einen Italiener ein, der mich in Rappenau beschattete. Auf meinen Spaziergängen durch den Wald sah ich immer wieder einen Mann, der sich hinter den Tannen versteckte. Da es mir unheimlich war, verlegte ich meine Spaziergänge in den Kurpark. In diesen zwei Wochen hatte ich viel Zeit zum Nachdenken. Es musste anders werden. Einmal sollte ich arbeiten und dann wieder nicht, je nach der Laune meines Mannes.

Der Mann, der mich in Bad Rappenau beschattete, erpresste wohl im Anschluss meinen Mann um eine größere Summe, obwohl er keinen Erfolg über eine Untreue von mir liefern konnte.

Als ich wieder Zuhause war, suchte ich in Nagold einen Rechtsanwalt auf und dieser schrieb an meinen Ehemann. Jetzt war mein Mann endlich zu einer Ehe-Therapie bereit. Wir wählten dazu eine Italienerin in Tübingen, da diese mit dem italienischen Familiensystem vertraut war. Unser Zusammenleben besserte sich daraufhin um einiges. Leider konnten wir diese Therapie nicht länger für uns nützen, da diese Psychotherapeutin mit ihrem Ehemann nach Amerika ging. Zu meinem Ehemann sagte ich, dass wenn er mich nochmals schlagen würde, dann müsste ich die Scheidung einreichen denn ein Weiterführen der Ehe wäre für mich dann einfach untragbar. Wenn ihm etwas missfalle, dann müsse er das ansprechen und nicht zuschlagen.

Die 1980er Jahre

Mein jüngerer Sohn wurde im Frühjahr 1981 konfirmiert. Nach den Sommerferien konnte er zunächst ein Berufsfindungsjahr in Nagold antreten. Dort gefiel es ihm sehr gut. Unter anderem hatte er auch Unterricht im Nähen. Unsere Ehe war nun wieder harmonischer.

Das Zusammenleben wurde 1982 erneut schwierig. Mein Ehemann wurde wieder unruhig, unzufrieden und aggressiv. Das Wohnhaus war nun fertiggestellt, und es wurde ihm wohl neben der Arbeit bei Daimler-Benz zu langweilig. Es kam wieder öfters zu Streitigkeiten. Bei der Spätschicht saß er an den Vormittagen in der Küche und schaute zu dem unbewohnten Haus in der Horber Straße hinüber. Es musste etwas geschehen, seine Unruhe und die Arbeitssucht drängten ihn. Mit der Eigentümerin nahm er Kontakt auf und er kaufte dieses Haus.

Bei der Volksbank waren wir als zuverlässige Kunden bekannt, und er erhielt einen Bankkredit. Sicherheit war durch das Wohnhaus da, das auf mich eingetragen war.

Während dem mühevollen Umbau unseres Hauses hatte er zu mir gesagt, dass wir das durchstehen müssten und nach der Fertigstellung auch wieder in den Urlaub fahren könnten. Das waren nur leere Versprechungen gewesen. Es war seine Sucht die nach Arbeit suchte!

Als er an einem Sonntagnachmittag, es war der 29. August 1982, ein unangemeldetes Auto ohne Fahrzeugnummernschild, von Nagold nach Haiterbach fuhr, war ich deswegen sehr ungehalten. Wenn er bei dieser Fahrt mit dem nicht versicherten Auto einen Unfall verursacht hätte?

Eigentlich wollte er nur die Bereifung des Autos kaufen und abholen. Die Besitzer, es waren auch Italiener, waren dann plötzlich nicht mehr bereit, ihm nur die Reifen zu verkaufen. Das gesamte Auto müsste er nehmen. Er kam dagegen nicht an. Nun hatten wir vier Autos auf unseren Abstellplätzen und auf Nachbars Grundstücken stehen, den Mercedes Jahreswagen, meinen Renault 4, der nur noch zwei Monate TÜV hatte, dann einen Alfa Sud, als dessen Nachfolger, und jetzt noch den zweiten Alfa Sud, von diesem wir nur die Winter-Reifen benötigten.

Als ich mich an diesem Sonntag gegen Abend auf der Terrasse aufhielt, sprach der Nachbar Willi mich an, denn am folgenden Tag würde eine Firma kommen, um ihr Hausdach neu einzudecken. Das Grundstück vor unserem Haus und neben Willis Eigentum gehörte uns. Aber wir mussten natürlich den Platz für diese Arbeiten freimachen. Ich fühlte mich hilflos und sehr überfordert. Mein Mann befand sich in der Oberen Mühle bei seinen Verwandten. Ich ging dorthin und sagte, dass Willi sich bei mir beschwert habe, da von uns so viele Autos geparkt waren. Das machte ihn wohl noch zusätzlich über sein unüberlegtes Tun wütend. Er schrie herum, stand vom Tisch auf und schlug mir ins Gesicht. Fluchtartig verließ ich die Wohnung und setzte mich in dem Haus auf die unterste Treppenstufe. Ich hörte meinen Mann von oben kommen, deshalb rannte ich weg und und der Straße entlang.

Zuhause angekommen ging ich zu der vorderen Haustüre hinein und oberhalb der Treppe zur hinteren Türe wieder hinaus. Dabei hörte ich, wie bereits unten die Haustüre aufschlossen wurde. In der Nähe befanden sich alte Holzschuppen. Dorthin flüchtete ich mich und war wohl erst einmal sicher. Traurig und verzweifelt fühlte ich mich. So wollte ich nicht weiterleben mit diesen Launen und der Arbeitssucht meines Ehemannes. Ich musste jetzt die Scheidung einreichen. Dass es für mich ein Sprung ins kalte Wasser sein würde war mir bewusst, und auch, dass ich es alleine bewältigen musste, denn er würde sicher für die Familie keinen Unterhalt bezahlen, sondern wohl alles versuchen, um meinen Entschluss wieder rückgängig zu machen.

Als mein Ehemann am Abend zurück kam sagte er mir, dass

er das Auto wieder nach Nagold gefahren hätte. Nochmals eine weitere Schwarzfahrt! Alle gingen zu Bett. Nur ich blieb im Wohnzimmer sitzen, wobei ich die Zimmertüre von innen abschloss. Zur Beruhigung beschäftigte ich mich mit einer Strickarbeit. Dann hörte ich, wie mein Mann die Treppe nach unten kam. Er rüttelte an der Türe und schrie:»»Mach auf, mach auf und komme ins Bett!« Ich sagte »Nein, ich kann nicht!« Mit voller Wucht schlug er die Türe nach innen. Dabei zersplitterten Teile des Türrahmens. Durch den Lärm aufgeschreckt kamen beide Söhne aus ihren Zimmern die Treppe heruntergerannt. Sie stellten sich an die Seiten ihres Vaters und hielten diesen fest:»Hole die Polizei, hole sie, rufe an!«... »Was ist dann? Die gehen auch wieder«, antwortete ich. Vielleicht hätte ich die Polizei doch rufen sollen? Frauenhäuser gab es 1982 noch nicht. Wohin hätte ich mich, die ich keine Geschwister hatte, mit meinen Kindern denn wenden sollen?

An diesem Abend, in dem Moment dieses Wutausbruches meines Ehemannes, sah ich seine Augen, die ich noch nie so gesehen hatte. Die braunen Augen hatten eine dunkle, glänzende schwarze Farbe angenommen, und das weiß in den Augen sah rötlich aus. Alles war unnatürlich.

Jetzt, im Nachhinein, weiß ich, dass bei Menschen mit narzisstischer Persönlichkeitsstörung, die Augenfarbe bis tief ins Schwarze wechseln kann. Am Anfang einer Beziehung sind diese immer sehr liebevoll und gewinnen damit ihre Partner. Erst später zeigen sie ihr wahres Gesicht. Ohne eine in Liebe und Geborgenheit gelebte Kindheit in Italien, wurde er wohl im Erwachsenenalter narzisstisch und beziehungsunfähig. Mit geringem Selbstbewusstsein und hohen Ansprüchen an seine Umgebung. Es ging ihm wohl nie um Liebe, nur um Macht auszuüben. Wohl trugen auch Erbfaktoren mit dazu bei, wenn ich da nur an meine Schwiegermutter und an ihr Verhalten denke.

Lange hatte ich gezögert. Jetzt musste ich unbedingt die Scheidung durchziehen. Bei Herrn Claus, in der Anwaltskanzlei Klaska, bekam ich für den 15. September einen Termin am

Nachmittag. Zu meinem Mann sagte ich, wenn er mitkommen wollte, dann könnten wir die Scheidung gemeinsam mit nur einem Anwalt durchführen. In den vergangenen Jahren hatte er mir bereits sehr oft mit einer Scheidung gedroht, immer, wenn ich nicht so tat wie er es wollte.

»Dann lasse ich mich scheiden!« Das hatte ich sehr oft gehört.

Vermutlich rechnete er nun damit, dass es sich bei mir auch um eine leere Drohung handeln würde. Die Söhne waren nun 17 und 15 Jahre alt. Bereits seit zwei Jahren hatte ich unerklärbare, gesundheitliche Probleme. Diese rührten wohl von den ständigen nervlichen Überlastungen her.

An diesem 15. September fuhr mein Mann nach der Arbeit seinen Jahreswagen zum Kundendienst in die Vertragswerkstatt Wackenhut. Dort holte ich ihn mit meinem Auto ab, und wir suchten gemeinsam die Anwaltskanzlei auf. Mein Mann sagte zu dem Anwalt, dass er mit einer Scheidung einverstanden wäre, aber nur, wenn er dann 100 000 DM bekäme. Herr Claus klärte ihn auf, dass das Gericht die Auszahlungssumme errechnen und festlegen würde. Daraufhin verließ mein Mann wutentbrannt das Anwaltsbüro und schlug die Türe zu.

»Was machen wir nun? Wollen sie nun alleine einen Antrag stellen oder noch weiter abwarten?« Fragend schaute mich der Anwalt an. »Nein, nein, ich habe schon viel zu lange gewartet. Es wird sich nichts ändern!« Der Scheidungsantrag wurde nun aufgenommen. Als ich wieder auf der Straße stand, wusste ich nicht wie im Moment die Stimmung daheim wohl sein würde. Darum rief ich dort an, und ein Sohn meldete sich. Alles wäre ruhig, bekam ich gesagt. Ich fuhr mit dem Linienbus heim, denn mein Mann hatte mein Auto mitgenommen.

Am 14. Oktober erhielt ich über meinen Rechtsanwalt den Beschluss des Amtsgerichtes, dass die eheliche Wohnung ab sofort mir mit den Söhnen zum alleinigen Gebrauch zustehen würde.

Die blauen Briefe, Postzustellungen des Scheidungsantrages,

wurden am 26. Oktober übergeben. Wenige Tage später suchte ich das Bürgermeisteramt auf und sagte, dass wir getrennt lebten, und ich bat um eine Änderung der Steuerklassen für das darauffolgende Jahr. Im Haus wohnten wir weiterhin noch zusammen. Ich schlief diese drei Monate der Trennungszeit fast vollständig angekleidet im Untergeschoss. Meine Handtasche mit den wichtigen Unterlagen hatte ich griffbereit bei mir. Die Zimmertüre konnte ich nicht abschließen. Darum stemmte ich ein großes Holzbackbrett unter die Türklinge, um mich bei Nacht sicherer zu fühlen. In dieser Zeit ließ mein Mann mich aber in Ruhe. Er hatte wohl den Ernst der Lage erkannt. Trennung von Tisch und Bett! Wenn er für sich kochte lies er das benützte Geschirr einfach stehen. Ich wartete noch, dann musste ich den Abwasch machen, um selbst wieder kochen zu können. Diese wenigen Wochen musste ich so weiterführen und einfach die Ruhe bewahren. Obwohl ich erst 35 Jahre alt war, konnte man mir in dieser Zeit, diese enorme Belastungen ansehen.

Im Oktober wurden von der Gemeinde die Steuerkarten für 1983 zugestellt. Als ich mein Briefkuvert dem Briefkasten entnahm bemerkte ich, dass es bereits aufgerissen war. Auf Anfragen sagte mir mein Noch-Ehemann, dass sein Brief auch offen im Briefkasten gewesen wäre. Das war er sicher nicht. Über die geänderte Steuerklasse war er wohl überrascht, und wollte sehen, welche Steuerklasse auf meiner Karte vermerkt war. Gegen diese Verletzung des Briefgeheimnisses entnahm ich nichts.

Mein Mann war dann zwischenzeitlich in sein erworbenes altes Haus in die Horber Straße umgezogen. Ohne Absprachen holte er sich immer noch fleißig vom Hausrat, während ich mich bei der Arbeit befand. Bei der Volksbank hatte ich bereits zuvor ein Bankschließfach angemietet. Dort konnte ich wichtige Unterlagen, zum Beispiel Belege von Überweisungen meiner Mutter und auch mein Sparbuch über 3000 DM deponieren. Unter dem Bett eines meiner Söhne konnte ich an Metallstangen eine Sperrholzplatte einlegen, um dort mein Silberbesteck zu verstauen.

Den vollstreckbaren Beschluss für den alleinigen Gebrauch der Wohnung hatte ich vorliegen. Genügend Zeit hatte ich meinem Mann gegeben, seine Dinge noch zu holen. Unbrauchbares hatte er in der Garage zurückgelassen. Das konnte ich wohl schwer ändern. Ich bat den Handwerker Eugen vom Unteren Schömberg, mir zu helfen. Am darauffolgenden Samstagnachmittag tauschte dieser das Zylinderschloss an der Haustüre aus. Bei Nacht schloss ich mich trotzdem in mein Schlafzimmer ein Dort hatte ich auch ein stabiles Seil und einen Hammer deponiert. Die Angst saß, trotz des neuen Türschlosses, noch in mir.

Mein Mann kaufte sich vermutlich von der Kreditsumme der Volksbank einen gebrauchten Lastwagen. Mit diesem fuhr er in seine Heimat, Italien. Er war damals wohl im Krankenstand.

Zu dem Anhörungstermin am Freitag, 12. November im Amtsgericht Nagold, kam mein Mann wohl mit der Bahn von Italien angereist. Als der Richter ihn fragte, warum er seine Frau geschlagen hätte. da sagte er, er hätte seine Frau immer wieder schlagen müssen, denn diese hätte oft Anfälle bekommen, wäre dann auf dem Boden gelegen und hätte um sich geschlagen. Um diese Anfälle zu verhindern, hätte er seine Frau immer wieder geschlagen. Das war unwahr, unglaubwürdig und dumm. Der Richter fragte mich, ob ich die Ehe weiterführen möchte. Ich verneinte. Der Richter verkündigte seinen Beschluss: »Es handelt sich hier um einen Härtefall, daher bedarf es keiner Trennungszeit, das Scheitern der Ehe ist für das Gericht ersichtlich. Ohne die Anwesenheit der Parteien wird die Scheidung am 10. 12. 1982, um 9 Uhr, verkündigt werden.

Eine Dame des Jugendamtes kam zu uns, da die Söhne noch minderjährig waren. Beide wurden jeweils einzeln angehört. Sie sagten, dass sie bei der Mutter bleiben wollten. Sicher war das alles auch für meine Söhne eine unschöne und belastende Sache.

Am 10. Dezember 1992 um 9 Uhr wurde vom Familienrichter die Scheidung ausgesprochen. An diesem Tag und um diese Zeit sortierte ich die Post in Haiterbach an meinem Verteil-Schrank.

Um 9 Uhr machte ich eine Pause, verschränkte meine Arme auf der Tischfläche, beugte meinen Kopf darauf und weinte. Jetzt, in diesem Moment, wurde ich geschieden. Es tat mir sehr weh. Diese sehr kurze Trennungszeit von nur drei Monaten war für mich zu kurz, um es auch zu verinnerlichen. Meine Kollegin und die beiden Kollegen kamen zu mir und nahmen mich in den Arm. Das gab mir das Gefühl, nicht ganz alleine zu sein.

Der Versorgungsausgleich fand zeitgleich mit der Scheidung statt. Ich bekam für diese 17 Jahre nur 260,-- DM auf mein Rentenkonto übertragen. Mein Ex-Mann, der erst mit 25 Jahren nach Deutschland kam, hatte seine Arbeitsstellen oft gewechselt. Während der Ehezeit war er dreimal bei Fritz Kaupp und dreimal bei Fritz Frey beschäftigt gewesen. Hatte ihm irgendwas nicht gepasst, dann hatte er gesagt: »Gebe mir meine Papiere.«

Wenige Wochen später. Dem jüngeren Sohn passte es nicht, dass er mit 15 Jahren bereits um 22 Uhr Zuhause sein sollte. Er machte sich wohl Gedanken, dass sein Vater bei dem Schichtdienst in jeder zweiten Woche erst um Mitternacht mit dem Bus heimkommen würde. Wohl darum suchte er seinen Vater auf. Er wollte nun doch lieber bei seinem Vater bleiben. Von meinem Badezimmerfenster sah ich in dem gegenüber liegenden erleuchteten Wohnzimmer, meinen Sohn bei seinem Vater sitzen. Ein Schreiben meines Anwaltes erreichte mich. Dort stand, dass mein Sohn bei seinem Vater bleiben wollte. Er war fast 16 Jahre alt und er konnte das entscheiden. Kurz darauf erhielt ich ein weiteres Schreiben. Mein Sohn wollte nun doch bei mir bleiben. Den Grund dafür erfuhr ich sehr bald. Mein Sohn sollte bei den Umbauarbeiten des alten Wohnhauses seinem Vater behilflich sein, das passte ihm wohl nicht. Um 22 Uhr daheim zu sein, war wohl besser als der mühevolle Hausumbau.

Durch das hin und her bezüglich des Sorgerechtes für den jüngeren Sohn verzögerte sich die Rechtskraft der Scheidung noch. Dann, am 4. Februar 1983, waren wir rechtlich geschieden. Für die dreimonatige Trennungszeit erhielt ich pro Monat

520,-- DM Unterhalt. Für die Zeit nach der Scheidung beantragte ich keinen Unterhalt, da ich diesen sowieso nicht bekommen hätte.

Für den fast 16-jährigen Sohn beantragte mein Anwalt, Unterhaltszahlungen. Der Schriftverkehr der Anwälte ging hin und her. Für den älteren Sohn der bereits im 3. Lehrjahr war, stellte ich keinen Unterhaltsanspruch. Mein Ex-Mann meldete sich dann über einen längeren Zeitpunkt krank, so lange, bis ihm die Firma Daimler Benz kündigte. Er gab eine eidesstattliche Erklärung ab, dass er rein gar nichts besitzen würde. Nur ein »optisches Gerät«, es war wohl seine Lesebrille. Ich hatte es bereits erwartet, dass er alles versuchen würde, mich in eine finanziell hilflose Lage zu bringen. Zu Italienern hatte er damals wohl gesagt: »Elfriede wird auf dem Boden kriechen und mich bitten, dass ich zu ihr zurück komme, denn alleine schafft sie es nicht.«

Die gesamten Kosten des Haushaltes das war nun meine alleinige Sache. Die Restsumme des Hauskredites von 4000,-- DM hatte ich bald abbezahlt. Ich war diejenige, die bisher die Finanzen geregelt hatte und die Geld einteilen konnte.

Mit meinem jüngeren Sohn war ich auf Lehrstellensuche. Er sagte mir, dass er Koch werden wollte. Da er erst 16 Jahre alt war gestaltete sich dieses in Deutschland wegen des Jugendschutzgesetzes sehr schwierig. In Österreich wurde das freier gehandhabt. Der Ehemann seiner Patin gab mir Adressen von seiner Metzgerei-Fachzeitung weiter. Nun fuhren wir mit dem Auto an einem Sonntag zu Vorstellungsgesprächen nach Mittelberg im Kleinwalsertal am selben Tag, noch nach Garmisch Partenkirchen. Das Hotel »Neue Krone« in Mittelberg gefiel uns besser, da sich die Wohnmöglichkeit der Lehrlinge in der Nähe befand.

Im Juli 1983 hatte ich in Oberschwandorf nur einen Teilbezirk. Dabei bekam ich als Lohn nur 800,-- DM. Mit meinem Sohn kaufte ich Kochbekleidung, Birkenstock-Schuhe für die Küche, eine Junior-Fahrkarte, und er benötigte auch Taschengeld. Insgesamt beliefen sich die Ausgaben im Monat August für meinen Sohn auf mehr als 1200,-- DM. Gut, dass ich auf dem Sparbuch noch Rücklagen gebildet hatte. In dieser Zeit fühlte ich mich, wie in einem Hamsterrad. Wäre es für mich vielleicht leichter gewesen, das alles zu bewältigen, wenn ich noch zwei weitere Jahre mit der Scheidung gewartet hätte und die Söhne älter.

Aber es war unumgänglich, diese Ehe zu beenden. Wer weiß, welchem Dauerstress wir mit diesem arbeitssüchtigen, aggressiven und narzisstischen Mann noch ausgesetzt gewesen wären.

Meinem Briefkasten entnahm ich immer wieder handgeschriebene Zettel in übergroßer Schrift: »Ich will bis Ende des Monates 70 000,-- Mark oder ich bringe dich um.« Oder ein anderer! »Ich gehe mit dir pis Ponn!« Früher war Bonn unser Regierungssitz. Vielleicht dachte er dass die letzte Instanz eines Scheidungsverfahrens in Bonn wäre.

Während meiner Postzustellungen in Haiterbach führte ich in dieser Zeit ein großes Fleischermesser in meinem gelben Postwagen mit. Und auch ein Pfeffer-Abwehrspray, falls ich mich zur Wehr setzen müsste. In manchen Nächten hatte ich Albträume. Dabei verfolgte mein Ex-Mann mich in einem Lastwagen, und ich flüchtete in enge Häuserwinkel.

Im September fuhr nun mein Sohn alleine mit der Bahn nach Mittelberg. Hoffentlich ging alles gut für diesen Jungen?

Mein direkter Vorgesetzter, der Schalterbeamte in Haiterbach, sowie der Amtsstellenleiter in Nagold, hatten sich über mich und meine Situation unterhalten, wie sie mir helfen könnten. Ich, ohne Beruf und ohne eine Festanstellung, mit zwei Söhnen, die ohne ein eigenes Einkommen waren. Sie kamen zu dem Ergebnis, dass ich wohl über die Jahre hinweg, mit meiner Tätigkeit bei der Post zu mehr Selbstbewusstsein gekommen wäre. Dieses hätte wohl zu dem Scheitern der Ehe mit beigetragen und ich mich wohl deswegen gegen die Bevormundungen meines Ehemannes zur Wehr setzte. Wohl so oder ähnlich musste das Gespräch der beiden Herren gewesen sein, die mit meiner Arbeit und meiner Zuverlässigkeit zufrieden waren.

Sie sprachen mit meinen Kollegen, dass diese bei ihren Urlaubsplanungen bitte beachten sollten, dass ich bei der Post viel beschäftigt werden konnte. Meine befristeten Arbeitsverträge wurden immer wieder verlängert. Das war bis zu sechs Monaten möglich. Dann musste ich für mindestens zwei Wochen ausscheiden. Im Anschluss konnte ich wieder befristet, eingestellt werden. Meine Lohnzahlungen entsprachen dem der im Arbeiterverhältnis stehenden Kollegen.

Da ich schon immer gut rechnen und das Geld einteilen konnte, gelang es mir, alles gut zu planen. Wenn meine Lohnzahlung auf mein Postgirokonto gutgeschrieben war, dann ließ ich mir am Post-Schalter immer einen Fünf-Hunderter-Schein auszahlen. Auf mein Sparbuch ließ ich 500 DM übertragen. Die ungerade Restsumme verblieb auf dem Konto.

Und ich wollte mich noch positiv beeinflussen. Einmal im Monat ging ich immer an einem Freitagnachmittag zu dem Lebensmittelgeschäft vom kleinen Bäck, um dort einzukaufen. Zu diesem Zeitpunkt waren viele Kunden im Geschäft und auch an der Kasse. Bei der Bezahlung zog ich meinen schönen Fünf-Hunderter heraus und sagte zu der Kassiererin: »Kannst du darauf herausgeben?« Ja, sie konnte mir auf diesen Schein herausgeben. Später wurde mir in Haiterbach erzählt, dass es mir wohl gut gegangen sei, denn ich hätte immer mit großen Geldscheinen bezahlt. Das hatte sich wohl herumgesprochen, ein psychologischer Trick, für mein Selbst. Zu meinen Söhnen sagte ich, dass wir sehr sparen müssten. Wenn im Haushalt etwas aussortiert werden müsste, könne ich diese Teile im Moment nicht ersetzen.

Der Zugewinnausgleich wurde gesondert verhandelt. Der der Wert meines Wohnhauses wurde von der Gemeinde geschätzt. Das Grundstück und das ehemalige alte Wohnhaus, sowie die Schenkungen von meiner Mutter und Tante, wurden mir als Anfangsvermögen angerechnet.

Mein Ex-Mann behielt die Bausparverträge mit ihren Guthaben. Auch den Mercedes Benz-Jahreswagen. Dazu gab er einen überhöhten Kilometerstand des Stichtages, dem 26. September 1982, mit 22 000 Kilometern an. Ich suchte die Firma Wackenhut in Nagold auf und erbat eine Kopie der Inspektion, um den 15. September. Bei dieser hatte das Auto nur 7700 Kilometer. Diese Kopie reichte mein Anwalt noch nach. Daraus wurde der ungefähre tatsächliche Kilometerstand errechnet. Der Wert des Jahreswagens erhöhe sich dabei beträchtlich. Auf alle möglichen Arten versuchte mein Ex-Mann mich noch zu betrügen.

Der Kredit seines gekauften alten Hauses belief sich auf 50 000 DM, das waren seine Verpflichtungen. Für 38 000 DM hatte er das Haus gekauft und dieser Betrag wurde ihm als Besitz angerechnet. Von dem Differenzbetrag verlor ich dabei die Hälfte. Dieses Geld hatte er wohl schnell ausgegeben, zum Beispiel für den alten Lastwagen den er nach Italien fuhr.

Der Unterhalt für den jüngeren Sohn sollte mit der Auszahlungssumme gegengerechnet werden, da er keinen Unterhalt bezahlen konnte. Wie sollte er, jetzt allein auf sich gestellt, Geld haben? Über einen Zeitraum von fünf Jahren wusste ich nicht ob ich mein Wohnhaus behalten konnte.

In dieser Zeit kaufte ich mir einmal die Brigitte Zeitschrift. Darin waren Anzeigen, dass man einen Single-Stammtisch gründen könnte. Ich gab eine Anzeige auf, und es meldeten sich bei mir ein paar Frauen. Wir trafen uns immer donnerstags im Gasthof Adler in Nagold. Die Frauen sagten zu mir, ich sollte noch nach Männern suchen, damit die Gruppe größer und gemischter würde. Bei meiner Arbeit in den Postbezirken konnte ich noch alleinstehende Männer ausfindig machen und zu uns einladen. Gemeinsam besuchten wir in Oberjettingen das Cafe »Niethammer. An den Wochenenden waren dort Tanzveranstaltungen. Durch die Jahre in der Ehe war das alles ungewohnt für mich. Durch diese Stunden und das Tanzen gelang es mir, freier zu werden. Mich nach der Musik zu bewegen das löste vieles bei mir auf. Meine Jugend hatte ich wohl nicht gelebt sondern diese übersprungen. Mit Ende Dreißig musste ich diesen Lebensabschnitt noch nachholen. Mit bereits pubertierenden Söhnen fehlte mir dazu aber eine gewisse Leichtigkeit.

Bei meiner Postzustellung in Unterschwandorf stand plötzlich ein gelber Post-Volkswagen da. Der Amtsstellenleiter vom Nagold überraschte mich und er wollte mich sprechen. Bei der Post dürften in absehbarer Zeit keine befristeten Arbeitsverträge mehr ausgestellt werden. Es wäre gut wenn ich eine andere Arbeitsstelle finden könnte. Ich musste arbeiten, um mich und meine Söhne zu ernähren, und dass sie ihre Berufsausbildungen abschließen konnten. Was sollte ich tun?

Im Herbst bekam ich starke Rückenschmerzen und nach der Postzustellung legte ich mich hin. Eine Stunde später stellte ich eine Veränderung fest. Mein rechtes Bein fühlte sich lahm an. Ein Termin bei einem Facharzt in Nagold und dieser stellte einen Bandscheibenvorfall im Lendenbereich fest. Mein rechter Unterschenkel war teilweise gelähmt und ich konnte nicht auf die Ferse stehen. Umgehend müsste ich operiert werden, dazu sollte zuerst im Krankenhaus in Nagold eine Untersuchung des Rückenmarks erfolgen. Als ich die Praxis verließ traf ich meine Schulfreundin Rose. Diese lachte zuerst als sie mich mit dem hinterher ziehenden Bein gehen sah. Gehe zu Doktor Wied in Esslingen riet sie mir.

Umgehend rief ich bei dieser empfohlenen Praxis an und durfte am nächsten Tag bereits kommen. Ein Freund fuhr mich dorthin. Und dieser Arzt schaute nach den Reflexen und sagte dann: »Ich kann ihnen helfen!« Auf der Liege drehte er mich mit einem Schwung nach rechts und wieder nach links. Er renkte meine Bandscheiben wieder in die richtige Lage. Es verordnete noch Physio Therapie. Eine Kur in Bad Bellingen erfolgte und ich konnte wieder bei der Post arbeiten.

Anfang 1984 wollte meine Schulfreundin Helga, die Patentante meiner Söhne, mit ihrer Tochter gerne nach Mittelberg zu einem Winterurlaub und ihren Paten Sohn in seiner Lehrstelle besuchen. Sie hatte eine kleine Ferienwohnung angemietet, und lud mich dazu ein. In Mittelberg hatte es in diesem Januar sehr viel Schnee. Ich hatte meine Langlaufski dabei und auch welche für Helga.

Mein nun gerade 17-jähriger Sohn freute sich sehr über diese

Woche unseres Besuches. Vermutlich bekam er dadurch aber Heimweh.

Denn bereits wenige Wochen später rief er mich an und sagte, dass er gekündigt hätte und ich ihn abholen sollte, denn seine Wohnmöglichkeit müsste er nun verlassen. Ich holte meinen älteren Sohn noch von seiner Arbeitsstelle zur Mitfahrt ab. Gegen Abend kamen wir in Mittelberg an. Und oh Schreck neben dem Koffer und Kartons, stand noch ein Mofa, das mein Kochlehrling dort gekauft hatte. In Österreich durfte er das fahren. Er wollte nun damit, bis zum Bahnhof in Oberstdorf und von dort mit der Bahn heimfahren. Sein Fahrzeug ließ sich aber nicht starten. Meine Geduld war zu Ende und mein Vorschlag, dass er diese Maschine in einer Werkstatt unterstellen, und eine Woche später abzuholen sollte. So konnten wir alle zusammen heimfahren. Am nächsten Morgen musste ich kurz nach sechs Uhr wieder bei meiner Arbeit sein.

Nach einigen Tagen holte mein Sohn sein Fahrzeug in Mittelberg ab. Er fuhr damit immer wieder in Haiterbach. Darüber war ich sehr verzweifelt und ratlos, ohne Haftpflichtversicherung war das eine Existenzgefährdung für mich. Ein Bekannter half mir dann und montierte ein kleines Teil an dem Mofa ab. Somit war das Fahrzeug nicht mehr fahrbereit.

Ich wusste nicht wie lange es noch möglich war bei der Post zu arbeiten. Deshalb fuhr ich zu der Vertriebsfirma Hudson in das Industriegebiet von Horb. Dort sprach ich bei der Chefsekretärin vor. Sie sagte mir, dass sie niemanden brauchen würden. Bereits am nächsten Tag rief sie mich an. Sie hätten vielleicht doch etwas für mich. Ich sollte baldmöglichst in die Firma kommen.

Die Stelle der Kantinenleitung wurde mir angeboten. Ich war keine Köchin und hatte so etwas noch nie gemacht. Die Kantine wurde mir gezeigt, und die beiden Mitarbeiterinnen vorgestellt. In der Vormittags-Vesperpause müssten belegte Brötchen zum Verkauf angeboten werden, und auch immer an einem bestimmten Tag, Wurstsalat, heiße Bratwürste oder

Scheiben von Fleischkäse angeboten werden. Die beiden Frauen waren mit der Bedienung der Küchen-Geräten vertraut. Die Warenbestellungen beim Bäcker und Metzger, das wäre dann meine Aufgabe, sowie einmal im Monat zum Großeinkauf nach Stuttgart-Weil im Dorf zu fahren. Alles beängstigte mich. Aber ich wäre im Angestelltenverhältnis und könnte vieles frei entscheiden. Was sollte ich tun?

Bei der Post war es jetzt unsicher. Deswegen entschied ich mich für diese Anstellung in Horb. Am 28. Mai 1984 fing ich dort an. Mit dem Kleinbus zum Großmarkt nach Stuttgart-Weil im Dorf, nahe der Autobahn, das klappte erstaunlich gut. Die beiden Frauen in der Küche hatten sich mit der vorherigen Kantinenleiterin sehr gut verstanden. Als diese, da sie mit der neuen Chefsekretärin nicht zurechtkam, kündigte, waren diese beiden Mitarbeiterinnen sehr verärgert. Mir gegenüber zeigten sie diese Enttäuschung, und sie machten es mir bei dieser neuen Aufgabe zusätzlich noch schwer. Kummer und Schwierigkeiten waren bisher meine ständigen Begleiter. Jetzt ging es hier auch so weiter. Ich arbeitete mich mit den Geräten und dem Ablauf schnell ein.

Um den Anforderungen bei dieser neuen Arbeit gewachsen zu sein, brauchte ich dringend meine Nachtruhe. Mein jüngerer Sohn hatte sein Zimmer neben meinem Schlafzimmer. Tagsüber schlief er, und bei Nacht hörte er Musik. Eines Nachts konnte ich einfach nicht mehr. Ich wurde laut, weil ich schlafen wollte. Mein ältester Sohn kam von seinem Dachbodenzimmer noch dazu. Er ergriff seinen Bruder und zerrte diesen über das Treppenhaus in den Raum im Erdgeschoss. Ich folgte ihnen mit der hinter mir herziehenden Matratze. Es waren wieder einmal sehr schlimme Wochen, in denen ich am liebsten davongelaufen wäre. Die Söhne in der Pubertät, sie waren noch so jung und in ihrer Selbstfindung. Ich fühlte mich einmal wieder total am Ende.

In der Kantine lieferte der Metzger eines Tages wieder gebackene Fleischkäselaibe. Einer davon war vom Umfang her etwas kleiner. Am nächsten Tag boten wir Fleischkäsescheiben an. Dazu verwendeten wir die Scheiben der normalen Größe. Die Nachfrage war an diesem Tag besonders groß, und ich bemerkte, dass sie wohl nicht ausreichen würden. Darum schnitt ich von dem kleineren Laib noch wenige Scheiben ab. Ich wog diese noch ab, und entschied im Zeitdruck alleine, für diese Scheiben 20 Pfennig weniger zu berechnen. Dazu hätte ich die Chefsekretärin anrufen müssen, um dieser das Gewicht zu nennen. Dann hätte sie den Verkaufspreis berechnet und mich zurückgerufen. Es handelte sich um fünf der kleineren Fleischkäsescheiben. Und wie es das Schicksal wollte kam dann dieses »Teufelchen« auch an die Theke und sah diese wenigen, kleineren Scheiben. Nach der Mittagspause wurde ich ins Büro bestellt. Zuallererst informierte mich der Betriebsleiter, dass das Wort seiner Sekretärin seinem Wort ebenbürtig wäre. Dann fielen beide gleichzeitig über mich her, weil ich so eigenmächtig gehandelt hätte. So etwas dürfte ich nie wieder tun. Ich nahm es zur Kenntnis, stand auf und verabschiedete mich freundlich.

Bereits eine Woche zuvor hatte ich, jetzt zum Ende der dreimonatigen Probezeit, einer Festanstellung zugesagt. Diese fünf Scheiben, diese eine DM, änderte bei mir nun alles.

Zuhause war es mit den Söhnen sehr schwierig. Mit allem war ich allein. Irgendwie war bei mir nun eine Schmerzgrenze überschritten worden. An diesem Abend telefonierte ich noch mit der Verwaltung der Post in Nagold. Ich bat den diensthabenden Herrn, dass ich am nächsten Tag nach 17 Uhr wenn es möglich ist, von dem Amtsstellenleiter noch angerufen werde. Am nächsten Abend, ich war erst zur Türe herein gekommen, klingelte mein Telefon. Wie gehofft es war der Amtsstellenleiter. Auf meine Anfrage konnte er mir sagen, dass der Einstellungsstopp bei der Post wieder aufgehoben wurde. Gerne würden sie mich wieder einstellen, aber wie bisher, nur mit befristeten Arbeitsverträgen. »Ab Mitte September bin ich wieder einsetzbar!«, sagte ich erfreut.

Am nächsten Tag in Horb, rief ich die Chefsekretärin an und

bat um einen Gesprächstermin beim Geschäftsführer. Da ich bereits zuvor für einen Arbeitsvertrag nach der Probezeit zugesagt hatte, musste ich das nun sofort klären. Zu dem Geschäftsführer sagte ich, dass mir nach dem Vorfall, jetzt das Vertrauen für eine gute Zusammenarbeit fehlten würde. Bei der Post könnte ich wieder arbeiten, und das würde ich nun vorziehen.

Da hatte ich wohl in ein Wespennest gestochen. Der Geschäftsführer schaute mich überrascht an, dann sagte er: »So kann das nicht gehen! Wir sind in Horb diejenigen, die die meisten Pakete bei der Post anliefern. Ich weiß das zu unterbinden, dass die Post sie wieder einstellt.« Hatte ich da richtig gehört? Das war doch so etwas wie eine Erpressung. Es bestätigte mir aber auch, dass ich in diesen drei Monaten gut gearbeitet hatte. Obwohl ich meistens höflich bin, konnte ich auch auf diese Schiene umschwenken. Sehr schnell, ohne groß nachzudenken, setzte ich zum Gegenangriff an: »Das dürfen sie gerne so machen, wenn sie das so tun wollen. Bitte beachten sie dabei auch das, was ich tun könnte. Ich kann Zucker in die Suppe, Salz in den Kaffee oder noch etwas ganz anderes machen, dann würden ihre Sanitäranlagen wohl nicht mehr ausreichen. Es ist nicht meine Art so zu arbeiten, aber wenn sie mir so kommen, dann muss ich ihnen auch sagen, was ich tun könnte!« Sprachlos sah der Geschäftsführer mich an. Wohl hatte er mich lenkbar und gefügig eingeschätzt. Schüchtern, das war einmal!!!

Für den 13. September war ein Fest in einem Zelt im Fabrikhof geplant. »Was ist dann mit dem Sommerfest?«, fragte er mich. «Das werde ich gerne noch abwickeln, denn mein Name darf danach hier auch noch genannt werden«, antwortete ich.

Um die hundert Portionen Kartoffelsalat mussten für das Fest vorbereitet werden. An diesem 13. kamen einige Frauen aus dem Betrieb in die Kantine, um die gekochten Kartoffeln, für den schwäbischen Kartoffelsalat in Scheiben zu schneiden. Ich bereitete den Kartoffelsalat in Portionen zu. Die einzelnen Portionen fügte ich zusammen und testete nochmals den Geschmack. Der Salat war mir gelungen! Am Abend beim Fest forderte der Geschäftsführer mich zum Tanz auf. Er sagte, dass ihm der Kartoffelsalat sehr gut geschmeckt habe. Ich bedankte mich und sagte, dass, wenn ich es wollte, mir vieles gut gelingen würde. Ob er mich verstanden hatte?

Jahre später erzählte mir eine der Kantine-Frauen, der Geschäftsführer hätte später einmal gesagt, der Vorratskeller sei vor und nach der Zeit von Frau Nappa nie mehr so sauber und übersichtlich gewesen. Diese Frau entschuldigte sich bei mir für ihre anfängliche sehr ablehnende Haltung.

Für meinen jüngeren Sohn konnte ich noch eine Lehrstelle in Metzingen finden. Dort hatten wir uns bereits zuvor einmal vorgestellt. Es scheiterte damals an seinem jugendlichen Alter. Er begann nun dort eine Kochlehre. Bereits einen Monat später war er mitsamt Koffer wieder daheim. Koch das sei nicht der richtige Beruf für ihn. Mir riss das alles fast den Boden unter den Füßen weg. Wieder war er nun daheim und schlief tagsüber.

Ich sprach mit Francesco, dem ältesten Sohn von Rosa. Er ermöglichte es, dass mein Sohn nun eine Lehre als Werkzeugmacher in Nagold beginnen konnte. Hoffentlich war das jetzt der richtige Beruf für meinen Sohn.

Ab dem Herbst 1984 arbeitete ich wieder mit befristeten Arbeitsverträgen bei der Post. Der Amtsstellenleiter machte mir den Vorschlag, dass ich mich noch in Nagold in einen Bezirk einlernen lassen sollte. Dazu begleitete ich an zwei Tagen einen Kollegen im Bezirk sieben.

Es war wohl im Februar 1985 gewesen, als ich in Nagold auf dem Lemberg als Postzustellerin arbeitete. Die drei Stunden bei den Vorsortierungen in den geheizten Posträumen waren noch erträglich gewesen. Mit einem Vesperbrot und dem mitgeführten heißen Tee stärkte ich mich noch. Drei grüne Säcke hatte ich mit meiner zusammen gebündelten Post bepackt und verschlossen. Mit den gelben Dieselfahrzeugen sollten diese zu den Abgabestellen gefahren werden. Nichtsahnend der Dinge, verließen wir Zusteller alle das Postamt und machten uns bei klirrender Kälte, um die -23° Celsius, zu unseren Bezirken auf.

Mit Mütze dickem Schal und Handschuhen, lief ich meine Straßen ab. Nach gut einer Stunde betrat ich in der Stettiner Straße
den Verkaufsladen der Metzgerei Roller. Dort schaute ich mich
um und konnte den grünen Postsack nirgends sehen. Frau Roller sagte: »Der Fahrer war noch nicht da!« Es wurde mir angeboten, dass ich mich in den Nebenraum der Metzgerei setzen
konnte. Dort war es auch verhältnismäßig kühl, aber viel besser
als draußen. Ich bekam eine Tasse Kaffee und später noch ein
Fleischkäsebrötchen. Die Zeit zog sich dahin und die Eisstück-
chen an meinem Wollschal waren längst aufgetaut. Die Diesel
Fahrzeuge konnten nicht fahren, denn der damalige Diesel-
kraftstoff, hatte sich verdickt. Mit Benzin-Fahrzeugen bekamen
wir Zusteller unsere Postsäcke erst Stunden später.

Nach der Zustellung und den Abrechnungen wollte ich nur
noch heim. Ein warmes Wannenbad lies meinen Körper langsam wieder zum Leben erwecken. Meine Enkel würden heute
sagen, das kann ich nicht, so kann man draußen doch nicht arbeiten. Ich musste einfach funktionieren. Das Schreiben über
diesem klirrend, frostigen Tag lässt mich auch heute noch frösteln.

Im selben Jahr wurde ich in Nagold noch in den Bezirk acht
eingelernt. Dieser war am Galgenberg oberhalb des Nagolder
Bahnhofes. Die lange Theodor-Heuss-Straße und über viele
Treppenstufen nach unten und wieder nach oben musste ich in
diesem Bezirk gehen. Mit einem gelben Post-Zustellwagen und
zwei Taschen war die Arbeit zu bewältigen. Meine Arbeitszeit
fing bereits, kurz nach 5 Uhr an. Für Nagold und die umliegen-
den Gemeinden, Altensteig, Ebhausen, Waldorf, Egenhausen
und Haiterbach, musste die gesamte Post zuerst vorsortiert
werden.

Abends nahm ich die Listen der Bezirke von Nagold noch
in mein Bett um diese auswendig zu lernen. Die geraden Haus-
nummer in der Bahnhofstraße waren in dem einen Bezirk, die
ungeraden in einem anderen. Die Allemannenstraße war in
Gündingen, Allmandweg im Achter. Am frühen Morgen, beim

Vorsortieren, musste das jeweilige richtige Fach von meinen Armen und Händen, schnell gefunden werden. Wenn die vielen gebündelten Briefe der Telefonrechnungen kamen war es immer ein harter Tag. Damals waren auch noch viele Bausparzeitungen zuzustellen. Irgendwie musste ich überleben und diesen Männerberuf ausüben. Meine Freiheit verlangte mir sehr viel ab.

Über zehn Jahre war ich, immer mit bei der Post mit befristeten Arbeitsverträgen, beschäftigt. Nun änderte sich das endlich für mich. Am 1. November 1986 wurde die Festanstellung für mich Wirklichkeit. Inzwischen konnte ich in insgesamt sieben Zustellbezirken eingesetzt werden.

An einem Tag in dem ich in Nagold sehr früh am Morgen begonnen hatte, wurde ich nach zwei Arbeitsstunden ganz unerwartet nach Haiterbach abberufen. Ein Kollege war beim Verlassen seines noch im Außenbereich unfertigen Wohnhauses auf einem vereisten Holzbrett ausgerutscht und verunglückt. Wer konnte nun seinen Bezirk übernehmen? Die Wahl fiel auf mich, und ich musste an diesem Tag in Haiterbach mit der Arbeitsschicht wieder neu beginnen.

Im Jahr 1987 wurde ich 40 Jahre alt, und immer noch bezahlte ich an meinem Kredit ab.

An den Wochenenden ging ich oft zum Tanzen in das Cafe Niethammer. Sehr überwinden musste ich mich, als ich das erste Mal an einem Abend das Cafe alleine betreten wollte. Draußen auf dem Parkplatz redete ich mir noch gut zu und sagte mir: »Das sind alles Krautköpfe, die da drinnen sitzen!« Mit großer Überwindung schaffte ich es, das Kraut-Feld dann zu betreten.

Am 2. Mai lernte ich Emil kennen. Er lebte in Baiersbronn und war Geschäftsführer einer größeren Firma in Freudenstadt. Kurz nach unserem Kennenlernen wurde er geschieden. Seine beiden Kinder waren jedes zweite Wochenende bei ihm. Sie erzählten ihrer Mutter von mir. Diese war sehr stolz auf ihre Schönheit und sie hetzte die Kinder gegen mich auf. Bei einem Schönheitswettbewerb mit ihr hätte ich wohl nicht mithalten können. Alles gleich zu beenden wäre wohl richtig gewesen. Aber mit der rosaroten Brille schaffte ich das damals noch nicht.

Im Jahr 1988 zog Emil bei mir ein. Er hatte nur seine Bekleidung, denn der Hausrat war bei seiner Familie geblieben. Gerne griff er am Abend zu hochprozentigen Getränken. Ich versteckte diese Flaschen und hoffte darauf, dass er davon abließ.

In den wenigen Jahren war ich bereits viel selbstständiger geworden und hatte Freundinnen. Nun ging ich wieder eine Stufe zurück mit dem Einzelgänger Emil, der nicht zum Tanzen gehen wollte. Das seien unnütze Bewegungen, so formulierte er es.

Emil kaufte für sich auch ein Fahrrad, und an den Sonntagen fuhren wir in Etappen von Nagold nach Pforzheim. Das war schön. Aber ansonsten passten wir nicht gut zusammen. Denn ich ging gerne in die Natur. Emil saß morgens viel lieber und lange beim Kaffeetrinken und rauchte dazu.

Seine sehr christliche Schwester fing an gegen mich zu sticheln. Sie war wohl eifersüchtig, denn ihr Bruder war ein Direktor im Anzug und ein angesehener Mann. Ihr Mann dagegen, war nett und freundlich, aber nur ein Arbeiter. Und nun war dieser Bruder mein Partner! Ich hatte etwas, was sie gerne gehabt hätte. Schade, denn Neid ändert doch nichts an den Tatsachen.

Den Zugewinnausgleich an meinen Ex-Mann hatte ich bereits gezahlt. Für den jüngeren Sohn wurden mir für die sieben Jahre, in denen er noch keinen Verdienst bezog, gerade einmal 8000 DM, angerechnet. Die tatsächlichen Ausgaben lagen sicher deutlich höher. Wenn ich da nur an die Ausstattung für die Kochlehre denke. Die Summe, die ich meinem Ex-Mann ausbezahlte, reichte ihm wohl nicht. Vermutlich war er ständig in Geldnot. Darum wohl wurde das Verfahren noch bis zur nächsten Instanz, dem Oberlandesgericht in Stuttgart, weitergegeben. Zu dem Gerichtstermin wurde ich vorgeladen. Die Post hätte mir freigeben müssen. Es sei einfach nicht möglich, wurde mir gesagt. Darum musste ich zuerst meinen Bezirk zustellen. Mit meinem Auto fuhr ich zum Oberlandesgericht. Gut, dass ich einen Stadtplan von Stuttgart hatte. Bereits an den Tagen davor hatte ich diesen genau angesehen. Zweimal musste ich unter einer Brücke hindurch, dann rechts heraus. Würde ich das schaffen?

Navigationsgeräte, das gab es damals noch nicht.

Noch rechtzeitig kam ich beim Gericht an. Der Richter sagte, dass das Amtsgericht in Nagold die Angelegenheit für meinen Ex-Mann zu gut abgewickelt hätte. Er könne seinen Widerspruch zurücknehmen, oder ihn aufrechterhalten. Bei einer erneuten Verhandlung würde es für ihn sicher ungünstiger ausgehen. Sein Anwalt, der sicher noch offene Forderungen hatte, musste nun den Antrag zurückziehen. Fünf Jahre hatte ich gebangt. Der Spuk hatte nun endlich ein Ende.

Immer noch wollte er mir Schaden zufügen und mich nicht loslassen. Nach drei Monaten wurde ich geschieden. Es hatte nun fünf Jahre gedauert bis ich endgültig frei war.

Freiheit ist ein hohes Gut!

Jetzt war ich bei der Post zwar fest angestellt, aber die Schäden nach den Bandscheibenvorfällen in den Jahren 1983 im Lendenwirbelbereich und 1985 an einem Halswirbel waren da. Ich wurde bei der Medizinischen Beratungsstelle des Arbeitsamtes in Nagold untersucht. Der dortige Arzt, sagte zu mir, dass ich mit dieser schweren Arbeit aufhören müsste. Entweder sollte ich vorzeitig in Rente gehen, oder noch eine Umschulung machen. Mit 42 Jahren wäre dies noch gut möglich. Deshalb durfte ich für zwei Wochen in das Berufsbildungszentrum in Schömberg bei Calw. Die Testübungen machten mir viel Spaß. Von 16 Teilnehmern gehörte ich zu Dreien, die für eine Steuerfachgehilfin-Ausbildung oder die einer Bürokauffrau geeignet waren. Vor dem Maschinen schreiben war mir bange. Während einer Ausbildung hätte ich auch die Woche über irgendwo in einem Betrieb sein müssen. Zuhause beklagte sich Emil darüber, wie das dann gehen sollte, wenn ich während der Woche abwesend wäre und er mit meinem Sohn alleine den Haushalt bestreiten müsste. Ich machte mir Gedanken darüber, wenn ich an den

Wochenenden heimkam, dann würden wohl die liegengebliebenen Hausarbeiten auf mich zu warten.

Kurz vor der Maßnahme hatte ich mich bei der Firma MASSA in Ebhausen als Einrichtungsberaterin beworben. Von dort erhielt ich eine Zusage. Was sollte ich tun? Jetzt hatte ich die Chance, eine Berufsausbildung zu erlangen und nun meldeten wieder Andere ihre Bedürfnisse an. Leider entschied ich mich damals gegen die Berufsausbildung.

Im Mai fuhren Emil und ich noch für drei Wochen zu einer Reha- Maßnahme nach Salzburg.

Am 1. Juli 1990 begann ich als Einrichtungsberaterin bei MASSA in Ebhausen. Die Arbeit gefiel mir gut. Ich hatte ein Grundgehalt von 2500,-- DM. Dazu kamen noch die Provisionszahlungen, die unterschiedlich gestaffelt waren. Aber jeden Tag musste ich wieder bei Null beginnen. Wenn ich nachmittags noch immer nichts verkauft hatte, führte das zu einem großen, psychischen Druck. Im Sommer, bei wenigen Kunden, war das noch verstärkt.

Mein jüngerer Sohn hatte im Erdgeschoss zwei Räume in diesen er wohnte. Meine Wohnsituation in Haiterbach wurde mir immer mehr Zuleide. Das Haus hatte ich mit viel Mühe und Arbeit mit umgebaut. In diesem wurde ich von meinem Mann geschlagen und übel beschimpft. Er wohnte nun seit acht Jahren mir gegenüber. Diese Altlasten wollte ich ablegen. Die Söhne waren jetzt erwachsen, und ich konnte nun auch gehen.

Nun suchten wir nach einem Haus oder einer Wohnung in der Nähe von Freudenstadt. Nach einigen Besichtigungen fanden wir in Freudenstadt eine schöne Penthouse Wohnung. Sie war 25 Jahre alt und hatte teilweise Einbauschränke und eine Küche. Emil kaufte diese Wohnung. Sie passte mit den Einbauten besser zu ihm als zu mir, da ich gerne die Möbel wieder umstellen wollte. Im April 1991 zogen wir nach Freudenstadt. Das Haus in Haiterbach vermietete ich an ein junges Pärchen. Mein Sohn bewohnte weiterhin das Erdgeschoss.

* * * * *

Hätte ich es alleine auch geschafft aus Haiterbach wegzuziehen und mein Haus zu vermieten? Ich traute mir vieles einfach nicht zu. Die Stärke, die ich in mir hatte, sie war mir nicht bewusst. Zu lange wurde in meinem Leben über mich bestimmt. Wäre ich in meiner Jugend von Reutlingen in eine Anstellung gegangen, dann hätte ich das selbstständig Leben wohl früher lernen können.

Auch als ich die Kurse in der Frauenarbeitsschule abgeschlossen hatte wollte Fräulein Bassler, dass ich mich bei Schieler-Benz Wäscheverkauf für das Nähen von Gardinen anstellen lassen sollte. Sie hatte mich dafür empfohlen, da diese jemanden suchten.

Mit Familie und Kindern war es für mich dann gelaufen!

* * * * *

Von Freudenstadt hatte ich nun einen längeren Anfahrtsweg nach Ebhausen. An meinem freien Tag in der Woche hatte ich voll zu tun mit Wäsche waschen, die Anzüge auszubürsten, aufzubügeln und noch einzukaufen. Schleichend übernahm ich immer mehr von der Haushaltsarbeit. Emil saß an den Samstagen gelangweilt und rauchend an seinem Kaffee. Ihm fehlte die Unterhaltung wenn ich bei der Arbeit war.

Bei meiner Mutter bemerkte ich, dass sie an fortdauernder Heiserkeit litt. Ihr Hausarzt stellte eine Überweisung für das Marienhospital in Stuttgart aus. Im Juni 1991 fuhren wir mit ihr hin. Der untersuchende Arzt sagte uns, dass sie an einem Kehlkopfkarzinom erkrankt wäre, dass dabei eine Erstickung drohe und sie umgehend operiert werden müsste. Möglich sei eine totale Entfernung des Kehlkopfes, oder nur ein Luftröhrenschnitt. Ich riet meiner Mutter in ihrem Alter von 81 Jahren, keine totale Entfernung des Kehlkopfes durchführen zu lassen, denn dadurch würde sie ihr Sprachvermögen verlieren. Ein junger Arzt sagte zu ihr, wenn sie seine Großmutter wäre, würde er ihr zu der Entfernung des Karzinoms raten. Sie sagte zu uns, sie müsste ihren Kopf hinhalten. Der Kehlkopf wurde total entfernt, und sie konnte dann nicht mehr sprechen.

Bei einem Besuch nach dem Eingriff meinte Emil, sich da in interne Dinge einmischen zu müssen. Obwohl ich das einzige Kind war, bestand kein Grund für eine Erbregelung. Er sagte zu meiner Mutter: »Frau Schöttle, jetzt nach der Operation sollten sie doch noch ein Testament machen.« Meine Mutter riss aus einem Schreibheft ein Blatt schräg und wüst heraus, darauf schrieb sie mit einem grünen Stift ihr Testament. Dabei setzte sie meine beiden Söhne mit mir gleich. Alle sollten wir in gleichen Teilen und ohne Streiterei erben, denn alles wäre nur geliehen.

Als sie wieder zuhause war, organisierte ich weiterhin alles für sie. Insgesamt waren es in den vier Jahren, drei Pflegedienste und vier Putzfrauen. Im letzten Jahr war ich diejenige die an den Samstagen putze und einkaufte. Das neben meiner Berufstätigkeit und meinem eigenen Haushalt.

Im Februar 1992 wurde mein erster Enkelsohn geboren. In den Wintermonaten hatte ich schöne Babykleidung für ihn gestrickt. Nun hatte ich ein Enkelkind und freute ich mich darüber sehr.

Von Freudenstadt nach Haiterbach hatte Emil einen Heimweg von 25 Kilometern. Dabei konnte er sich von seiner verantwortungsvollen Tätigkeit etwas abreagieren. Das war nun bei der kurzen Fahrt vom Industriegebiet nicht gegeben. Wenn ich Zuhause war und Emil von seinem Büro zurückkam und er die Wohnung betrat, empfand ich es oft, wie wenn ein kleiner Ball langsam auf mich bis oberhalb meiner Brust zurollen würde. Ich fühlte etwas Schweres und meine Fröhlichkeit verflog schlagartig. Ausgelaugt von seiner Arbeit brauchte er wieder neue Energie.

Jedes Jahr im Sommer war in Freudenstadt das Stadtfest. Gerne wollte ich auch einmal dorthin gehen. Emil saß am Sonntag immer stundenlang beim Kaffeetrinken und Rauchen. Als wir endlich beim Stadtfest ankamen räumten die Betreiber bereits alles wieder zusammen.

Sehr galant, mit einem großen Rosenstrauß und Kniefall, machte Emil mir einen Heiratsantrag. Diesen Antrag konnte ich nicht annehmen, da er nicht zu mir stand.

Da ich an den Samstagen immer arbeiten musste das passte Emil ganz und gar nicht. Er beklagte sich immer wieder darüber, obwohl er an den Samstagen nachmittags auch in seinen Betrieb fuhr und dort noch arbeitete. Wegen des ständigen Drängens von Emil entschloss ich mich, bei MASSA Mitte März wieder aufzuhören. Bei den Karlsruher Kliniken in Alpirsbach-Reinerzau fing ich nun als Hausdame an. Es war eine psychosomatische Klinik mit einhundert Betten. In dieser Zeit ging es mir immer schlechter. Bereits auf der Fahrt morgens in die Klinik, war es mir übel.

Für mich hatte ich bereits vor längerer Zeit wegen anhaltenden, starken Rückenschmerzen eine Kur beantragt. Dieses wurde dann überraschend für sechs Wochen in Isny genehmigt. Dass ich meinen Arbeitsplatz jetzt erst gewechselt hatte, war ungünstig. Ich bat in der Klinik um sechs Wochen unbezahlten Urlaub. Die Klinik, die mit mir sehr zufrieden war und mich nach der Probezeit übernehmen wollten, sie kündigten mir nun zum Ende der Probezeit.

Um den 20. Oktober wurde ich von der Station in Bad-Schussenried angerufen, dass mein Vater das Essen verweigere. Wenn wir ihn nochmals sehen wollten, sollten wir baldmöglichst kommen. Am darauffolgenden Sonntag fuhren wir alle hin, meine beiden Söhne die Schwiegertochter mit dem kleinen Enkel.

Mein Vater wurde in seinem Pflegebett in den Besucherraum geschoben. Er erkannte uns und es war zu erkennen, dass er sich freute. Ich bat um eine Schnabeltasse mit Tee damit er trinken würde. Mein Vater drückte mit beiden Händen die von mir hin gereichte Tasse weg. Dabei sagte er gut verständlich, obwohl er ohne Zähne war: »Lass mir meine Ruhe bis zur letzten Stund!« Wir wussten nun alle, dass er gehen wollte.

Da ich die rechtliche Betreuerin für ihn war, entschloss ich mich, ihm das Gehen in seinem Sinne zu ermöglichen. Zu den

Pflegern sagte ich. »Mein Vater sollte, egal was kommt, hier auf der Station bleiben. Keine Einweisung in ein Krankenhaus. Geben sie ihm bei Bedarf bitte noch Sauerstoff.« Wir verabschiedeten uns traurig von ihm, denn es war ein Abschied für immer.

Eine Woche später, am 1. November 1992, klingelte das Telefon bereits in der Frühe um 8 Uhr. Ein Pfleger der Station war am Apparat. Ab Mitternacht hätten sie meinem Vater noch Sauerstoff gegeben, und um drei Uhr sei er dann friedlich eingeschlafen.

Ich fühlte mich alleine. Mein Vater war nun tot. Ich setzte mich im Wohnzimmer und schlug die Bibel auf. Dabei stieß ich sofort auf eine wohl passende Bibelstelle in Johannes, Kapitel 5. Mein Vater war 32 Jahre in dieser Einrichtung gewesen und diese Stelle passte wohl zu seinem Leben.

In Pfalzgrafenweiler beauftragte ich das Bestattungsunternehmen, um meinen verstorbenen Vater von Bad-Schussenried zu überführen. Vorsorglich, hatte ich bereits Jahre zuvor, seinen Zweit-Wohnsitz bei meiner Mutter angemeldet. Diese hätte das nicht gewollt. Jeden Monat erhielt sie seine Altersrente, denn sie waren immer noch miteinander verheiratet.

Die Erdbestattung fand am 4. November statt. Dass mein Vater in Pfalzgrafenweiler beerdigt wurde, dagegen protestierte meine Mutter. Er gehöre nach Haiterbach, das konnte ich ihr von den Lippen ablesen. Zu der Bestattung brauche sie nicht zu kommen hatte ich zu ihr gesagt. Sie war jetzt alt und krank. Sie hatte wohl ein schlechtes Gewissen. Am Vormittag vor der Bestattung rief mich die Nachbarin meiner Mutter an und teilte mir mit, dass meine Mutter neben ihrem Bett auf dem Boden in einer hilflosen Situation, liegen würde. Sie hatte das von der Balkontüre aus gesehen. Sofort fuhr ich von Freudenstadt nach Pfalzgrafenweiler. Meine Mutter hatte sich neben ihr Bett gelegt dass man glauben sollte sie wäre herausgefallen. Seitlich an ihrem Betttuch waren gitterförmig wie bei einem Gartenzaun, kleine Blutstreifen zu sehen. Auch andere Anzeichen widerlegten mir diese Tatsache. Das sagte ich auch zu ihr. Sie war nun 82

Jahre, und ich hatte schnell erkannt, dass sie wieder ein Schauspiel aufgeführt hatte.

Beim Zusammensitzen nach der Beerdigung sagten die Gäste, die sie kurz zuvor noch besucht hatten: »Die arme Frida ist nun heute noch aus dem Bett gefallen!«

Nach dem allem trat ich meine Kur in Isny an. Auf der Fahrtstrecke fuhr ich zuerst nach Bad-Schussenried und holte dort noch die persönlichen Sachen, Fotos. Briefe, meines Vaters ab. Bis zum 20. Dezember war ich in der Psychosomatischen Klinik. Während meines Aufenthaltes war Emils Tochter bei ihm zu Besuch. Das erzählte er mir am Telefon. Trotz Gästezimmer hatte er sie in meinem Bett schlafen lassen. Es kränkte mich, dass Emil während meiner Abwesenheit einfach ungefragt über mein Bett verfügte. Wenn ich anwesend war kam seine Tochter nicht zu Besuch. Nichts Eigenes hatte ich mehr, nicht einmal mehr ein Bett. Bei Gesprächen mit meiner Therapeutin erwähnte ich dieses Vorgehen. Ich erkannte und wusste, dass ich bei Emil wieder ausziehen musste, dass diese Beziehung mir schadete. Bei der Entlassung fuhr ich nicht direkt nach Freudenstadt zurück. Von dem Heilbad in Sankt Margarethen am Bodensee hatte ich gehört, und ich fuhr dorthin. In den Sauna-Anlagen und dann draußen im Sprudel Becken kam ich mit einem Mann ins Gespräch. Er war von Dornbirn, 36 Jahre alt und im Skorpion-Zeichen geboren. Mehr wusste ich nicht. Er gefiel mir gut. Immer dienstags sei er dort und ich solle doch wieder kommen, sagte er zu mir, als wir uns verabschiedeten. Es war Winter, und ich fuhr erst viele Wochen später wieder dorthin. Leider sah ich ihn nicht, schade!

Spät in der Nacht schlich ich mich in Freudenstadt in die Wohnung, und legte mich in das Gästezimmer. Emil hatte an diesem Tag vergeblich auf mich gewartet und in Isny angerufen, Sie hatten zu ihm gesagt, dass ich abgereist sei. Er durfte jetzt einmal darüber nachdenken warum ich nicht gleich zurück gefahren bin. Es war der 22. Dezember 1992. Emil musste am Nachmittag des 23. Dezember im Betrieb seine Weihnachtsrede halten. Er war davor immer sehr ungenießbar. Ich hatte schöne Stunden in der Therme am Bodensee und mich ein bisschen in den schönen Mann aus Dornbirn verliebt. Damit konnte ich die zugeführte Verletzung etwas ausgleichen.

Es dauerten noch einige Monate bis ich die Energie hatte, mich aus dieser Beziehung, zu lösen.

Jetzt war ich ohne Arbeit und ohne ein Zuhause, in dem ich mich wohlfühlen konnte. Nach vier Monaten Arbeitslosigkeit begann ich bei der Firma Vorwerk als freiberufliche Handelsvertreterin für Staubsauger. Erst nach dem Umzug hatte mir Emil gesagt, dass ich bei ihm Miete bezahlen müsste, denn er wolle nicht, dass ich mich auf seine Kosten bereichern würde. Ich hätte ja jetzt in Haiterbach Mieteinnahmen. Als ich bei Vorwerk anfing hörte ich mit den Mietzahlungen einfach auf, da ich nur unregelmäßige Einnahmen hatte. Wieder hatte es ein Mann erreicht, mich zu steuern und mich wieder in eine Abhängigkeit zu bringen.

Im September 1993 bekam ich noch eine Enkeltochter. Am Abend ging ich ins Krankenhaus und begrüßte das kleine Mädchen. Es hatte volle schwarze Haare und sah meinem Sohn ähnlich.

Gesundheitlich ging es mir 1994 immer schlechter. Jetzt hatte ich noch Depressionen bekommen. Immer wenn ich im Bett lag kamen diese schweren Gefühle in Wellen auf mich zu. Konnten das mit 47 Jahren bereits die Wechseljahre sein? Mit meinem Hausarzt, Doktor Dallmann, sprach ich darüber, und auch über den Alkoholkonsum von Emil, dass er wenn er getrunken hatte, immer blöd und kindisch wurde. Der Arzt sagte mir, dass ich aus dieser Wohnung und von dem Mann weg sollte um mein Leben selbstbestimmt zu führen. Er gab mir eine »Imap-Spritze«, deren Wirksamkeit betrug sechs Wochen. In dieser Zeit musste ich eine Änderung durchgeführt haben.

In der Suttner Straße fand ich eine Wohnung. Meine Katze konnte ich mitnehmen. Emil war sehr beleidigt als ich nun nach drei Jahren bei ihm wieder auszog. Wohl war es auch wegen der

Nachbarn, die darüber sprechen könnten. Ich verkaufte ihm die Möbel, die ich beim Einzug bei MASSA gekauft und bezahlt hatte und auch Haushaltswäsche und Geschirr. Von einer Organisation in Freudenstadt, konnte ich meinen Gefrierschrank, die Waschmaschine und meinen Kleiderschrank in die neue Wohnung befördern lassen. Meine Bücher und vieles mehr trug ich alleine das Treppenhaus über die zwei Stockwerke hinunter. Währenddessen lag Emil auf dem Sofa und las. Fort nur fort! Als ich am Abend meine Wohnungstüre schloss, fühlte ich mich Zuhause und ruhig. »Gott sei Dank!« Das waren meine Worte, und ich atmete tief durch.

Sehr schnell, einfach so, verschwanden die Depressionen. So viel hatte ich nun bereits ertragen! Mein Körper und meine Seele streikten immer, wenn die Schwingungen für mich zu schädlich wurden. Wieder hatte ich mich von einem kranken Narzissten getrennt.

Als Handelsvertreterin bei Vorwerk hatte ich Tage, an denen ich an vielen Türen klingelte, aber nicht einmal eine Packung Staubtüten verkaufte. Für die Treffen in Lokalen mit den Kollegen und mit meinem Fahrzeug hatte ich zusätzlich noch Unkosten.

Im Herbst las ich in der Tageszeitung, dass die Erlacher-Höhe, eine Einrichtung für Wohnungslose, wieder eine hauswirtschaftliche Angestellte suchte. Sollte ich mich nochmals dort bewerben? Vielleicht war es für mich bestimmt. Erst im Februar hatte diese Einrichtung in Freudenstadt eröffnet, und nun suchten sie bereits wieder nach einer Hauswirtschafterin. Der Leiter der Erlacher-Höhe erkannte mich wieder und sagte mir, dass er mich beim letzten Mal bereits gerne eingestellt hätte. Ein weiterer Sozialpädagoge nickte dazu. Diesmal nahm ich die Stelle an, obwohl ich keine Ausbildung in der Hauswirtschaft vorweisen konnte.

Am 1. November, war mein erster Arbeitstag. Die wohnungslosen Männer erwarteten mich. Mit einer schönen Begrüßungsrede wurde ich vom Leiter, Herrn Koch, willkommen geheißen.

Aber, o Schreck, ich bekam zum Frühstück einen großen Kaffeebecher ohne Untertasse gereicht. Das war für mich sehr ungewohnt, denn ich benützte immer Untertassen, und ich fühlte mich etwas unwohl. Uwe in der Küche sah dem allem mit gemischten Gefühlen entgegen. Denn seit einigen Wochen war er dort der alleinige Chef. Nun musste die Rangordnung gleich geklärt werden. Damit hatte ich bereits gerechnet. Deshalb hatte ich geplant, die Küche vorerst zu umgehen.

Am ersten Tag, nahm ich mir die Fensterbänke in dem nach Norden gelegenen Wohnraum vor. Kaktus an Kaktus. Lauter stachelige Pflanzen in sehr unschönen Tontöpfen. Blumenerde fand ich im Keller. Übertöpfe in hellen mediterranen Farben konnte ich im Großmarkt in Freudenstadt kaufen. In der ersten Woche konnte ich mich außerhalb der Küche noch genügend beschäftigen.

Mit Uwe zusammen erstellte ich einen Speiseplan und eine lange Einkaufsliste. Beim gemeinsamen Einkauf konnte der junge Mann die gewünschten Getränke und Lebensmittel auf den großen Wagen und später in das Transportauto aufladen. In der Einrichtung kamen die Männer herbeigeeilt, um die Einkäufe in den Keller zu bringen. Ich brauchte alles nur zu überwachen und die Belege im Büro abgeben.

Ein Kommen und ein Gehen der Bewohner, das war etwas ungewohnt für mich.

Einer der Männer sagte zu mir einmal, dass er seine Gosch halten müsste. Ich antwortete ihm, dass er einen Mund hätte und keine Gosch. »Dann habe ich halt ein Zuckermündchen«, sagte er zu mir und lachte. Diesen alten Mann, der wohl nur knapp über 50 Jahre alt gewesen war, suchte ich manchmal im Hause und fragte dann: »Wo ist denn mein Zuckermündchen?«

Herr Koch gab mir in finanzieller Hinsicht sehr viel Freiheit. Wohl hatte er schnell bemerkt, dass ich die Ausgaben gut und bedacht plante und er mir vertrauen konnte. Meine Arbeit wurde hier sehr geschätzt. Ganz anders, als ich es von meinen Partnerschaften her gewohnt war.

Der Gärtner, Paul, war auch dort angestellt. Er durfte mit einigen Männern des Hauses in Sankt Elisabeth die Gärten anpflanzen. Es war ein Haus der Ordensschwestern vom Kloster-Heiligenbronn bei Schramberg.

Paul war ein »Krautgärtner« und ich eine »Salatköchin«. Wir führten da gewisse Kämpfe aus. Bergeweise brachte er mir im Spätjahr »Winterkohl«, zwar sehr gesund, aber wer wollte so oft Winterkohl essen? Im Haus waren der Flur und die Büroräume mit Teppichboden ausgelegt. Unbedacht dessen, stapfte der Gärtner mit nassen, schlammigen Schuhen hindurch. Ich nähte von vorhandenen festen Stoffresten Überzieh Beutel. Nicht nur ich musste hinter ihm her sein.

Ich war bereits die dritte Hauswirtschafterin innerhalb des ersten Jahres. Die beiden anderen hatten Ausbildungen in der Hauswirtschaft vorweisen können. Dafür verfügte ich über viel Lebenserfahrung und ein gutes Organisationstalent.

Anfang 1995 wurden im Schulzentrum von Calw Wimberg Berufsausbildungen für die Hauswirtschaft angeboten. Da ich die Voraussetzungen dafür erfüllte, wurde ich von der Erlacher-Höhe stundenweise dafür freigestellt. Nun konnte ich in einem Jahr die Ausbildung zur Städtischen Hauswirtschafterin erlangen. Mit 48 Jahren hatte ich nun endlich einen Beruf.

In der Küche wurden die wohnungslosen Köche, die aus irgendwelchen persönlichen oder gesundheitlichen Gründen ihre Anstellungen oder ihre Restaurants verloren hatten, von mir in Hygiene gut angeleitet. Nach dem Nase putzen hieß es Hände waschen. Es machte mir Freude dort zu arbeiten. Vor allem auch, weil ich gute Hotelkochtöpfe kaufen durfte. Ich wünschte mir ein Mikrowellengerät, und ich durfte es kaufen. Das war vorteilhaft, denn, wenn nach dem Mittagsmahl noch eine Person im Haus aufgenommen wurde, konnte ich noch schnell ein Essen erwärmen. Vom Norden kamen Männer angereist, sie verkündeten mir, ihnen sei gesagt worden, dass es in Freudenstadt selbst gebackenes Brot gebe. Dort wäre eine Hauswirtschafterin, die »hart aber gerecht« wäre.

Sie würde alle gleich behandeln und es gäbe keine Extrawürstchen.

Als ich Jahre später in Sankt Peter Ording bei einer offenen Kur war, reiste ich auch auf die Insel Borkum. Ein Mann saß mit gebeugtem Kopf neben dem Weg und hielt seine Kappe hin. »Den kenne ich doch«, war mein Gedanke, wie hieß er denn? Ich sprach ihn an, und er sah hoch. »Frau Nappa, schön sie zusehen, ihr Brot das vergesse ich nie!« Er war zuvor ein Computer-Fachmann gewesen. Leider erkrankte er an seinen Augen. Dies hatte dazu geführt, dass er seinen Beruf nicht mehr ausüben konnte. Er kam auf die Straße und wurde wohnungslos.

Während dieser Zeit habe ich gelernt, dass wir alle gleich sind und unsere Jahre hier gut oder schlecht bewältigen müssen. Dass wir uns nur einen Millimeter von der Obdachlosigkeit und von Krankheiten und Leid entfernt befinden. Heute oben und morgen unten!

Ich denke, dass ich in diesen zwei Jahren in der Erlacher-Höhe vieles zur Verbesserung beigetragen habe. Es war ein Start mit zwei normalen Elektroherden und großen Töpfen. Diese musste ich über zwei Kochplatten stellen. Es dauerte, bis da endlich das Nudelwasser kochte!

Meine Mutter war am 8. Dezember in ihrer Küche beim Öffnen einer Schublade des Spülbecken-Schrankes, an dem der Griff abbrach, nach hinten gestürzt. Sie robbte als 85-Jährige Frau von der Küche ins Wohnzimmer und klopfte mit ihrem Stock an die Wand zum Nachbarhaus.

Dieses Ehepaar hatte einen Hausschlüssel und informierte den Arzt. Meine Mutter wurde in das Krankenhaus nach Freudenstadt eingeliefert. Von dem Sturz hatte sie Prellungen abbekommen. Der Arzt sprach auf meinen Anrufbeantworter. Er hielt es nun für angebracht, dass meine Mutter in ein Pflegeheim käme. Ich hatte sie bereits im Haus Sonnenschein in Schopfloch-Oberiflingen für einen unbestimmten Zeitpunkt angemeldet. Diese hatten nun Mitte Dezember leider keinen Heimplatz frei. Darum wandte ich mich an die Einrichtung »Martin-Haug-Stift« in Freudenstadt. Dort konnte sie am 18. Dezember zur Kurzzeitpflege aufgenommen werden. Bereits zuvor hatte meine Mutter sehr an Gewicht verloren. Entgegen ihrer ehemaligen Kleidergröße 48, musste ich ihr jetzt Bekleidung in Größe 38 kaufen. An Heiligabend saß ich daheim und war mit Einnähen von Wäschenamen beschäftigt.

Am 4. Januar 1996 erlitt meine Mutter einen Hirninfarkt. Sie wurde noch in das Krankenhaus in Freudenstadt eingeliefert. Vermutlich bekam sie dort noch einen weiteren, Infarkt. Und verstarb am 10. Januar 1996. Die Trauerfeier für meine Mutter war in Pfalzgrafenweiler. Sie wurde eingeäschert und die Urne kam in das Grab meines Vaters.

Bei dem Notartermin bei Herrn Schneider in Pfalzgrafenweiler waren meine Söhne auch mit anwesend. Ich legte das Testament meiner Mutter vor. Der Notar sagte, dass beim Erben ich zuerst an der Reihe wäre und die Söhne noch warten müssten bis sie an der Reihe wären.

»Die Oma hat es so gewollt, dass wir auch etwas davon bekommen«, sagte mir mein ältester Sohn. Es war ihm wohl nicht bewusst, dass ich weder eine Berufsausbildung noch ein Aussteuer erhalten hatte. Es machte mich sehr traurig, dass sie beide so gierig geworden waren.

Wochenlang entsorgte ich viele Kartons und Altglas aus dem Wohnhaus meiner Mutter. Mein jüngerer Sohn hätte gerne das Wohnhaus gehabt. Das lehnte ich ab, und bot es zum Verkauf an. Ich wollte vermeiden, den Kontakt zu meinen Söhnen und den Enkeln zu verlieren. Darum, nur darum, war ich bereit, dass Beide jeweils 30% und ich 40% der Verkaufssumme des Wohnhauses erhielten. Sie steckten das Geld gleich in Autos, und waren sich über das Unrecht mir gegenüber nicht bewusst. Einer fuhr in wenigen Wochen sein Auto zu Schrott. Beim Anderen verstellt es eine Garage, die er für seine anderen Autos brauchen könnte. Für die Grabpflege legte ich ein Konto an. Da in Pfalzgrafenweiler die Ruhezeiten für ein Erdgrab 30 Jahre betragen, pflegte ich das Einzelgrab bis zum Herbst 2022 und das Grab meiner Patentante Christine bis 2012.

Weiterhin fuhr ich zu den Schulstunden nach Calw. Bei meiner Arbeitsstelle musste ich die Inventur im Januar noch abwickeln. In diesem Winter erkrankte ich bereits zum dritten Mal an einem grippalen Infekt. Sehr erschöpft fühlte ich mich, nachdem ich über 4 Jahre mich um meine Mutter kümmerte, zur Arbeit ging und jetzt noch eine Ausbildung machte. Am 31. März beendete ich meine Arbeit bei der Erlacher-Höhe, wegen dieser Erschöpfung. Meine Berufsausbildung konnte ich im Juni 1996 noch abschließen. Der Leitung des Hauses verdanke ich, dass ich mit 48 Jahren endlich eine abgeschlossene Berufsausbildung vorweisen konnte, und das, mehr als dreißig Jahre später, als es normalerweise üblich ist.

Nun musste und durfte ich mich neu orientieren. Endlich frei! Das erste Mal in meinem Leben war ich ohne Verpflichtungen. Mit mehreren Bandscheibenvorfällen, bereits gezeichnet und den seit 32 Jahren ohne Vorwarnung einsetzenden Anfällen von Herzrasen. Als mutige Frau würde ich sicher meinen weiteren Weg erkennen und finden. Nach dem Ableben meiner Mutter musste ich viele Dinge für sie noch ordnen. Dabei bemerkte ich, dass ich das gut konnte und gerne ausführte. Aus diesem Grunde überlegte ich mir, ob ich eventuell diese Art von Tätigkeiten für andere Menschen die Hilfe brauchten, machen könnte. Deshalb suchte ich die Betreuungsbehörde beim Landratsamt in Freudenstadt auf. Der Leiter riet mir eher davon ab als dazu. Es würde oft sehr lange dauern, bis man für diese Tätigkeit die Vergütungen bekäme. Ich entschloss mich trotzdem diese Arbeit zu beginnen und legte dafür ein polizeiliches Führungszeugnis vor.

Im Eingangsbereich des Arbeitsamtes sah ich an einer Anschlagtafel eine Anzeige. Der Internationale Bund von Reutlingen suchte für eine Maßnahme in Freudenstadt eine Hauswirtschaftsleiterin als Werkserzieherin für eine 50% umfasste Tätigkeit. Ich hatte nun den Berufsabschluss als Hauswirtschafterin. Ich stellte mich bei der Leitung in Freudenstadt vor. In meinem Alter und mit einer gewissen Lebenserfahrung. Der zuständige Leiter war erfreut. Nach den Sommerferien konnte ich dort als Werkserzieherin für lernschwachen Jugendlichen beginnen. Es waren drei Mädchen und drei Jungen, die ich unterrichten durfte. Zu aller erst musste ich in dem heillosen Durcheinander der Unterrichtsräume noch Ordnung schaffen. Vor den Ferien hatten sie ein Fest gefeiert und die Geschirrtücher lagen während der Ferienzeit nass und feucht aufeinander und hatten nun hässliche Stockflecken.

Eine schöne Zeit war es für mich mit diesen tapferen Jugendlichen. Sie lernten hauptsächlich durch das praktische Tun. Nach vielem Üben schafften sie es, Pudding ohne Klumpen herzustellen. Zuhause an meinem PC schrieb ich einfache Gerichte ohne vieler Zutaten. Täglich kochen wir um die dreißig Portionen für die Schüler und Erzieher.

Anfang 1997 bekam ich meine erste Betreute und gleichzeitig wagte ich wieder einen Wohnungsumzug von der mit den Nebenkosten teuren Wohnung in der Suttner Straße nun in die Alfredstraße 17. Diese hatte eine Wohnküche und ein kleines Wohnzimmer. Eine Treppe nach oben unter dem Spitzgiebel war das Schlafzimmer. An einer Seite unter der Dachschräge war der Kleiderschrank eingebaut. Daneben ein befand sich ein schönes, neuwertiges, helles Duschbad. Leider hatte diese Wohnung keine Garage. Von der Stadt mietete ich am unteren Marktplatz einen Stellplatz an. Meine Katze »Mucki« war inzwischen 15 Jahre alt, und sie kam auch wieder mit.

Am Rosenmontag war auch Unterricht ich hatte mir etwas zur Belustigung ausgedacht. Ich hatte zwei paar Mokassins-Schuhe des gleichen Fabrikats, ein Paar in Schwarz und das andere in Rot. Von diesen zog in nun jeweils einen Schuh an. Alle schauten mir auf die Füße und lachten. Auch meine Schüler waren darüber erheitert. Ich erzählte, dass diese Schuhe so bequem wären, weshalb ich gleich zwei Paare davon gekauft hätte. Eines der Mädchen schüttelte den Kopf und sah mich verständnislos an: »Frau Nappa, warum haben sie denn gleich zwei Paar von solchen falschen Schuhen gekauft?« Ich versuchte, ihr das zu erklären. Es war schwierig. Am nächsten Tag brachte ich dann beide Schuhpaare mit. Als sie diese sah, verstand sie es und lachte.

Im Frühjahr 1997 war ich mit einer meiner Betreuten bei einem Kardiologen in Horb. Nebenbei erwähnte ich von mir, dass ich bereits seit vielen Jahren immer wieder Anfälle von Herzrasen bekäme. Bei einem späteren Termin bei ihm, überwies er mich in die Medizinische Klinik nach Tübingen. In den Sommerferien ließ ich mir in dieser Klinik eine Katheter Ablation durchführen. Dazu musste ich mehr als drei Stunden regungslos auf einer sehr harten Liege ausharren. Zwei Ärzte führten mir in beide Leisten und in der Armbeuge insgesamt vier Katheter ein. Ein Arzt setzte sich an den PC und überwachte die Einführungen. An einem Bildschirm konnte ich sehen wie diese Katheter durch meine Adern geführt wurden. Knickte er ein, wurde er wieder kurz zurückgezogen. Es wurden mir Stresshormone direkt in die Adern gespritzt. Diese lösten dann das Vorhofflimmern, das Herzrasen, aus. Über einen der Katheter wurde dann sehr vorsichtig die Ablation durchgeführt. Vermutlich hatte sich bei mir während der ersten Schwangerschaft ein weiterer Reizleiter gebildet. Der Eingriff verlief erfolgreich.

Seit diesem Eingriff ist mein Leben viel besser und freier. Mein Vater lebte 32 Jahre in der Psychiatrie. Ich lebte 32 Jahre mit dem unstillbaren Herzrasen.

Diese Ablation wurde erst in den 1980er Jahren entwickelt. Die Ärzte sagten mir, dass es dieses Verfahren bereits seit sieben Jahren geben würde. »Warum sind sie nicht früher zu uns gekommen?«, fragten sie mich während des Eingriffes. Ich sagte: »Ich wollte, dass sie damit erst einmal Erfahrungen sammeln, bevor ich mich bei ihnen einfach hinlege.«

Im Sommer 1998 war die Maßnahme für die Schüler beendet. Eines der Mädchen entwickelte sich gut. Sie hatte noch eine kleine Schwester, und die Eltern lebten in Scheidung. Wie sollte es bei ihr weitergehen? Der Leiter des Kurses fragte mich, ob ich mich darum kümmern könnte? Zu dem Mädchen sagte ich, dass ich gerne in ihrem Beisein mit ihrer Mutter sprechen möchte. Die Jugendliche wollte gerne einen Beruf, am liebsten in der Hauswirtschaft erlernen. Die Mutter gestattete mir, dass ich auf meine Kosten eine Suchanzeige für einen Ausbildungsplatz aufgeben konnte. Schön war es dann, dass ich bereits vor dem Erscheinen der Anzeige eine Stelle in einem Pflegeheim für sie fand. Sie hat diese Berufsausbildung abgeschlossen. Später heiratete sie, und ich sah sie dann einmal in Freudenstadt mit ihren vier Buben. Egal was später einmal kommen würde, sie hatte nun einen Beruf und damit ein eigenes Standbein.

Mein Vorgesetzter fragte mich, ob ich ab September an einer weiteren Beschäftigung interessiert sei, diesmal an einer Maßnahme mit langzeitarbeitslosen Frauen. Die Leiterin des Kurses war eine Sozialpädagogin, Junggesellin und sehr eigen. Ich sollte die Frauen für einfache Tätigkeiten in Betrieben fit machen. Zusätzlich nahm ich noch meine eigene Nähmaschine in den Unterricht mit. Wir übten das Einführen des Nähfadens. Kaum hatte ich mich umgedreht wurde wieder nach mir gerufen. Die meisten der Frauen zeigten wenig Interesse. Nebenbei musste ich das Telefon noch bedienen. Die Sozialpädagogin kam zu allen möglichen Zeiten in die Schule. Ich war ohne Information, und konnte den Anrufern keine befriedigende Auskunft geben. Ich sprach die Pädagogin darauf an, ihre Antwort war, dass ich es nicht zu wissen bräuchte wann sie käme.

Die Unterrichtsstätte befand sich im Wittlensweiler Industriegebiet. Die Frauen mussten zu Fuß kommen, oder von ihren Männern gefahren werden. Wenn es regnete kamen sie nicht. Der Mann sei nicht da gewesen. Die Frauen bekamen Arbeitslosengeld. Wozu, sollten sie dann arbeiten?

Inzwischen hatte ich in diesen beiden Jahren als gesetzliche Betreuerin, bereits 16 Betreute übernommen. Die Zusammenarbeit mit der Kollegin belastete mich. Ich kündigte und der Leiter bedauerte es sehr. Um mich vor der arroganten Kollegin zu schützen und um meiner selbst willen ging ich. Schade, weitere vier Monate hätte ich für meine Rentenversicherung noch dringend gebraucht. Wenige Jahre später sah ich diese Sozialpädagogin als Bewohnerin in einem Pflegeheim. Sie war etwas jünger als ich und hatte damals nur noch wenige Wochen Lebenszeit.

Im Januar 1999 waren es nun zwei Jahre, seitdem ich Betreuungen führte. Alle lebten noch und meine Vergütungsanträge lagen wohl unbearbeitet bei den Notaren/Vormundschaftrichtern. Bisher hatte ich für diese Arbeit nur Ausgaben. Bei meiner Halbtagstätigkeit in der Schule waren meine Sozialabgaben gedeckt gewesen. Nun bezahlte ich keine Beiträge mehr in die gesetzliche Rentenversicherung. Bei der Krankenkasse hatte ich mich als Selbstständig tätig, angemeldet. Eine »Vermögensschaden-Haftpflichtversicherung« hatte ich bereits seit Beginn der Betreuungen abgeschlossen.

Von dem Verkauf des Hauses meiner Mutter in Pfalzgrafenweiler hatte ich 100 000 DM. Für 35 000 DM kaufte ich mir einen Golf-Diesel-Jahreswagen. Für die Zeit bis Zahlungen meiner Betreuungstätigkeit eingingen, reservierte ich mir noch 15 000. DM. Und von der Restsumme schloss ich eine private-Rentenversicherung ab.

Ende Januar 1999 wurde ich für eine hochbetagte Frau zur Betreuerin bestellt. Bereits ein halbes Jahr zuvor war ich mit dem zuständigen Notar in ihrer Wohnung gewesen. Ein ebenfalls betagter Nachbar aus dem Mehrfamilienhaus hatte bisher für die Frau alles geregelt. Das wollte er »unbedingt« weiterhin tun. Ein Herr aus einer freien Kirchengemeinde hatte sich damals zusätzlich noch eingemischt. Nun, da die Dame im Krankenhaus lag, wollte der betagte Nachbar plötzlich nichts mehr für diese Frau tun. Jetzt erst bemerkte er seine völlige Überforderung.

Für die alte Dame konnte ich nur noch wenig tun, denn es war alles bereits zu spät. Ich setzte mich zu ihr und hielt ihre Hände. Dabei sagte ich, dass ich die Dinge für sie regeln würde, sie dürfte noch hier bleiben, aber sie dürfe auch »gehen«, wenn sie das möchte. Nach nur 14 Tagen meiner Betreuung, ging sie in der Nacht zum 7. Februar.

Der betagte Nachbar, hatte zwei Koffer mit vielen unnützen Sachen ins Krankenhaus geschleppt, mindestens acht Paar Schuhe mit Absätzen und auch flache Exemplare, wozu denn? Meine Arbeit bestand nun darin alles mühevoll über den Aufzug bis zu meinem Auto und in die Wohnung zu befördern. Hochbetagte als Betreuer einzusetzen, das war von dem Notar sehr unklug gewesen.

Oft wurde ich von der Betreuungsbehörde angerufen, um die Hilfsbedürftigen aufzusuchen. Manche waren aber bereits verstorben, Umsonst hatte ich nach ihnen gesucht. Somit war ich auch noch die unbezahlte Arbeiterin, der Betreuungsbehörde. Beklagen durfte ich mich aber nicht, denn ich brauchte ja noch neue Betreute.

Bereits im Oktober 1997 durfte ich noch einen Enkelsohn begrüßen. Immer wieder hatte ich den Eindruck, dass er in seiner Art mir ähnlich ist.

Das neue Jahrtausend, 2000 und danach

Für meine Wohnung hatte ich schöne Chrom-Regale gekauft. Diese konnte ich in meinem Auto selbst transportieren und mit einem Gummihammer zusammen bauen.

Nun endlich wurden meine eingereichten Vergütungs-Anträge bearbeitet. Inzwischen führte ich auch viele Betreuungen. Deshalb gingen immer mehr Zahlungen auf meinem Konto ein.

Im Juli 2000 fing am Abend ganz unerwartet das historische, alte, leerstehende »Hotel Rappen« an zu brennen. In dieser Nacht war an Schlafen fast nicht zu denken, da ich eine Straße neben dem brennenden Gebäude wohnte. Am nächsten Vormittag ging ich mit meinem Koffer zum Bahnhof, um nach Sankt Peter Ording zu einer offenen Kur zu reisen. Nach drei Wochen kam ich erholt zurück.

Spät am Abend im Juni 2001 klingelte bei mir das Telefon. Mein ältester Sohn war am Apparat. Sein Vater sei an diesem Abend mit einem Hubschrauber in eine Stuttgarter Klinik eingeliefert worden. Er hatte wohl noch am Abend an der Dachrinne seines Hauses gearbeitet. Auf einer sehr steil aufgestellten Holzleiter stehend, die von seiner Frau gehalten wurde, sei diese Leiter umgekippt. Er war wohl am Rande eines Metalltisches mit dem Kopf aufgeschlagen. Blut sei aus seinen Ohren geflossen. Bei seinem ständigen, unermüdlichen Arbeiten reichten die Arbeitstage für den 66-jährigen Rentner wohl nicht aus. Und im Juni war es lange hell.

Anfang des Jahres 2001 hatte ich mich zu einem Kontaktstudium für Sozialpädagogik in Reutlingen angemeldet. Dieses wurde jetzt für Berufsbetreuer, die keinen entsprechenden Ausbildungsabschluss hatten, angeboten. An vielen Wochenenden war ich von Freitagnachmittag bis Sonntagnachmittag dort. Dazu mietete ich mich in Hotels ein. Inzwischen führte ich bereits 44 Betreuungen. Das alles gelang mir nur mit einer guten Organisation.

Vor Weihnachten besuchte ich meine vielen Betreuten. Auf den Fahrten bog ich oft an den Waldrändern ab, um für einige Minuten meine Augen zu schließen und etwas zu ruhen.

Die Zertifizierung bei der Fachhochschule in Reutlingen für meine Tätigkeit als Berufsbetreuerin bekam ich am 8. März 2002, ausgestellt. Die Fächer waren Rechtskunde, Sozialkunde, Medizin und wie führe ich eine Betreuung.

Meine Abschlussarbeit: »Büroorganisation in der Betreuungsarbeit«!

Mit zwei Kolleginnen, demonstrierten wir einen meiner Betreuungsfälle. Dabei spielte ich eine psychisch kranke, uneinsichtige Frau. Meine Kolleginnen waren zum einen meine Betreuerin und zum anderen, die Betreuungsbehörde. Sie sollten mich davon überzeugen, mich ins Krankenhaus einliefern zu lassen. Während des Gespräches warf ich halb verfaulte Äpfel und leere Shampoo-Behälter herum. Dann schluckte ich unkontrolliert Medikamente aus den entsprechenden Packungen, die ich mir von den Einrichtungen besorgt hatte. Mit zwei verschieden farbigen Socken, einem mit Marmelade verschmierten Unterhemd, das ich über dem dünnen Pullover trug war ich bekleidet. Die Prüfer, Richter, Ärzte und Behördenleiter sagten, dass aus schauspielerischer Sicht nichts gefehlt habe. Es hatte uns drei Betreuerinnen auch Spaß gemacht.

Mit dieser Zertifikation konnte ich für meine Arbeitsstunden jeweils 8,-- Euro mehr berechnen. Die Kosten für diese drei Semester, Hotelunterbringung, Fahrkosten, beliefen sich auf rund 10 000,-- Euro. In einem Zeitraum von einem Jahr waren meine Unkosten ausgeglichen.

Die Wohnung in der Alfredstraße wurde mir nun mit den vielen Akten der Betreuten zu klein. Meine drei Enkelkinder besuchten mich auch öfters und übernachteten bei mir. Wir besuchten oft das Panorama-Bad. In den Wäldern machten wir Wanderungen und fuhren zum Ruhestein.

Ich fand eine schöne, größere Wohnung. Nach dem 1. Mai 2002 zog ich in die Rappenstraße 11 um. Dort konnte ich ein Zimmer als Büroraum nutzen. Meine Chrom-Regale konnte ich dort aufbauen. Einen schönen viertürigen Kleiderschrank und einen großen ausziehbaren Esstisch kaufte ich mir. Beim Arbeiten an meinem Schreibtisch hatte ich jetzt die Tannen des Fichtenberges im Blick. »Endlich ein Büro mit Türe!« Ich machte ein kleines Fest und lud meinen Steuerberater, meine Kollegen und meine Familie dazu ein.

Im Autohaus in Oppenau bestellte ich mir einen silbergrauen Peugeot 307. Meinen dunkelblauen Golf, hätte ich noch weiter fahren sollen! Der Neukauf geschah nur aus steuerlichen Gründen.

Für meinen Ex-Mann suchte ich nach einem gesetzlichen Betreuer. Während der Betreuer-Bestellung war ich Verfahrenspfleger. Seine auf Kredit umgebauten Häuser, sorgten weiterhin mit den laufenden Zinsen für einen rapiden Anstieg seiner Schulden. In Avella befand sich auch ein großer Rohbau mit einer Werkstatt-Garage. Die Volksbank leitete ein Insolvenzverfahren ein. Es war eine sehr verfahrene Situation. Die Schuldensumme belief sich auf über 300 000 Euro.

Nachdem mein Ex-Mann über zwei Jahre im Wachkoma lag, verstarb er am 10. Oktober 2003, im Gertrud-Teufel-Pflegeheim, in Nagold. Bereits einen Tag zuvor, morgens als ich gerade erwachte, sah ich ihn klein vor meiner Wand im Zimmer, und mit sehr großen Schritten gehen. Erstaunlich jung sah er dabei aus, so wie am Anfang unseres Kennenlernens. Ich sprach alleine vor mich hin «der geht ja?« Erst später verstand ich das »der geht ja.« Dass er von dieser Welt geht sollte mir wohl mitgeteilt werden. Meine Schwiegertochter rief mich am nächsten Tag an. Und sie sagte, dass sie vom Pflegeheim einen Anruf erhalten habe, dass es nun wohl zu Ende gehen würde.

Ich rief bei der Verwandten, Giovanna an. Sie wollte auch in das Pflegeheim mit kommen. Während ich mich noch vorbereitete, erhielt ich die weitere Nachricht, dass er nun bereits verstorben war. Wir fuhren nach Nagold. Mein Sohn und die Schwiegertochter waren bereits dort. Mit gefalteten Händen lag der Tote noch in seinem Bett. Giovanna sagte: »Ihr müsst ihn in Italien bestatten. Dorthin gehört er.« Auf dem Flur sagte ich zu meinem Sohn, dass sein Vater immer gesagt hätte, er möchte einmal nicht in der Erde begraben werden. Es würde die Möglichkeit bestehen, dass er in einer Urne zu seinen toten Eltern in die Wandgruft kommen könnte. Meinem Sohn machte ich noch den Vorschlag, dass im Gemeindehaus eine Trauerfeier stattfinden könnte, denn sein Vater hatte über 40 Jahre in Haiterbach gelebt. Mein Sohn traf sich mit der Witwe und der 18-jährigen Tochter und sie waren mit diesen Vorschlägen einverstanden.

Ich verfasste einen Text und sandte diesen an meinen Sohn. Er änderte daran noch und übermittelte ihn dem katholischen Pfarrer. Bei der Trauerfeier las der Pfarrer diesen Text unverändert vor. Trauergäste aus Haiterbach sprachen mich im Anschluss an. Sie sagten, der Pfarrer habe alles so schön vorgetragen. Manches der Vorgeschichte hätten sie nicht gewusst. Er war 68 Jahre alt geworden, wobei er die letzten zweieinhalb Jahre im Wachkoma lag.

Bei der Trauerfeier waren italienische Freunde von ihm anwesend. Auch dieser, dem er vor Jahren nicht bürgen konnte. Die Witwe hatte die Kosten der Trauerfeier und für des Krematorium übernommen. Seine Tochter sagte mir, dass sie jemanden in Avella kennen würde und die Urne könnte dann dort beigesetzt werden. Einige Tage später rief sie mich an, und sagte, sie würden das mit der Urne nicht geregelt bekommen, besser wenn ich das machen würde. Sie nannte mir eine Telefax-Nummer von Verwandten. Ich schrieb eine Nachricht in meinem einfachen italienisch. Auch an das Krematorium in Reutlingen. Nach Wochen wurde ich von Reutlingen angerufen, die Urne stände noch immer bei ihnen. Sie hatten wohl von einem Institut in Süditalien in englischer Sprache, die Bitte um die Übersendung der Urne erhalten, aber es ginge nicht daraus hervor, wo die Urne verbleiben sollte. Ich sagte, dass meine Söhne und ich nach Italien fahren werden und die Urne zu seinen verstorbenen Eltern in die Mauernische auf dem Friedhof in Avella kommen sollte. Daraufhin wurde die Versendung der Urne veranlasst.

Mein Sohn bot der Witwe an, dass sie und die 18-jährige Tochter nach Italien mitkommen könnten. Sie wollten es dann nicht. Diese Ehe war auch bereits seit Jahren gescheitert.

Im Hotel «Mercadante» in Avella hatte ich telefonisch Zimmer bestellt und es hatte geklappt. Am nächsten Tag fuhren wir vom Hotel zu dem letzten noch lebenden Cousin Ramiro und seiner Familie nach Baiano. Anhand meiner Liste telefonierte Ramiro mit seinen alten Freunden und lud diese in sein Wohnhaus ein. Ein Pastor kam ins Haus und wir standen im Salon von Ramiro, gemeinsam im Kreis und es wurde eine Totenmesse abgehalten. Mein jüngerer Sohn sprach mich leise an: «Sehe ich da richtig? Steht die Urne vom Vater da oben auf dem Schrank?» Auch ich war irgendwie sprachlos, als ich diesen Karton sah. Ja, es war wohl so. Mit der Familie und den Freunden verabredeten uns für den nächsten Tag auf dem Friedhof.

Mit dem Verwalter des Friedhofes hatten wir bereits am Vortag alles abgesprochen. Dieser stieg nun auf einer Leiter hoch und öffnete mit einem Schlüssel die große Marmorplatte. Die Urne wurde ihm hoch gegeben und sie bekam nun neben den Holzkästchen seiner Eltern und des Großvaters ihren letzten Platz.

Bereits Zuhause hatte ich mit Hilfe einer italienischen Bibel den Psalm 23 abgeschrieben. Ich bat die Cusine Gabriella, diesen Psalm vorzulesen, während die Urne in die Nische gestellt wurde. Es war schön und feierlich. Angelo war jetzt wieder in seiner Heimat, zurück bei seinen Eltern.

Mit Ramiro fuhren wir in den folgenden Tagen noch nach Pompei und auf den Vesuv. Ich lud noch seine Familie in ein

Lokal zu einem gemeinsamen Essen ein. In Avella, kamen neben dem Elternhaus von Angelo, alte Frauen auf mich zu. Sie begrüßten mich als die moglia. Ich sagte dann: »No, no, io sono la prima moglia!« Für diese Frauen war ich immer noch die Ehefrau, obwohl die jetzige Ehefrau eine Italienerin und von dieser Gegend war. Für mich war er nur noch der Vater meiner Kinder. Die gemeinsamen Jahre waren schwer gewesen und vorbei.

Meinen Söhnen zeigte ich in der Via Santa Candida 47, das Eltern- und Geburtshaus ihres Vaters. Es war das einstige Wohnhaus seiner Großmutter väterlicherseits.

Wir gingen auch in der Via Ferria den Weg an dem Kalkwerk vorbei bis zum Castello hoch. Meine Söhne erinnerten sich noch gut daran aus der Zeit, als sie als Kinder dort waren.

Für die Verwandten hatte ich Schwarzwälder Schinken, Kirschschnaps und zwei Tiroler Nusskuchen als Gastgeschenke dabei. Einen der Kuchen hatte ich bereits verschenkt. Der zweite befand sich noch in meinem Hotelzimmer. Diese Woche im Hotel hatte ich mit Frühstück gebucht. In der Regel frühstücken Italiener nicht. Als wir uns morgens im Hotelbereich an einen kleinen Tisch setzten wurden wir gefragt, ob wir Fragula o Schokolada zu unserem Espresso wollten. Sehr ratlos entschieden wir uns dann für eines der Angebote. Wir bekamen einen Espresso und einen Schokoladen-Riegel. Meine Söhne beschwerten sich bei mir über das fehlende Frühstück. Ich konnte da nichts ändern. Das Hotel lag sehr abseits. Es gab keine Möglichkeit, irgendwo etwas Essbares zu bekommen. Mein ältester Sohn sagte: »So geht das nicht! Wir essen jetzt den zweiten Tiroler Kuchen zum Frühstück selbst.« In einer größeren schwarzen Tasche, einem Messer und Teilen des Kuchens, gingen wir nun täglich zum Frühstück. Dieser nahrhafte Nusskuchen war wohl während dieser Woche unsere Rettung.

Bei der Abreise, als ich im Hotel an der Rezeption noch unsere Zimmer bezahlte, bat ich um »Il Konto«, die Rechnung. Diese erhielt ich auch. Die Summe belief sich auf 480,-- Euro. Als ich zum Auto kam war mein ältester Sohn wieder sehr ungeduldig.

»Wir müssen fahren und du, wo bleibst du denn so lange?«»Was ist denn? Ich brauchte doch die Rechnung. Das muss in Italien so sein, denn sonst würde auch ich mich der Steuerhinterziehung schuldig machen.« Seit über zwanzig Jahren war ich nun geschieden, und es würde mich doch gar nicht mehr betreffen. Nun hatte ich nur Kosten und meine Söhne nervten mich dazu auch noch. Es war doch ihr Vater! Nun hatte ich meinen Söhnen geholfen, ihren Vater wieder in seine Heimat zurückzubringen.

Während der Rückfahrt hatte ich starke Kopfschmerzen. Wir legten einen kurzen Stopp bei einer Autobahnraststätte ein. Ein Espresso sollte mir wohl gegen die Kopfschmerzen helfen. Leider musste ich noch anstehen. Und schon wieder: »Wo bleibst du denn so lange?« Stress pur!

Zwei Wochen hatte ich nun in meiner Betreuungstätigkeit nicht gearbeitet. Zusätzlich hatte ich das Hotel, Gastgeschenke, die Spritkosten und die Autobahngebühren für die Fahrt bezahlt. Meine Schwiegertochter sollte nicht sagen können: »Von meinen Eltern bekomme ich einmal viel Geld! Dein Vater hatte nur gekostet!« Meine Ausgaben beliefen sich auf ungefähr 1200,-- Euro.

Als ich einmal später bei meinem Steuerberater war, erzählte ich ihm von dieser Fahrt nach Süditalien. Er wollte wissen, wie viele Kilometer es gewesen wären, und die Hotel Rechnung, sollte ich ihm auch noch vorlegen, damit er alle Kosten beim Finanzamt einreichen könnte.

Das Finanzamt wollte nun wissen wie viel ich geerbt hätte. Ich antwortete; »Dass ich nicht erbberechtigt bin und meine Kinder, durch die Verschuldung ihres Vaters, das Erbe ausschlagen mussten. Da alles ins Stocken geraten sei, hätte ich auf es Wunsch der Angehörigen geregelt.«

In diesem Jahr 2003, hätte ich 3600,-- Euro an Steuern nachzahlen müssen. Das Finanzamt hatte nun entschieden, die Summe für meine Nachzahlung, auf Null zu setzen. Das freute mich sehr. Bereits öfters hatte ich bemerkt, dass keine Energie verloren geht. Alles, was man auf einer Seite gutes tut und gibt das kommt dann irgendwann, von einer anderen Seite zu einem zurück.

Meine drei Enkel besuchten mich in diesen Jahren sehr gerne und oft. Meine Schwiegertochter hatte nichts dagegen, dass ich den Kindern Bekleidung kaufte. In dieser Zeit kamen meine Vergütungsanträge regelmäßig zur Auszahlung. Da ich selbst sehr arm aufgewachsen war, freute ich mich, den Enkeln schöne Kleidung zukaufen. Bei unseren Ausflügen gingen wir auch zum Essen. Gerne begleiteten sie mich zur Kreissparkasse denn dort erhielten sie schöne Geschenke.

In dieser Zeit kaufte ich mir ein Buch von Prof. Dr. Max Otte. Darin hatte er geschrieben, dass unser Euro-Finanzsystem, keine lange Überlebensdauer mehr haben würde. Deshalb beschloss ich, das angelegte Geld meines Wohnhausverkaufes nun anderweitig zu investieren.

Aus beruflichen Gründen kam ich immer wieder zum Amtsgericht in Freudenstadt, so auch im Frühsommer 2006. Vor dem Eingang waren gerichtliche Bekanntmachungen in Glasschränken, angebracht. Ich las dort von einer Zwangsversteigerung einer nur neun Jahre alten Wohnung in Eutingen-Weitingen. Der geschätzte Wert war auf 85 000 Euro angesetzt. Für 70% dieser Summe konnte das Objekt ersteigert werden. Ich ließ mir einzelne Seiten dieses Gutachtens kopieren. Hin und hergerissen fühlte ich mich. Sollte ich zu dieser Versteigerung gehen? Freundinnen sagten mir: »Was willst du denn in Weitingen?« Sie hatten ja Recht. Am Morgen des Versteigerung-Tages erwachte ich früh, und entschloss mich, zu der Versteigerung zu gehen. Vorsichtshalber holte ich bei meinem Kreditinstitut noch genügend Bargeld, denn, 10% der Wertgutachten Summe musste bei einer Ersteigerung gleich in Bar entrichtet werden.

Im Rathaus in Eutingen leitete ein Rechtspfleger diese Zwangsversteigerung. Neben ihm saß seine Schreibkraft und ganz vorne noch eine Dame, diese war vermutlich von der Gläubiger Bank. Es saßen noch zwei Herren nebeneinander und ein weiteres Paar. Der Rechtspfleger las aus dem Grundbuch vor.

Dabei erwähnte er, dass eine Grundschuld über 320 000 DM eingetragen sei, bisher aber nur ein einziger Wohnungsbesitzer im Grundbuch stehen würde und zum jetzigen Zeitpunkt, diese Wohnung vermietet sei. Soll ich, soll ich nicht? Sehr alleine fühlte ich mich dem Allem ausgesetzt. Die 30 Minuten für die Abgabe von Geboten wurden nun angesetzt und alles blieb ruhig. Irgendwann hörte ich mich ... 51 000 sagen. Die Dame von der Gläubiger-Bank bat mich für ein Gespräch vor die Türe. Sie sagte mir, dass sie die Anweisung habe, dieser Versteigerung unter einer Summe von 54 000 Euro, nicht zuzustimmen.

Wieder im Raum zurück war es für mich Stress pur. Ich fühlte mich, wie neben mir sitzend. Dann hörte ich, wie die »neben mir sitzende Elfriede« 54 000, sagte. So kam ich zu dieser Wohnung. Zuhause trank ich mit einer Bekannten auf diesen Erfolg noch Sekt. Am nächsten Morgen kam die Ernüchterung. Was hatte ich da getan?

Im Jahre 2007 war nun mein Jahrgang an Pfingsten in Haiterbach für die Feiern der Jahrgänge mit den runden Jahreszahlen an der Reihe. Die 60 hatten wir nun erreicht. Um 10 Uhr gingen wir gemeinsam in die evangelische Laurentiuskirche. Im Anschluss wurden von uns Fotos gemacht. Unser Jahrgang war immer noch vollständig. Einige waren zwar geschieden, manche auch wieder mit einem neuen Partner zusammen. Ich ging alleine zu dieser Feier.

Im Frühjahr des Jahres 2008 heiratete mein jüngerer Sohn seine langjährige Partnerin. Dazu wurde auch Emil eingeladen, da sie sich wohl ähnlich waren und sich gut verstanden hatten.

Auf der Suche nach einer Wohnung für meine Seniorenjahre war ich weiterhin auf den Zwangsversteigerungs-Portalen. Einmal hatte ich es ja geschafft, eine Wohnung zu finden. Ob es noch einmal klappen würde? Gerne wollte ich im Raum Tübingen oder Reutlingen wohnen. Immer wieder fuhr ich dorthin und lies die Umgebung auf mich einwirken. Es war nun eine Einzimmer-Wohnung, im Zentrum von Gomaringen angeboten. Es gelang mir, über die nicht verschlossene Haustüre auf den Laubengang zu kommen und durch das Küchenfenster unbemerkt nach innen zu schauen. Für dieses Objekt interessierte ich mich nun. Obwohl es mit nur 44 qm Wohnfläche etwas zu klein erschien. Über die Verwalterin bekam ich Zutritt. Ein junger Student wohnte dort. Er wollte gerne noch weiterhin dort bleiben.

Die Zwangsversteigerung war am 9. August 2009 in Tübingen. Bargeld war nicht mehr erforderlich, dafür musste jetzt ein gedeckter Bankscheck vorlegt werden. Bei der Kreissparkasse Tübingen hatte ich bereits seit längerem ein Tagesgeldkonto. Bei dieser Versteigerung war ich wieder die einzige Interessentin für diese Wohnung mit einem Tiefgaragenplatz in einem 12 Einheiten zählenden Gebäude vom Jahr 1992. Es gelang mir das Objekt für 51 000 Euro zu ersteigern. Das waren 70% des Wertgutachtens.

Zwischenzeitlich hatte ich noch 21 Betreute. Durch die seit einigen Jahren eingeführten Vergütungspauschalen bekam ich für jeden, in einer Einrichtung lebenden Betreuten im Monat nur noch 2,5 Stunden vergütet. Das waren etwas über 50 Stunden im Monat. Gerne hätte ich noch neue Fälle angenommen. Zwischenzeitlich gab es noch mehrere neue Betreuer, einer davon war ein Rechtsanwalt. Was sollte ich tun? Meine Kosten für den Steuerberater und die Wohnung waren jeden Monat voll vorhanden.

Die Mieteinnahmen der beiden Wohnungen hätten, für meine eigene Warm-Miete von 700,-- Euro gereicht. Ich hätte die Betreuungen langsam auslaufen lassen können. Irgendwie fühlte ich mich aber erschöpft und ausgebrannt von den schweren Jahren mit den Eltern, der Ehe, den Kindern und dem vielen beruflichen hin und her. Ich brauchte eine Pause. Trotzdem, fiel mir das Aufhören sehr schwer.

Nun stellte ich die Anträge auf Abgabe der Betreuten. Als ich dieses bereits in die Wege geleitet hatte erreichte mich ein Anruf eines Notars von Horb. Gerne wollte er mich für eine Betreuung verpflichten. Es war nun zu spät. Am 1. 10. 2009 ging ich mit 9% Abschlag in Altersrente.

Am 16. Januar 2010 frühmorgens, erwachte ich wieder auf meiner Luftmatratze in der neu renovierten Wohnung in Gomaringen. Ich ging die wenigen Meter bis zur Bäckerei-Filiale. Dort konnte ich an einem der kleinen Tische frühstücken. Für die Männer die ich mit dem Umzugswagen erwartete, kaufte ich noch belegte Brötchen. Kaum war ich in der Wohnung zurück sah ich an dem Treppenabgang zur Lindenstraße bereits den Umzugswagen stehen. Nun folgten einige Stunden harter Arbeit für die Männer und auch für mich.

Die Küchenschränke wurden in der Küche nur gestapelt, denn der Einbau sollte erst zwei Tage später erfolgen. Die beiden kleinen Vitrinen wurden im Wohnraum gleich an Ort und Stelle platziert und davor die Umzugskartons übereinander gestapelt. Das Bett und der Kleiderschrank kamen an ihren zugeordneten Platz, wie auch der Esstisch, das Sofa und der Sessel. Den Inhalt der Kleiderkartons räumte ich gleich ein. Als die Männer abfuhren legte ich mich gleich auf mein Bett. Das Schlimmste war nun geschafft.

Von 90 qm in der bisherigen Wohnung war ich nun in meiner neuen Wohnung mit 44 qm angekommen. Nur ein schmaler Gang verblieb mir, um an den Kartons vorbeizukommen. Einer meiner Söhne kam am nächsten Tag, um den Fernseher anzuschließen. Er fühlte sich sehr unwohl in diesem voll gestellten Raum: »Räume ein! Das ist ja furchtbar!« Aber wo sollte ich denn einräumen? Die Küche musste doch erst eingebaut werden.« Am nächsten Tag kamen die Küchenfachleute. Wegen Platzmangel mussten sie auf dem Laubengang die Arbeitsplatten zurecht sägen. Nach einigen Stunden war die schöne Küche, in U-Form eingebaut. Bald konnte ich das Geschirr einräumen. Jetzt sah es schon viel wohnlicher aus.

Am nächsten Tag räumte ich die beiden Vitrinen ein. In meinem Leben hatte ich schon schlimmere Dinge durchgestanden als das hier. Ich sagte mir: »Eins nach dem andern.«

Mit einem Maler hatte ich noch einen Termin in Freudenstadt. Die bisherige Wohnung wurde von ihm neu gestrichen. Es waren für mich noch einige Tage mit viel Arbeit.

Ummeldungen, direkt und per Briefpost, musste ich noch erledigen. Jetzt hatte ich nur noch sieben gesetzliche Betreuungen auf ehrenamtlicher Basis. Ohne Zwischenfälle klappte alles.

Nach wenigen Wochen war es mir möglich, Ausflüge in die nähere Umgebung zu machen, unter anderem von dem Waldparkplatz in Gönningen über verschiedene Wege bis zum Roßberg und noch höher bis zum Wander Gasthaus. Dort wurden Mittagstisch und schwäbische Vesper-Teller angeboten. Diesen Berg kannte ich bereits seit meiner Zeit 1962 in Reutlingen.

Wenn ich Besuch bekam wanderte ich mit diesen auf den Roßberg. »Du kennst dich aber hier schon gut aus!« wurde mir immer wieder gesagt. Verständlich, denn ich hatte mir nur dieses eine Ausflugsziel vorgenommen und es von allen Richtungen erwandert. Vom Schwarzwald nun zur Schwäbischen Alb mit Buchenwäldern, licht, luftig und hell.

Die neu bezogene Wohnung im Ilse- Graulich-Weg 5 lag sehr zentral im Zentrum von Gomaringen »oben.« In der Lindenstraße befindet sich eine Apotheke und das Schloss mit dem wöchentlichen Markt auf dem Schlosshof. Die Postfiliale mit Postbank und Schreibwaren. Das Schuhhaus Renz und der Bioladen »Astrid Lindgren«. Ein Elektrogeschäft, die Schule mit den Abendkursen der Volkshochschule. In der danebenliegenden Bahnhofstraße war die Druckerei Kemmler und eine Änderungsschneiderei mit einer Reinigungsannahmestelle. Ein italienisches Restaurant. Und ein Hotel, befand sich neben der Einfahrt zu meiner Tiefgarage. Die Bäckerei mit Verkauf »Veit«, dort konnten an den Sonntagen vormittags frische Brötchen gekauft werden.

Ein schmaler Weg, führte zum Busbahnhof. Erfreut stellte ich fest, dass die Außenlichter um das 12 Wohnungen umfassende Haus bei Nacht in Betrieb waren. Wenn ich um Mitternacht von Tübingen oder Reutlingen mit dem Bus heimkam war es für mich möglich, bei Lichtschein zu meiner Haustüre gelangen. Ich ging ein Stockwerk hoch, um außen auf dem Laubengang, vorbei an den Blättern und Blüten eines Holunderbaumes, des heiligen Baumes der früheren Kelten, nach wenigen Metern an meiner Wohnungseingangstüre anzukommen.

Im Erdgeschoss waren die Kellerräume, sowie der Waschmaschinen- und Trockenraum, drei Stufen tiefer die Tiefgarage. Auf der linken Seite der mechanische Doppeldecker, der obere Stellplatz. Das war mein Sondereigentum. Die ersten Jahre fühlte ich mich dort sehr wohl. In der Nähe wurde die alte Kindlerische-Miederfabrik zum neuen Rathaus umgebaut. Das führte zu viel Baulärm. Ein großes Mehrfamilienhaus entstand dann noch daneben. Gut dass ich auszog.

Mein erstes Buch schrieb ich auf dem kleinen Balkon, der nur 170×170 cm groß war. Manche heiße Nächte verbrachte ich auf einer Matte liegend draußen. Über meinem Balkon war eine Betondecke. Um das Balkongeländer, hatte ich eine weiße Kunststoffmatte als Windschutz.

In Reutlingen kam ich ganz zufällig zu der Gruppe: »Schreiben im Cafe«. Jeder schrieb für sich nach einem zuvor genannten Stichwort. Nach zwanzig Minuten lasen wir unsere zu Sätzen geformten Wörtern reihum vor. Oft gab es ein Schmunzeln oder wir lachten alle. Meine Sätze waren zuerst noch sehr holprig, und die Schwäbin war daraus gut erkennbar. Die Gruppe wurde von einer Journalistin und einer Schauspielerin gegründet. Vor mir war Beatrice, eine ehemalige Solo-Geigerin, bereits dort. Wir trafen uns im Cafe »Nugatine«, später im »Bruschetta.«

Im Mai und Juni 2010 arbeite ich auf 400-Euro-Basis bei der Erdbeerernte in Ofterdingen als Kassiererin. Manchmal war es in dieser Blechhütte sehr heiß. Auf dem Feld konnte ich Erdbeeren essen und jeden Tag auch welche mitnehmen.

Die Wanderungen auf die Höhen der Reutlinger Alb oder zu den Gönninger Seen, ein schönes Naturschutzgebiet an der Wiesaz, genoss ich sehr.

Zu den Bridge-Turnieren in Tübingen und Reutlingen konnte ich mit den Bussen mit meiner Verkehrsverbundkarte fahren, auch über Sigmaringen bis nach Überlingen am Bodensee.

Sehr gut hatte ich mein neues Wohnumfeld gewählt. Was war mit mir geschehen seit ich in Rente ging? Kreativ konnte ich mich jetzt entfalten und auch den Malunterricht bei der Künstlerin Hanne besuchen. Diese war bereits einige Male auf dem Jakobsweg, in Spanien und in Portugal. Sie regte bei mir den Wunsch an, auch die Freiheit auf diesen Wegen zu genießen.

Ich hatte jung geheiratet und in kurzer Zeit zwei Kinder bekommen, für deren Erziehung ich teilweise alleine verantwortlich war. Viele Jahre arbeitete ich ohne einen erlernten Beruf, und musste mich als Quereinsteigerin mühevoll durchschlagen. Endlich hatte ich Zeit um für mich da zu sein und das über viele Wochen! Endlich konnte ich mir die nötige Liebe selbst geben.

»Erst die Möglichkeit, einen Traum zu verwirklichen, macht unser Leben lebenswert!«

Im Jahr 2013 führte ich auf ehrenamtlicher Basis noch drei Betreute. Diese lebten alle in derselben Einrichtung. Nun musste ich schweren Herzens meine letzten Betreuten noch abgeben.

Jakobsweg 2013

Hanne, die Künstlerin und erfahrene Jakobsweg-Pilgerin, begleitete mich, um die erforderliche Ausrüstung für diesen Weg zu kaufen. Für ungefähr 500 Euro waren dann ein paar feste Schuhe, Socken, ein großer Rucksack, Micfofaser T-Shirts, eine Bauchtasche aus Nesselstoff und ein Stirnband besorgt. Ich erstellte eine lange Liste von wichtigen Sachen. Kein Ding zu viel oder zu wenig sollte dabei sein. Meine alten Baumwollhosen dies seien richtig hatte Hanne gemeint. Besser wären aber gute Hosen mit Elasthan gewesen, schnell trocknend und bequem. Von der Jakobs-Gesellschaft in Nürnberg ließ ich mir für 5 Euro noch einen Pilgerpass zuschicken.

Innen am Gestänge des Rucksacks befestigte ich einen Briefkastenschlüssel. Im Briefkasten, an der Oberseite, einen Kellerschlüssel, und einen Wohnungsschlüssel lagerte ich im Keller.

Am 8. Mai 2013 startete ich vom Stuttgarter Flughafen nach Bilbao. Von dort fuhr ich mit einem der Zubringerbusse an dem bekannten Guggenheim-Museum vorbei zu dem Busbahnhof in Bilbao. Am Spätnachmittag kam ich in Pamplona an. Mein Weg führte mich mit dem Rucksack auf dem Rücken durch die Stadt zur Herberge, zu der mit einem Zwischenboden eingezogen ehemaligen Kirche. Die untere Liege eines Stockbettes wurde mir zugewiesen. Mit einem Spannbetttuch aus Kunstfließmaterial überzog ich die Matratze. Eva aus Berlin kam dazu. Sie kletterte auf das obere Bett. Zusammen streiften wir beide Neu-Pilgerinnen am Abend durch die Altstadt. Anhand des Reiseführers suchten wir die Straße mit den vielen »Pintxos Bars«. Dort stärkten wir uns mit Tapas. Eva wollte noch zu der Bar von Ernst Hemingway, dort sahen wir nach innen und gingen weiter. Denn um 22 Uhr mussten wir Pilgerinnen in der Herberge sein.

In Pamplona, mit Eva aus Berlin

Wir schlüpften in unsere Schlafsäcke. Eine Männerstimme drang von der unteren Ebene in spanisch oder baskisch zu uns hoch. Endlich wurde es leiser, aber wir hörten noch andere Geräusche. Eva sagte:»Oh, jetzt schnarcht auch noch einer!« Gut, dass der Schlaf uns erlöste.

Am nächsten Morgen tranken wir Pilgerinnen einen Cafe con Letche aus dem Automaten im Erdgeschoss und verließen dann die Herberge. Eva befestigte an ihrem Fahrrad, das sie per Flugzeug mitgebracht hatte, noch die beiden Satteltaschen. Innerhalb von 14 Tagen wollte sie in Santiago ankommen, denn, ihr Rückflug nach Berlin war bereits gebucht. Bei unserer herzlichen Verabschiedung, wussten wir, dass es für uns wohl nie ein Wiedersehen geben würde. Als ich mich etwas hilflos umwandte standen zwei wohl gleichaltrige Frauen da und schauten zu uns her. Sie kamen von gegenüber. Dort hatten sie gefrühstückt, sagten sie. Ich fragte, ob ich mit ihnen durch

Pamplona mitgehen dürfte? »Gerne« antworteten sie denn die eine der beiden, Christa, war bereits schon einmal auf dem Pilgerweg gewesen.

Donnerstag, 9. Mai, Christi Himmelfahrt: Von Pamplona nach Uterga.

Auf den Gehwegen waren die bronzefarbenen Jakobsmuscheln gut erkennbar. Über eine Brücke und durch eine Parkanlage und wir waren in Cizur Menor. Ich kaufte noch Brötchen, da ich nicht gefrühstückt hatte. An Christi Himmelfahrt regnete es in Deutschland sehr oft. Das Baskenland lies sich da auch nicht lumpen. Als wir drei den steilen Anstieg zum Alto del Perdon fast geschafft hatten, fing es kräftig zu regnen an. Die Regenmäntel und Capes mussten mühevoll über die Rucksäcke gestülpt werden. Dabei noch ungeübt, waren wir uns gegenseitig behilflich.

Die hohen, rostigen Metallpilger wurden von uns Regenmantel-Pilgerinnen fotografiert. Der anschließende Abstieg

Auf dem Alto del Perdon an Himmelfahrt

225

durch das Gestein und Geröll, war beschwerlich. Total durchnässt kamen wir drei in Uterga in der Herberge an.

Freitag, 10. Mai: Von Uterga bis nach Cirauqui.

Busreisende aus dem Salzkammergut stießen in Obanos zu uns. Ein Mann, er hieß Felix, bot sich an, den für mich noch ungewohnten Rucksack bis zum nächsten Ort, Puente la Reina zu tragen. »Die Brücke der Königin«, dort machte diese Reisegruppe halt, und der Rucksack wanderte wieder zu mir zurück. Als Kavalier lud Felix uns drei Frauen zu einem Kaffee ein. Im Anschluss ging es dann steil, weiter und das mit dem ungewohnten, 10 Kilogramm schweren Rucksack.

Samstag, 11. Mai: Von Cirauqui bis nach Avergui.

Morgens war es etwas frisch. Schöne Wege hatten wir bis Lorca. Nach dem Gehen neben einer Verkehrsstraße kamen wir zu einem schönen Aussichtspunkt. Nach Estella bekamen wir in einer Sporthalle in Avergui unsere Betten zugeteilt. Dort war es sehr kalt, und wir froren jämmerlich.

Sonntag, 12. Mai, Muttertag: Von Avergui nach Los Arcoas.

Wir gingen nur 13 Kilometer und kamen in einer alten Schule unter. Christa und Grete gingen noch Wein trinken und ich legte mich sofort schlafen.

Montag, 13. Mai: Von Los Arcos bis nach Viana.

Diese Strecke über 19 Kilometer war durch die Höhenunterschiede sehr anstrengend. In der Mittagszeit hatte es um die 27° Celsius. Wir erfrischten uns unterwegs noch an einem Brunnen. Grete konnte an diesem Tag ihren 66. Geburtstag feiern. Am Abend gingen wir neben der Kirche noch auf die Höhe und dort zum Essen. Die Betten waren gut aber an den oberen Bettseiten, schlugen wir uns dauernd die Köpfe an.

Dienstag, 14. Mai: Von Viana nach Navarette.

Um 8 Uhr brachen wir auf. Durch Logrono, der Hauptstadt der Weinregion »La Rioja«, zog es sich endlos dahin. Nun hatten wir insgesamt bereits 116 Kilometer geschafft. Unterwegs waren wir über einen Mann, der wohl mit einem selbstgebauten Gefährt, beladen mit zwei Rucksäcken, sehr verwundert. Denn dieser ging den Jakobsweg wieder zurück. Er sagte zu uns, dass er mit diesem Wagen eine Überführung über die Straße nicht bewältigen könne. Er müsste sich nun einen anderen Weg suchen. Bei dieser Überführung trafen wir eine sehr wohlbeleibte Frau die gerade dabei war, Stufe um Stufe wie ein Kleinkind zu erklimmen. Zu uns sagte sie, ihr Mann stoße mit dem Wagen irgendwo wieder zu ihr. Kurz darauf mussten wir darüber lauthals lachen.

Mittwoch, 15. Mai: Von Navarette bis Najera.

Es waren 18 Kilometer. Regen, Regen, Regen! Den ganzen Tag verbrachten wir im Regenmantel. Im Anbetracht der Nässe bis aufs Hemd nahmen wir Pilgerinnen in Najera ein Hostel Zimmer mit drei Betten für 60,-- Euro. Herrlich! Dort gab es ein Badezimmer mit einer richtigen Badewanne. Die Schuhe stopften wir mit Zeitungspapier aus und stülpen diese über die Heizung.

Donnerstag, 16. Mai: Von Najera nach Santo Dominco de la Calzada.

Bergauf ging es zum Alto Dominco. Die Wege waren von dem vorausgegangenen Regen sehr schmutzig. In der Kathedrale werden einer Legende nach immer drei Hühner in einer Wandnische gehalten und jeweils nach zwei Wochen wieder ausgetauscht. Auch die Grabstädte des Stadtgründers, »Domingo de Valora«, im unteren Bereich der Kirche besichtigten wir. Dominco hatte viel für die Pilger getan und auch eine Herberge gegründet. Die Straßen für die Pilger waren ihm ein besonderes Anliegen. Nach seinem Tode wurde er heilig gesprochen: Santo Dominco de la Calzada (Calzada = Straßen). Inzwischen war es sehr kalt geworden.

Freitag, 17. Mai: Von Santo Dominco de la Calzada bis nach Villamayor del Rio.

Zu der Kälte kam jetzt noch Regen dazu. Die Herberge in Viloria de Rioja war bereits belegt. Deswegen gingen wir bis Villamayor del Rio. Pilger, Italiener und Spanier, rühmten sich, wie weit sie an diesem Tag gegangen waren. Die Einen sagten bei ihnen wären es 38 Kilometer und bei den Anderen waren es

39 Kilometer. Ich fragte, in welchem Ort sie am Vortage über-
nachtet hätten. Das wussten sie dann leider nicht mehr. Für
manche zählten nur die Kilometer.

Samstag, 18. Mai: Von Villamayor del Rio bis Villafranca
Montes de Oca.

In der Bar verabschiedete ich mich von Christa und Grete,
denn ich wollte nun den Weg nach acht Tagen des Zusammen-
seins alleine bis Villafranca Montes de Oca, gehen. Des letzten
Ortes vor den Bergen der Gänse (Oca). In der städtischen Herberge »Municipales« bekam ich ein Bett für 5 Euro. Kurz darauf
sah ich Christa und Grete an dem Haus vorbeigehen. Ein kur-
zes Rufen und freudestrahlend kamen sie herbei. Es gab noch
freie Betten, und wir Frauen waren nun wieder zusammen. Bei
den Pilgern ist es so wie bei einer großen Familie. Immer wieder trifft man sich und dann ist die Freude groß. Gemeinsam
gingen wir in unserer leichten Kleidung und frierend zum Essen. Angeblich hatte es in Pamplona zu diesem Zeitpunkt sogar
geschneit.

Sonntag, 19. Mai: Von Villafranca Montes de Oca bis nach
Ages.

Am Morgen regnete es immer noch. Wir überlegten um mit
dem Bus weiterzufahren. Die Busse fuhren erst um 12.20 Uhr.
Der Himmel hellte sich etwas auf, und wir drei Frauen stiegen
auf die Anhöhe dieser Montes. Eine wunderschöne, irgendwie
verwunschene Landschaft bot sich da für uns. Farne, mit Moos
bewachsene Tannen, und später noch hochgewachsenes Hei-
dekraut. Vor Ages wurde der Himmel immer dunkler. Einige der
Pilger rannten in Richtung des Ortes. Grete und Christa fanden
die private Herberge, ich die Städtische, denn bei dem einsetzenden Hagel hatten wir uns verloren. Später im Restaurant der
städtischen Herberge waren die beiden wieder da und strahlten
mich an:»Wir haben deine Schuhe und die Stöcke gesehen. Darum dachten wir, dass du wohl hier sein wirst.« So findet man
sich immer wieder.

Montag, 20.Mai: Von Ages nach Burgos.

Alleine ging ich am Morgen auf den längeren Weg über Ata-
puerca auf einen steinigen Hang auf die Hochebene »Mata-
grande« mit 1078 Meter. Es ging wieder steinig abwärts nach
Villalval. Nach 2,5 Stunden Gehzeit gab es in Cardenuela-Rio-
pico endlich eine Frühstücks-Möglichkeit. Und wie konnte es
anders sein, tauchten Grete und Christa auch wieder auf. In
Orbaneja-Riopico machte ich nochmals Rast. Vor einem Lokal
sah ich Josefine aus München ohne Schuhe und Socken sitzen.
Josefine erwähnte etwas von einem möglichen Busverkehr ab
Castanares.

Der Jakobsweg am 20. Mai 2013, vor Castanares

Inzwischen sahen die Wege wie Bäche aus. Sehr schwer war es,
um von einer Seite auf die gegenüberliegende zu kommen. Ein
Gehen war nur noch an den Seiten, am Rande der Getreidefelder möglich. Dort zeichneten sich bereits Spuren davon ab. Josefine holte mich kurz vor Castanares wieder ein. Und Glück

gesellte sich für uns dazu. Wir fanden die Busstation und für jeweils einen Euro konnten wir die Strecke bis in die große Stadt Burgos fahren.

Später schrieb mir Josefine aus München: »In Dreck und Speck sind wir in Burgos angekommen, und das hatte uns überhaupt nicht gestört.«

Die bekannte, über fünf Stockwerke führende Herberge, fand ich schnell. Später sah ich auf einer Sitzbank vor der Kathedrale Christa sitzen. Gemeinsam gingen wir zum Abendessen. Und genossen Forelle mit Salat und noch Eiscreme, bei einer Außentemperatur von 11° Celsius.

Dienstag, 21. Mai: Von Burgos nach Tardajos.

Die Herberge musste früh verlassen werden. Meinen Rucksack durfte ich dort noch deponieren. Ohne Gepäck suchte ich eine Bar zum Frühstück auf. Die leuchtende Temperaturanzeige bei einer Apotheke, zeigte 6° Celsius. Die Frauen in Burgos gingen mit hohen Winterstiefeln und hochgeschlossenen Mänteln an mir vorbei. Nur irgendwo hinein wollte ich, und ging nochmals in eine Bar und trank Tee. Mit meiner leichten Umhänge Jacke und darunter allen meinen T-Shirts, war ich vor lauter Kälte nur noch am Zittern. Burgos, liegt auf 865 Meter. Frierend ging ich in dieser Kälte bis Tardajos zu einer einfachen Herberge, der Freunde des Camino. In dem Ort wirkte alles wie ausgestorben. Es waren nur die geparkte Autos vor den Häusern zu sehen.

Mittwoch, 22. Mai: Von Tadajos nach Hontanas.

In der Frühe wurden wir Pilger sehr freundlich von dem Herbergsvater verabschiedet. Nach 22 Kilometern war ich an meinem Ziel in Hontanas angekommen. Der Name des Ortes leitet sich von den dortigen Wasserfontänen ab. In der Herberge über der Bar konnte ich bleiben.

Donnerstag, 23. Mai: Von Hontanas nach Castrojeriz.

Auf einem schönen Pfad wanderte ich bis zu den Ruinen des Convento de San Anton. Der Jakobsweg führt als Straße durch das ehemalige Kloster hindurch. Neben der Landstraße ging ich auf einem schmaler Weg bis nach Castrojeritz. In der Alberge, de San Estaban, blieb ich dann. Es gefiel mir dort gut. Ich brauchte dringend Ruhe, denn meine Füße wollten hochgelegt werden.

Freitag, 24.Mai: Von Castrojeritz nach Boradilla del Camino.

Mit Heidi aus Frankfurt ging ich bis zu der Herberge mit dem schönen Garten. Leider gab es dort keine Einkaufsmöglichkeiten. Am Abend konnte aber ein Pilger-Menü bestellt werden.

Samstag, 25. Mai: Von Boradillo del Camino nach Carrion de los Condes.

Um 7.30 Uhr gingen Heidi und ich gemeinsam auf den Weg. In Fromista konnten wir uns in einer Bar noch stärken. Alleine ging ich die nur leicht ansteigende Strecke von 26 Kilometern bis nach Carrion de los Condes weiter. In der Herberge der Benediktinerinnen konnte ich bleiben.

Sonntag, 26. Mai: Von Carrion de los Condes bis Calzadilla de la Cueza.

Es waren geradeaus führende 18 Kilometer. Zwischendurch am Wegrand stand einmal eine Sitzbank. Bereits kurz nach 12 Uhr, war ich bei der Herberge angelangt. Ich war so müde, dass ich gleich drei Stunden schlief. Mein kleiner Fersensporn ließ mich auch wieder humpeln.

Montag, 27. Mai: Von Calzadilla de la Cueza bis Terradillos de los Templarios.

An diesem Tag ging ich nur 9 Kilometer und bis zur Herberge Jacqes de Molay.

Dienstag, 28. Mai: Von Terradillos de los Templarios bis nach Sahagun.

Es waren 13 Kilometer. Ab San Nikolas del Real Camino nahm ich den etwas längeren Weg durch die Felder. Bei der Kapelle der Ermita Virgen del Puente, traf ich wieder Josefine. Bis Sahagun gingen wir zusammen. In der Kirche »Iglesia de la Trinidad«, war durch einen eingebauten Zwischenboden eine Herberge geschaffen worden. Ein Vorhang trennte den großen Theatersaal ab. Von dieser Räumlichkeit zog die starke Kälte in den Bereich der Herberge herein.

Französischer Pilger mit Wagen, vor der Kirche »Trinidad« in Sahagun

Mittwoch, 29. Mai: Von Sahagun nach Calzadilla de los Hermanillos.

Der Aufbruch am Morgen war bei 5° Celsius. Kann es denn
noch schlimmer werden als in Burgos? Der Wind blies mir die
kalte Luft ins Gesicht. In Calzada del Coto konnte ich keine Bar
finden. Ohne Kaffee und Tostatas, nur mit Wasser, Brot und
Käse musste ich weitergehen. In Calzadilla de los Hermanillos
kam ich viel zu früh bei der Herberge an und musste bei dieser
Kälte mehr als eine Stunde auf einer Sitzbank warten.

Ich schaute den ankommenden Pilgern entgegen. Ein jüngerer Mann und eine Frau und ein dritte, kleinere Person kamen
näher. Letztere sah aus wie Bärbel vom Malkurs in Gomaringen.
Aber wo war dann Hanne? Es war mir bekannt, dass die Beiden
eine Woche nach mir aufbrechen wollten. Ich sagte: »Ist das
vielleicht die Bärbel?« Diese drehte sich um und rief: »Elfriede!«
Eine freudige Begrüßung folgte. Hanne hatte sich eine große

Blase an der Fußsole zugezogen und sie musste deshalb aufgeben. Ihr, in Portugal wohnender Sohn hatte sie dann in Boadilla del Camino abgeholt. Die beiden anderen waren Ute und Gerd, sie waren aus einer Nachbargemeinde von Gomaringen. Zusammen kauften wir ausgiebig ein und kochten Spaghetti mit Tomatensoße. Bärbel bereitete eine große Schüssel mit Blattsalaten zu. Es gesellte sich noch Salvatore, ein Italiener, zu uns. in. Da es sehr kalt war entfachten wir im Holzkamin ein Feuer und die Wärme breitete sich aus. Sehr schön war es zusammen zu sein.

Donnerstag, 30. Mai: Von Calzadilla de los Hermanillos bis nach Mansilla de Mulas.

Ich ging alleine diese einsame, menschenleere Strecke über 17,7 Kilometer bis nach Reliegos. Nur ab und zu war in der Ferne ein Zug zu hören. Es war mir etwas unheimlich zumute. Hoffentlich kam ich gut an meinem Ziel an. Bis Mansilla de Mulas am Rio Esla waren es insgesamt 24 Kilometer. Ich nahm eine Schmerztablette und schaffte diese Strecke gerade noch ohne zu humpeln. In Mansilla de Mulas wurden früher Märkte abgehalten und Maultiere (Mulas) verkauft. Hier war eine schöne Herberge und ein Bett mit einer flauschigen Decke. Irgendwo bekam ich noch einen Tee und eine Tortilla her. Glücklich und zufrieden fühlte ich mich.

Freitag, 31. Mai: Von Mansilla de Mullas bis nach Leon.

Der Name dieser Stadt bedeutet »Löwe«. Ich kam in einer großen, schönen, in lichten gelben und Ockertönen gehaltenen Altstadt an. Mein Weg führte mich zur Alberge de las Carbajalas, dem Kloster der Benediktinerinnen. Für eine Spende von 5 Euro konnte ich eines der Stockbetten, die dicht an dicht standen, belegen. Alles war streng nach Frauen und Männern getrennt. Als ich mich anmeldete, wurde mir gesagt, dass sich Bärbel in der Innenstadt befinden würde. Wie toll, das Pilgertelefon funktionierte? Nachdem ich geduscht hatte stand plötzlich Ute da. Es war einfach sehr schön für mich, die ich den Jakobsweg alleine bewältige, dass immer mal wieder jemand Bekanntes da war.

Mit müden Beinen schleppte ich mich zur Kathedrale. Diese bestach durch ihre schönen, bunten Glasfenster. Auf einer Bank saßen alle drei und winken mir zu.

Samstag, 1. Juni: Von Leon nach Virgen del Camino.

Ein schweres Gehen war es durch die Vorstadt von Leon und danach am Industriegebiet entlang. In Virgen del Camino kochte ich in der Herberge Maccaroni mit Tomatensoße. Auch hatte ich eine Flasche Rioja Wein besorgt. In den dortigen Küchenschubladen befanden sich zwar zwei Korkenzieher, aber diese gehörten dringend ausgewechselt. Männer mussten helfen, und dann ging der erste Korkenzieher gleich zu Bruch. Mit dem zweiten gelang es mit viel Mühe, die Flasche zu öffnen. Sie wurde von uns dann fröhlich lachend und schnell geleert.

Sonntag, 2. Juni: Von Virgen del Camino nach Villar de Mazarife.

Es waren nur 14 Kilometer. Nach Leon begann die Nordspanische Hochebene, die »Meseda«, die von vielen Pilgern wegen ihren endlosen Weiten gefürchtet und umgangen wird. Für das ungeübte Auge, für uns Fremde, war dies unermesslich. Über viele Kilometer sah man nur die wogenden Getreidefelder. Man geht und geht und hat das Gefühl, nicht von der Stelle zu kommen. In weiter Ferne konnte ich einen großen landwirtschaftlichen Schuppen erkennen und auch Menschen, die sich auf der Höhe dieses Gebäudes befanden. Ich musste auf die Unebenheiten des Weges achten, um erst einige Minuten später wieder nach oben zu schauen. Es war mir, als wenn sich dieser Schuppen immer noch in der gleichen Entfernung befände. Irgendwann müsste ich auch dort ankommen. Tatsächlich kam ich bei diesem Schuppen noch an.

Meine Füße schmerzten wieder. Ich ging in die Herberge »Jesus.« Dort wollte ich zuerst duschen. Mit deutscher Gründlichkeit verschloss ich die Türe von innen. Dabei musste ich sie sehr zu mir heranziehen. Nach dem Duschvergnügen gelang es mir einfach nicht, diese Holztüre wieder zu öffnen. Ich suchte in meinem Reiseführer und wollte im dazugehörenden, darunter liegenden Restaurant anrufen und bekam keine Verbindung. Nachdem ich mich auf der WC-Abdeckung ausgeruht hatte, ging ich wieder erneut ans Werk. Ohne fremde Hilfe bekam ich diese Türe dann doch auf. Am Abend erzählte ich meine Story unten im Lokal einigen Italienern. Sie zeigten mir auf ihrem Mobiltelefon, dass hier im Haus kein Empfang sei. Es bestand dort wohl ein Funkloch.

Montag, 3. Juni: Von Villar de Mazarife nach Villares de Orbigo.

Zuerst ging ich einige Kilometer der Landstraße entlang. Neben der langen Brücke von Hospital de Orbigo waren die Aufräumarbeiten des vorangegangenen, Mittelalterlichen Marktes, sichtbar. Ich wollte noch weiter bis nach Villares de Orbigo. Eine schöne, private Herberge erwartet mich dort. In deutscher Sprache wurde ich von Belen begrüßt. Sie erzählte mir, dass sie in Berlin studiert habe. Ich befand mich in einem schönen Innenhof. Am Abend gab es Reis-Salat und Linsensuppe. Ich erhielt Bettwäsche aus richtigem Stoff, das überraschte mich sehr.

Villares de Orbigo

235

Dienstag, 4. Juni: Von Villares de Orbigo nach Astorga.

Der Weg verlief sehr romantisch am Berg entlang. In Astorga war die Herberge neben der Kirche. Sie war groß, unschön und kalt. In einem Park legte ich mich noch zum Schlafen auf den Boden.

Mittwoch, 5. Juni: Von Astorga bis nach El Ganso.

Ein leichter Anstieg und ein schöner Weg erwartete mich ab Murias de Rechivaldo und ich ging an diesem Tag 13 Kilometer.

Mittwoch, 6. Juni: Von El Ganso nach Riego del Ambros.

Ab Rabanal del Camino war der Anstieg in schönen Natur bis zu dem verlassenen Dorf »Foncebadon.« Warum vor vielen Jahren die Bewohner diesen Ort verlassen hatten, ist nicht bekannt. Es gab dort eine Gaststätte mit einer Herberge und Übernachtungsmöglichkeiten in der alten Kirche. Der Weg führte bergan bis zu dem Eisenkreuz »Cruz de Ferro« auf 1448 Meter. Dort legen Pilger einen Stein den sie von Zuhause mitgebracht hatten als die mitgebrachte Last symbolisch ab. Mit einem kleinen Bergkristall den ich dabei hatte legte ich meine Sorgen dort ab.

Das Eisenkreuz, Cruz de Ferro

Weiter, ging ich über Manjarin. Es sah dort wie im wilden Westen aus. Viele Schilder mit den Entfernungsangaben zu weit entfernten Orten waren dort angebracht. Es ist nur ein Refugio, keine Herberge, sagte der Mann in der Hütte, der buntes Krimskrams, Karten und Tee verkaufte.

Das Refugio Manjarin

Die nächsten 7 Kilometer gingen abwärts bis nach El Acebo. Übernachtungsmöglichkeiten gab es dort nur wenige und auf Schildern sah ich ein »Completto«. Ein Reisebus mit Touristen von dem Reiseunternehmen Hauser, begegneten mir. »Was, das laufen sie alles?« Sehr erstaunt wurde ich angesehen. Meine alte Baumwollhose war nun hinten durchgebrochen. Ein leichtes Jäckchen um die Taille gebunden versteckte dieses Malheur. Weiter, weiter! Zur Not müsste ich versuchen, mit diesem Reisebus noch bis zur nächsten Stadt zu kommen. Dann in Riego de Ambros endlich, gab es in der Herberge noch freie Betten. Nach nun 27 Kilometern und kaputter Hose wollte ich nur noch duschen und liegen. Ja, um 19 Uhr wollte auch ich in das Restaurant mitgehen, sagte ich zu den anderen Pilgern. Später, hörte ich sie gemeinsam aufbrechen. Nichts ging mehr bei mir. Es war mir alles nur noch egal. Diese Nacht verbrachte ich müde, hungrig aber in tiefstem Schlaf.

Freitag, 7. Juni: Von Rigo de Ambros nach Ponferada.

Hungrig, nur mit einem Kaffee aus dem Automaten, ging ich von Rigo de Ambros bis nach Molinaseca. Der Abstieg verlief über glatte Felsen und Steine. So müsste es wohl für die Soldaten im Krieg gewesen sein, waren dabei meine Gedanken.

Abstieg nach Molinaseca

Nach sieben Kilometern war ich in Molinaseca und fand dort eine Bar, denn ich war sehr hungrig. Mein Weg führte mich weiter nach Ponferada. Die zweite Hose hatte den Abstieg über die glatten Steine nun auch nicht überlebt. Wieder band ich das Jäckchen um meine Taille.

In Ponferada kam ich beim Refugio von San Nicolas am

frühen Nachmittag an. Dort stellte ich meinen Rucksack hinter die anderen auf den Boden. Meine Aufnahme erfolgte von dem Hostipalero Antonio. Wir hatten uns bereits in Sahagun in der Herberge gesehen. Er arbeite nun ehrenamtlich für zwei Wochen hier, sagte er mir. Er war aus Milano und wir konnten uns in italienischer Sprache verständigen. Bereits in Sahagun war ich ihm wegen meiner blauen Augen aufgefallen. Da ich wieder humpelte würde er es mir ermöglichen, dass ich länger als eine Nacht hier bleiben könnte. Zuerst musste ich an diesem Nachmittag noch einen Schuster aufsuchen, da sich an meinen Wanderschuhen durch die vielen Regentage eine Naht am Rande der Sohle gelöst hatte. In den Straßen zeigte ich den Spaniern meinen Schuh und das Wort Problem führte mich zu einem Schuhmacher. Für 3 Euro nähte er mir die Nahtstelle wieder zu.

Samstag, 8. Juni: Von Ponferada nach Cacabelos.

Das Angebot von Antonio di Milano nahm ich nicht an. Es zog mich weiter. Nun ging ich in Leggings, denn die zweite Hose hatte ich ja auch entsorgt. An diesem Tag waren es nur wenige Kilometer bis zu dem kleinen Ort »Cacabelos.« In einem Tante-Emma Laden und mit dem italienischen Wort »Pantelone«, das im Spanischen die gleiche Bedeutung hat, konnte ich für 17 Euro eine helle Baumwollhose kaufen.

Die Herberge neben der Kirche bestand nur aus einfachen Holzverschlägen. Diese sahen wie Leichenkammern aus und es waren jeweils zwei Liegen darin. Zu mir gesellte sich noch Ilona aus der Nürnberger Gegend. Am Abend saßen wir alle an den Tischen neben der Kirche und der Wein floss reichlich. Gundi machte uns in der Dunkelheit noch Angst, denn früher sei hier um die Kirche sicher ein Friedhof gewesen und wir würden nun über diesen Gebeinen schlafen.

Sonntag, 9. Juni: Von Cacabelos bis nach Trabadelo.

Früh ging ich erst einmal bis nach Villafranca del Bierzo. In einer Bar saßen die Engländer Iris und ihr Mann und noch zwei deutsche Frauen. Gemeinsam gingen wir der Straße entlang. In Trabadelo bekamen wir ein Zimmer mit fünf Betten. Am Abend kam ich in dem Ort mit einer älteren Spanierin ins Gespräch. Sie freute sich sehr, als ich mit ihr italienisch sprach. Sie sagte mir, dass sie als junge Frau in der Swizera Italiana, als Hausmädchen gearbeitet hätte.

Montag, 10. Juni: Von Tabadelo bis nach la Faba.

Eine Verständigung mit Iris war kaum möglich. Nach Hospital wurde der Anstieg bis nach la Faba sehr steil. Der schmale Pfad war nass und von den Lasteseln lag dort überall Kot herum. Auf der Höhe neben der Kirche war die deutsche, von Uterga in Stuttgart, betriebenen Herberge.

Der Pilger ließ sich von mir umarmen, er war aber sehr standhaft

Dienstag, 11. Juni: Von La Faba bis nach Fonfria.

Meinen Rucksack ließ ich für 8 Euro transportieren. Schnell mussten wir aus der Herberge heraus, denn am liebsten hätte uns die Putzkolonne mit ihrem Drängen hinausgefegt. Der Unterschied von den spanischen Herbergen und von dieser deutschen war unübersehbar. »Lasst uns doch erst hinaus.

Dann könnt ihr den ganzen Tag putzen«, sagten wir deutsche Pilger.

Weiter führte der Weg nach O Cebreiro. Der Nebel drückte nach unten und es war kalt. Die älteste Kirche am Weg, die im 9. Jahrhundert gebaut wurde, war »Santa Maria la Real«. Eine Legende erzählte von einem Vorfall um das Jahr 1300. Ein frommer Bauer hatte sich in einer stürmischen Winternacht zur Messe nach O Cebreiro, hinauf gekämpft. Abschätzend dachte der mit der Liturgie betraute, wenig glaubensfeste Mönch: »Was für ein Dummkopf erträgt so ein Unwetter wegen einem Stück Brot und ein bisschen Wein.« Im selben Moment verwandelten sich die Hostie und der Messwein in echtes Fleisch und Blut. Beides ist in der »Capilla del Santo Milagro« in zwei Glasphiolen ausgestellt. Königin Isabel, auf ihrer Wallfahrt nach Santiago im Jahre 1486, stiftete Kelch und Hostie. Diese sind Teil des Galizischen Wappens.

Sehenswert waren auch die ovalen, mit Stroh gedeckten Häuser, die Pallozas. Sie sind keltischen Ursprungs. Bis in die 1960er Jahre wurden diese noch von Mensch und Tier bewohnt. Heute dienen sie nur noch musealen Zwecken.

Die Pallozas von O Cebreiro

Mein Weg führt mich weiter zu Hospital da Condesa. Diese kleine Kirche wird von Franziskaner-Mönchen betrieben. Man erkennt die Franziskaner an ihren schwarzen Mänteln mit Kapuzen.

Schon wieder der nächste Berg, »Alto do Poio auf 1342 Meter«. Bei der Ankunft in Fonfria war mein Rucksack bereits da. Die Herberge war klein aber schön. Wieder war es sehr kalt. Jetzt fehlten nur noch 140 Kilometer bis nach Santiago de Compostela.

Mittwoch, 12. Juni: Von Fonfria bis nach Samos.

Nach dem Frühstück führte der Weg bis nach Triacastela (Tria = Drei, Kastell = Burg). Ich wählte den etwas längeren Pilgerweg von Triacastela nach Perros über das Kloster Samos. Lange ging ich an der Straße am Rio Oribio entlang, danach über die schönen Hohlwege. Es gab keine Einkaufsmöglichkeiten, und die Getränkeautomaten in den kleinen Weilern, hatte ich nicht beachtet. Nun stellte ich fest, dass mein Trinkwasser-Vorrat bald zur Neige gehen würde. Nur wenige Gehöfte waren hier in dieser Einsamkeit, und es war gerade Siesta. Ich hörte ein klappern, wohl in der Küche im ersten Stockwerk. Darum traute ich mich, zu klingeln. Der Bauer kam nach unten und öffnete die Türe. Ich sprach italienisch: »Scusi Signor, io sono Perigrina e avere meno di Aqua.« Der galizische Bauer verstand mich, und er sah die ihm hingehaltene, Wasserflasche. In einer daneben liegenden Waschküche half er dem Problem ab. Bis obenhin füllte er mir die 0,7-Liter-Flasche. Es hätte mir weniger gereicht aber dieser galizische Bauer meinte es gut mit mir.

Als ich in der großen Anlage ankam, konnte ich für eine Spende in der Kloster-Herberge ein Bett beziehen. Diese Räumlichkeiten waren während des 2. Weltkrieges als Lazarett genützt worden. Ich besichtigte das Monasterio de Samos. Bereits im 5./6. Jahrhundert wurde es gegründet, und es gilt als eines der ältesten Klöster der westlichen Welt. Ende des 8. Jahrhunderts wurde der spätere König Alfonso in diesem Kloster erzogen. Im

Jahr 1951 wurden Teile des Klosters durch einen Brand zerstört, denn, beim Schnaps brennen flog ein Tank mit reinem Alkohol in die Luft.

Später konnte ich mich mit Pater Augustus noch unterhalten. Es handelt sich um ein reines Männerkloster. Nur drei Frauen, die wohl für bestimmte Haushaltsarbeiten zuständig waren. Dieser Pater kam in dem Verkaufsraum für Reiseandenken immer näher auf mich zu. Irgendwann konnte ich nicht mehr weiter nach hinten ausweichen. In dem wenigen Raum, der mir noch verblieb, suchte ich nach einem Ausweg. Ich zeigte mit dem Finger nach oben und sagte, »Padre vedere!« Pater Augustus grinste und beendete sein Näherkommen. Als ich ihn darauf aufmerksam machte, dass sein himmlischer Vater von oben schaute, das rettete mich dann sicherlich.

Sehr beeindruckend waren für mich die gesungenen Andachten in der Klosterkirche!

Donnerstag, 13. Juni: Von Samos nach Barbadelo.

Im Regenmantel begann der Weg, der Straße entlang durch kleine Ortschaften. Nach Perros führte der Weg wieder mit dem ursprünglichen Pilgerweg zusammen. Weiter ging es bis Sarria. Dort gab es Einkehrmöglichkeiten. Am Ortsende befand sich das schöne Monasterio de la Magdalena. Schwer trugen mich meine Beine den nur noch kurzen Weg bis Barbardelo.

Freitag, 14. Juni: Von Barbardelo nach Portomarin.

Früh am Morgen und bei Nebel brach ich auf. Es wurde ein heißer Tag. Bald sah ich die Brücke und den Stausee. Am Ende der Brücke musste ich über 46 sehr hohe Stufen in die neu aufgebaute Stadt »Portomarin« steigen. Die Kirche wurde einst im Tal abgebaut und in die Steine Nummern einhauen, um sie zu kennzeichnen. Auf der Höhe wurde die alte Kirche wieder aufgebaut. Der ehemalige Ort wurde geflutet. In der Alberge »Ferramenteiro« mit 120 Betten konnte ich bleiben.

Samstag, 15. Juni: Von Portomarin bis nach Ligonde.

Der Weg führte erst einmal bergauf. Es begegneten mir immer wieder bekannte Pilger. In Ligonde war die Herberge in

243

einem einfachen, renovierten Bauernhaus »Fuente del Peregrino«. Dort lernte ich »Jun«, eine ältere Japanerin kennen.

Sonntag, 16. Juni: Von Ligonde nach Casanova.

Alleine ging ich bis nach San Xulian do Camino. Dort stand Jun sie wartete wohl auf mich. Gemeinsam gingen wir nach Casanova. In der Herberge bemerkten wir, dass es dort keine Einkaufsmöglichkeiten gab. Mit einem Taxi fuhren wir zu einem im Wald gelegenen Restaurant.

Montag, 17. Juni: Von Casanova nach Rabadiso da Baixo.

Jun hielt sich tapfer hinter mir bis Melide. Dann sagte sie: »Distanz«. Ich dachte, dass sie wohl in Melide bleiben wollte, vielleicht wegen den »Pulpo-Gerichten«. Wir verabschiedeten uns. Später auf dem Weg zeigte der gelbe Pfeil von der Straße links in den Wald. Dort stand Jun. Ihren Rucksack hatte sie auf der Erde abgestellt. Vielleicht hatte sie auf mich gewartet? Jun sprach ein selbst erlerntes schlechtes spanisch, ich, ein grammatisch einfaches italienisch. In den Herbergen, beim Ausruhen, wollte Jun immer meinen deutschen Reiseführer ansehen. Sie sagte dann: »Elfruide Libro.« In dem Buch waren die Höhenunterschiede gut aufgeführt und für eine Japanerin auch gut verständlich. In Rabadiso da Baixo gingen wir in die Herberge Municipal.

Dienstag, 18. Juni: Von Rabadiso da Baixo bis nach Pedrouzo.

In der Frühe bei kaltem Wetter verließen wir die Herberge. Der Weg führte uns jetzt durch schöne Eukalyptuswälder.

Mittwoch, 19. Juni: Von Petrouzo bis nach Santiago de Compostela.

Wir gingen durch die wohlduftenden Eukalyptuswälder. Da der Flughafen auf dem alten Jakobsweg gebaut wurde führte nun der neue Pilgerweg bei Mourentan um diesen Flughafen herum. Vom Monte do Gozo aus konnten wir die Kathedrale in Santiago de Compostela sehen. Auf alten Bahnschwellen gingen wir über die Eisenbahnbrücke. Dabei liefen mir Tränen über die Wangen als ich über der Verkehrsstraße in großer Leuchtschrift »Santiago« sah. Nach so vielen Tagen und Wochen in diesem fremden Land war ich nun endlich angekommen.

Drei Kilometer vor der Stadt, an der rechten Straßenseite, war die große Herberge »Residencia de Peregrinos, San Lazaro.« Danach gingen wir ohne Rucksack in die Stadt zur Kathedrale. Dabei begegneten uns Menschen vieler Nationalitäten. In der Innenstadt befanden sich viele Souvenir-Geschäfte. Zum Essen fand ich ein Lokal, mit einer Speisekarte in deutscher Sprache. Toll!

Donnerstag, 20. Juni: Den ganzen Tag regnete es. Südlich der Kathedrale befand sich in einer Seitenstraße das Pilgerbüro. Dort legte ich meine drei gestempelten Pilgerpässe vor.

Die Westseite der Kathedrale von Santiago de Compostela

Ich telefonierte mit meinem Enkel in Deutschland. In sehr kurzer Zeit konnte er einen Rückflug bei Germanwings, von Bilbao nach Stuttgart für mich buchen. In einem Informationsbüro gelang es mir, für den Tag vor meinem Rückflug, in Bilbao ein Hotelzimmer zu buchen.

Freitag, 21. Juni: Von Santiago de Compostela bis nach Negreira.

Nun führte mich mein Weg weiter in die Richtung nach Finisterre, an das Ende der Welt. Im Zentrum von Negreira lag die Herberge Lua. Es war dort sehr, sehr kalt.

Samstag, 22. Juni: Von Negreira nach Santa Marina.

Da diese Strecke von Santiago bis zum Atlantic von Pilgern weniger begangen wird, sind Übernachtungsmöglichkeiten fast nur im privaten Bereich zu finden. Ich war mutig, und rief von meinem einfachen Mobiltelefon die Nummer der Alberge »Casa Pepa« an. In italienisch/spanisch gelang es mir, zu reservieren. Die Strecke war 22 Kilometer. Es war kalt und der Senior Chef feuerte im Gastraum den Kamin an. Die Herberge war schön, und es gab auch etwas zum Essen.

Sonntag, 23. Juni: Von Santa Marina bis nach Olveiroa.

Die Municipal Herberge die noch geschlossen war fand ich sehr schnell. Ich konnte meine Wäsche an einem Waschtrog im Garten waschen und zum Trocknen aufhängen.

Montag, 24. Juni: Von Olveiroa nach Cee.

Über Hospital waren es um die 20 Kilometer. Wunderschön war der Blick auf das Meer. Bei der Suche nach einem Schlafplatz fand ich die private Herberge »Moreira« an der Meeresbucht. Es war San Juan, Johannes-Tag. Die Geschäfte und die Restaurants hatten geschlossen. Es war mir erst am Abend möglich, in einem Lokal eine Plato zu bestellen. In dem streng katholischen Land »Spanien«, werden in Heiligen noch sehr verehrt.

Dienstag, 25. Juni: Von Cee nach Finisterre.

Von der Meeresebene ging es nun bergauf bis zum Alto de San Roque, und dann wieder abwärts zum Meer nach Corcubion. Nun war ich an dem schönen Strand »Praia de Langosteira« angekommen. Meine Wanderschuhe zog ich mir von den Füßen und genoss diesen feinen Sand. In Finisterre stand vor der Municipal Herberge Gaby aus Berlin. »Oh, Elfriede, an deinem Shirt hängt das Etikett ja außen.« So egal war mir das alles, außen oder innen, was soll es?

Nach der Belegung in der Herberge ging ich noch der Straße

zum Leuchtturm entlang. Kurve um Kurve. Endlos schien der Weg. Ein kleiner Brunnen war in der Bucht ,und so konnte ich meine Wasserflasche wieder auffüllen. Ein Spanier der neben seinem geparkten Auto stand, sprach mich an: »Faro?«, »Si, Faro.« Ich zögerte. Dieser Spanier wollte mich wohl mit seinem Auto bis zum Leuchtturm mitnehmen. Nun überlegte ich, ob das für mich wohl ohne Gefahr möglich sein konnte? »No Problem«, bekam ich zur Antwort. Mit viel Vertrauen stieg ich in das Auto ein. Vor dem Leuchtturm bog dieser Jose dann mit seinem Auto in die Fahrstraße zum Monte do Facho ein. Ich rief, »stopp, stopp, io volio de Faro, non il Monte!« Es gab kein Entkommen. Jose lachte nur, und erklärte irgendwie, dass er mir die Aussicht von dort oben auf beide Meeresseiten zeigen wollte. So jedenfalls verstand ich es. Er zeigte seitlich, auf ein großes, altes Gebäude. Dort seien im Krieg »Germania Military« gewesen. Es waren noch andere Leute auf dem Berg. Für mich war es sehr beeindruckend, nun beide Meeresseiten zu sehen. Jose stieg auf die großen Steine, die »Petras«. Einige von diesen Felsbrocken wackelten, wenn man sich darauf bewegte. Zusammen gingen wir noch zum Leuchtturm. Jose fuhr mich wieder bis in die Nähe meiner Herberge.

Mittwoch, 26. Juni: Von Finisterre nach Lires.

Dieser Weg war schlecht gekennzeichnet. Bei San Salvador wählte ich die Küstenvariante. Das war wohl falsch ich kam aber trotzdem in Lires an. Ein Bauer rief mir hinterher, »Peregrina!« »Si«, war meine Antwort. Er sagte: »Bett, diestschi Euro.« Daraufhin schaute ich mir seine Ferienwohnung an, und gab ihm für diese eine Nacht 10 Euro.

Donnerstag, 27. Juni: Von Lires nach Muxia.

Dort sah ich vor der Herberge wieder Jun. Und es kam noch eine SMS von Bärbel: »Wo bist du?« Ich antwortete. Als Rückantwort kam: »Wir stellen den Sekt kalt!« Das war einfach sehr schön.

Freitag, 28. Juni: Mit dem Bus fuhr ich wieder in Richtung Finisterre, erst einmal nur bis Cee.

Es war früh um 8 Uhr, und nach zwei Stunden konnte ich nach Finisterre weiterfahren. Dort gab es viele Herbergen, so dass ich nun eine bessere Unterkunft wählte. Zwei Nächte konnte ich dort bleiben. Einmal genoss ich den Sonnenuntergang am Leuchtturm, am anderen Abend am Strand Praia do Mar de Fora an der Westseite. Es wurde immer heißer, und ich genoss ein Bad im Meer.

Samstag, 29. Juni: Diesen Tag verbrachte ich in Finisterre.

Sonntag, 30. Juni: Die Fahrt mit dem Direktbus, an der Küste entlang, nach Santiago.

Montag, 1. Juli: Nochmals eine Prüfung in diesem fremden Land. Mit dem Stadtbus fuhr ich bis in die Nähe des großen Busbahnhofes. Schnell fand ich die Estatione de Autobusses, und auch den richtigen Beratungsschalter. Für ungefähr 25 Euro löste ich eine Fahrkarte nach Bilbao.

In der Innenstadt konnte ich noch drei Torta di Santiago kaufen. Das sind leckere Mandelkuchen in flachen Kartons verpackt. Eine Tasche brauchte ich noch, um diese Tortas als Handgepäck im Flugzeug mitzunehmen. Ein letztes Mal suchte ich zum Essen noch mein Lieblingslokal auf. Und welch eine Freude, an einem der Außentische saß Jun. Sie strahlte mich an und sagte, dass heute ihre Tochter Geburtstag hätte. Sofort fragte ich: »Quanto anno sono tua figlia?« Jun überlegte und zeigte mir dann mit zwei Fingern ein Kreuz. Ihre Tochter war wohl bereits verstorben. Das tat mir leid. Wir tauschten noch unsere Mail-Adressen aus, und umarmten uns ein letztes Mal.

Dienstag, 2. Juli: Früh am Morgen verließ ich die Herberge. Die Bar nebenan war bereits geöffnet. Als ich mit Rucksack, Tasche und den Stöcken den Bus bestieg war ich sehr angespannt. Ich kam aber noch rechtzeitig an der Estatione de Autobusses an. Von Santiago ging die Fahrt mit dem Linienbus über viele Ortschaften. Zuerst nach Carballo, La Coruna, Villalba, wieder südlich nach Lugo, dann Luarca, Oviedo, Gijon, Villaviciosa, Torrelavega, Santander, Portugalete. Es war bereits Abend als der Bus endlich in Bilbao hielt.

Jetzt galt es noch, das bereits in Santiago gebuchte und bezahlte Hotel zu finden. Auf dem Busbahnhof war ein Informationsbüro. No Problem, sagte mir die Dame, indem sie mir den Stadtplan überreichte. Mit der Tram fuhr ich bis zur letzten Station »Azzuro.« Nach diesem langen Tag fand ich sogar noch das Hotel. Überglücklich legte ich mich schlafen.

Mittwoch, 3. Juli: Am frühen Morgen wurde ich an der Rezeption gleich mit einem »Guten Morgen« begrüßt. Ich ging den Straßenbahnschienen entlang, um den Busbahnhof auch bestimmt zu finden. Die Bar neben den Bussteigen hatte geöffnet. Es duftete nach Kaffee und Tostatas. Vom Steig 1 konnte ich zum Flughafen von Bilbao fahren.

Mein Enkel hatte vor 10 Tagen das Flugticket über Germanwings telefonisch gebucht. Ob das gut gegangen war? Ich wusste die Fluggesellschaft und die Abflugzeit. Vor dem Schalter sprach mich eine freundliche Dame an. In italienischer Sprache sagte ich langsam, »mio figlio avere per telefono di Germania reservato«. »Il Passaporte.« Ja, den hatte ich griffbereit. Die Antwort war:

»Si, si, sono reservato, per Signora Nappa.«

Meinen Rucksack verpackte ich in den mitgeführten grauen Müllsack und gab ihn als Fluggepäck auf. Jetzt konnte ich nach der Anreise am 8. Mai nun am 3. Juli nach Stuttgart zurück fliegen. Von der Busgesellschaft »Naldo« führte ich die Monatskarte für den Monat Juli bei meinen Dokumenten mit. Mit dem Flughafen-Bus »Expresso« fuhr ich bis nach Reutlingen und mit dem Bus 111 nach Gomaringen. Nach wenigen Minuten stand ich vor meiner Haustüre. Ich klingelte bei Nachbarn, es wurde mir geöffnet. Im Gestänge des Rucksacks hatte ich den Briefkastenschlüssel festgebunden. So konnte ich über den Keller bis in meine Wohnung gelangen. Erst dann kamen mir die Tränen der Erlösung. Geschafft! Ich hatte es geschafft!

Nach so vielen Wochen in Nordspanien war ich wieder in der gewohnten Umgebung. Zwei Monate in der Natur und im Grünen. Wochenlang sah ich immer, wenn ich die Augen schloss, die grüne Farbe der Wälder von diesem gegangenen Weg.

»Es geht immer weiter. Man muss nur gehen, Schritt für Schritt und ohne Angst.«

2015

Im Jahr 2015 wurde der Wunsch in mir immer größer, diesen Weg in Spanien nochmals zu gehen. Meine Füße behandelte ich wieder mit Hirschtalg. Ende Mai saß ich in Stuttgart für den Abflug nach Bilbao. Es gesellten sich Maria und Heinrich aus Salzgitter zu mir. Ich ließ mich überreden, diesmal die Route von Frankreich ab Saint-Jean-Pied-de-Port und über die Pyrenäen zu gehen. Brizzio aus Lecce in Süd-Italien, kam später noch ganz unerwartet dazu.

Bei diesem Weg ging ich zu Fuß gesamt nur 400 Kilometer bis Santiago de Compostela. Für manche Streckenabschnitte nahm ich die Linienbusse. In Ponferada traf ich ganz unerwartet den Hospitaliero Antonio von Milano von Anfang Juni 2013 wieder. In dieser Herberge wurde ich vermutlich von Bettwanzen gebissen. Es dauerte um die sieben Tage bis der Juckreiz endlich nachließ. Und dann kamen die nächsten Tierchen und bissen wieder zu.

Nach diesem zweiten Jakobsweg war ich endlich soweit, meine Zusammenfassungen und Recherchen für das erste Buch, nun als Text zu schreiben.

Ein Traum half mir kurz nach meiner Rückkehr auch dazu. In diesem befand ich mich in der oberen, guten Stube im Elternhaus meiner Mutter. Dabei sah ich wie sich die Außenwand des Hauses, von innen gesehen, langsam auf die linke Seite bewegte. Die gesamte Vorderseite öffnete sich. »Wir müssen hier heraus. Das Haus stürzt ein«, rief ich in diesem Traum. Unten vor dem Haus sah ich Zimmerleute stehen. Die Handwerker wollten das Hausdach neu eindecken. Aus diesem allem schloss ich, dass ich das was damals gewesen war, benennen durfte, dass ich es wohl benennen musste, dass es von meinen Ahnen so gewollt war.

In nur wenigen Wochen hatte ich den Text geschrieben. Alles floss nur so aus mir heraus. Die Überarbeitung des Textes dauerte dann allerdings noch einige Monate. Das Buch kam Anfang 2016 in den Druck. Danach sprach ich bei der Geschichtswerkstatt in Gomaringen nochmals vor. Nun waren sie für die Nachforschungen des Halbbruders meiner Mutter, Wilhelm Gottlob Gutekunst, endlich bereit. In nur zwei Stunden konnten sie ihn und seine traurige Lebensgeschichte finden. Nach diesen Ermittlungen legte ich mein Buch nochmals neu auf.

* * * * *

Nachwort

Durch mein Nachforschen in Ortssippenbüchern und im Kirchenarchiv in Stuttgart, sowie von Erzählungen, gelang es mir, meine Großeltern, die alle bereits seit langem verstorben waren, noch zu finden. Dabei konnte ich in Erfahrung bringen, wie sie gelebt hatten. Mit ihren verbotenen Liebschaften in der damaligen ganz anderen Zeit. Manches schloss sich für mich nun zum Kreis.

Freunde und Bekannte, die bereits meine beiden Bücher gelesen haben, fragten nach dem nächsten, dem dritten Buch. Über was und über wen sollte ich jetzt noch schreiben?

Lange habe ich gebraucht, um dann zu wissen was ich noch schreiben könnte. Meine eigene Geschichte ist nun zu einem Buch geworden. Ob man es lesen möchte? Das erste Buch floss nur so aus mir heraus. Das Zweite war bereits schwerer zu schreiben. Jetzt, bei meiner eigenen Geschichte, da floss gar nichts. Immer wieder musste ich mich überwinden, um an dem Text zu schreiben. Ich notierte mir auf Karteikarten die einzelnen Jahre. Die Scheidungsakte holte ich vom Keller. Dann sortierte ich diesen grauen Aktenordner in einen schönen, weißen Ordner um. Das heißt für mich, dass ich nach 41 Jahren die Trennung ins Reine gebracht habe.

Viele Vorkommnisse aus meiner Kindheit, meiner Jugend und der Ehe sind in meinem Gedächtnis noch sehr klar vorhanden. Beim Schreiben, und vor allem beim vielen durcharbeiten bemerkte ich, dass sich viele psychische Verletzungen in meiner Muskulatur manifestiert hatten. Es lösten sich bei mir Verspannungen. Das führte im Kieferbereich zu Nervenschmerzen und zu einem Tinnitus in einem Ohr. Immer wieder brauchte ich zwischendurch Ruhe und Pausen. Verstehen kann ich es immer noch nicht, dass ich so viel, zu viel, mit mir machen ließ.

Im Sommer 2018 zog ich hier in Weitingen ein. Nach narzisstischem Missbrauch in meiner Kindheit durch meine sehr traumatisierte Mutter, dann durch den narzisstischen Ehemann. Bei den Versuchen, wieder eine Partnerschaft einzugehen, geriet ich immer wieder an das mir bereits aus meiner Kindheit bekannte, vertraute System.

Seit ich hier in Weitingen lebe, konnte ich über vieles Nachdenken. Die Personen in meiner nahen Umgebung zeigten mir vieles auf. Ich, die ich offen und Empathisch bin, übe wohl eine große Anziehung auf Personen mit einer pathologischen narzisstischen Persönlichkeitsstörung aus.

Jetzt bin ich bereits 77 Jahre alt und ich hoffe, dass ich mich nun geheilt brachte. Ich freue mich noch auf ein paar Jahre mit mir. Und ich denke, dass es jetzt wohl mein letztes Buch sein wird.

Danke, dass Sie mich durch mein Leben begleitet haben. Es ist vorbei, die Lasten sind abgelegt!

* * * * *

Meine Vorfahren: Die Großeltern der väterlichen Seite

Gottlieb Schöttle	Maria Magdalena geb. Klingele,
Säger und Ölmüller in Haiterbach	Müllerstocher, aus Vöhringen bei
	Sulz a.N.
* 01.11.1863, †23.06 1920, in Horb KH	*06.10.1867, †15.09.1944, in Haiterbach

Heirat am 29.07. 1898, in Haiterbach

1. Martin * 16.04.1899 in Haiterbach, ledig, †20.05.1940, in Grafeneck, Euthanasie
2. Anna Barbara * 17.08. 1900 in Haiterbach, †07.04. 1988, in Gültstein im Gäu
3. Friedrich Wilhelm * 21.09.1901 in Haiterbach, †24.10.1901, in Haiterbach
4. Wilhelm Friedrich * 02.01.1906 in Haiterbach, †01.11.1992, in Bad Schussenried
5. Maria Magdalena * 30.04.1908 in Haiterbach, †20.01.1988, Gertud-Teufel-Pflegeheim in Nagold

* * * * *

4. Wilhelm Friedrich	Frida Frey, geb. Gutekunst
* 02.01.1906 in Haiterbach	*24.06.1910 in Waldachtal-
	Unterwaldachach.
†01.11.1992 in Bad Schussenried	+10.01.1996 in Freudenstadt Klinik
	Nordschw.

Heirat 19.10.1946 in Cresbach

1.) Elfriede * 16.03.1947 in Haiterbach, Heirat 16.03.1965, 2 Söhne, 1965 und 1967